AF185707

NICOLAS BARREAU

Paris ist immer
eine gute Idee

NICOLAS BARREAU

Paris ist immer eine gute Idee

Roman

Aus dem Französischen übersetzt
von Sophie Scherrer

THIELE VERLAG

Alle Reisen haben eine heimliche Bestimmung,
die der Reisende nicht ahnt.

MARTIN BUBER

1

Rosalie liebte die Farbe Blau. Das war schon so, seit sie denken konnte. Und das war mittlerweile achtundzwanzig Jahre her.

Wie jeden Vormittag, wenn sie um elf ihren kleinen Postkartenladen aufschloss, hob sie auch an diesem Tag den Blick und hoffte, in dem diesigen grauen Pariser Morgenhimmel ein Fitzelchen Blau zu entdecken. Sie fand es und lächelte.

Zu Rosalie Laurents ersten und schönsten Kindheitserinnerungen gehörte ein unfassbar blauer Augusthimmel über einem türkisfarbenen Meer, das in Licht badete und bis zum Ende der Welt zu reichen schien. Da war sie vier Jahre alt, und ihre Eltern hatten das heiße Paris mit seinen steinigen Häusern und Straßen verlassen, um mit der kleinen Tochter an die Côte d'Azur zu fahren. Im selben Jahr, als sie nach diesem lichtdurchfluteten, nicht enden wollenden Sommer in Les Issambres wieder nach Hause zurückgekehrt waren, hatte Tante Paulette ihr einen Aquarellkasten geschenkt. Auch daran erinnerte Rosalie sich noch genau.

»Aquarellfarben? Ist das nicht ein bisschen übertrieben, Paulette?«, hatte Cathérine gefragt, und ihre feine hohe Stimme hatte einen unüberhörbar missbilligenden Klang angenommen. »So ein teurer Farbkasten für ein so kleines Kind? Damit kann sie doch noch gar nichts anfangen. Den heben wir besser noch ein Weilchen auf, nicht wahr, Rosalie?«

Doch Rosalie war nicht bereit gewesen, das kostbare Geschenk ihrer Tante wieder herzugeben. Sie geriet völlig außer sich und umklammerte den Malkasten, als gelte es, ihr Leben zu verteidigen. Am Ende seufzte die Mutter ein wenig genervt und ließ der trotzigen Kleinen mit den langen braunen Zöpfen ihren Willen.

An diesem Nachmittag malte Rosalie stundenlang und hingebungsvoll mit Pinsel und Aquarellfarben Blatt um Blatt, und danach war der Malblock voll und die drei blauen Farbtöpfchen, die der Kasten zu bieten hatte, nahezu leer.

Ob es nun an jenem ersten Blick auf das Meer lag, der sich in die Netzhaut des kleinen Mädchens eingebrannt hatte wie eine Metapher für das Glück, oder an ihrem schon früh ausgeprägten Willen, Dinge anders zu machen als andere – die Farbe Blau entzückte Rosalie wie keine andere. Staunend entdeckte sie die ganze Palette dieser Farbe, und ihre kindliche Wissbegier war kaum aufzuhalten. »Und wie heißt das hier, Papa?«, fragte sie ein ums andere Mal und zog ihren Vater, der ein sehr gütiger und nachsichtiger Mensch war, am (natürlich blauen) Ärmel seiner Jacke und zeigte mit dem Finger auf alles Blaue, das sie entdeckte. Mit nachdenklich gerunzelter Stirn stand sie stundenlang vor dem Spiegel und studierte die Farbe ihrer Augen, die auf den ersten Blick braun schienen, doch wenn man länger hinsah und ganz genau, erkannte man, dass sie von einem tiefdunklen Blau waren. Das hatte jedenfalls Émile, ihr Vater, gesagt, und Rosalie hatte erleichtert genickt.

Noch bevor sie richtig lesen und schreiben konnte, kannte sie die unterschiedlichsten Blautöne mit Namen. Vom hellsten und zartesten Seidenblau, Himmelblau, Graublau, Eisblau, Taubenblau oder dem gläsernen Aquamarin, das die Seele fliegen ließ, zu diesem satten, kräftigen, strahlenden Azurblau, das einem fast den Atem nahm. Dann gab es noch das unbezwingbare Ultramarin, das heitere Kornblumenblau oder das kühle Kobaltblau, das grünlich-blaue Petrol, das die Farben des Meeres in sich barg, oder das geheimnisvolle Indigo, das fast schon ins Violette spielte, bis hin zu einem tiefen Saphirblau, dem Mitternachtsblau oder dem nahezu schwarzen Nachtblau, in dem sich das Blau schließlich auflöste – für Rosalie gab es keine Farbe, die so reich, so wunderbar und vielfältig war wie diese. Dennoch hätte sie niemals erwartet, dass ihr einmal eine Geschichte widerfahren würde, in der ein blauer Tiger eine bedeutsame Rolle spielte. Und noch weniger hätte sie vermutet, dass diese Geschichte – und das Geheimnis, das sie barg – ihr Leben von Grund auf verändern würde.

Zufall? Schicksal? Man sagt, dass die Kindheit der Boden ist, auf dem wir unser Leben lang marschieren.

Später sollte sich Rosalie oft fragen, ob nicht alles anders gekommen wäre, wenn sie die Farbe Blau nicht so geliebt hätte. Bei dem Gedanken, wie leicht sie den glücklichsten Moment in ihrem Leben hätte verpassen können, erschrak sie fast ein wenig. Das Leben war oft so unüberschaubar und kompliziert, doch am Ende ergab erstaunlicherweise alles einen Sinn.

Als Rosalie mit achtzehn Jahren – ihr Vater war wenige Monate zuvor an einer verschleppten Lungenentzündung gestorben – verkündete, sie wolle Kunst studieren und Malerin werden, ließ ihre Mutter vor Schreck fast die Quiche Lorraine fallen, die sie gerade ins Speisezimmer trug.

»Um Himmels willen, Kind, bitte mach etwas Vernünftiges!«, rief sie aus und verfluchte innerlich ihre Schwester Paulette, die dem Mädchen offenbar diese Flausen in den Kopf gesetzt hatte. Laut hätte sie natürlich niemals geflucht. Cathérine Laurent, die eine geborene de Vallois war (worauf sie sich einiges einbildete), war eine Dame durch und durch. Leider hatte sich der Reichtum der ehemaligen Adelsfamilie in den letzten Jahrhunderten sehr reduziert, und Cathérines Heirat mit dem klugen und liebenswerten, aber wenig durchsetzungsstarken Physiker Émile Laurent, der schließlich an einem wissenschaftlichen Institut gestrandet war, anstatt in der Wirtschaft die erhofften großen Erfolge zu feiern, machte die Sache nicht viel besser. Am Ende hatte man nicht einmal mehr Geld für richtiges Personal – wenn man von der philippinischen Zugehfrau absah, die kaum Französisch konnte und zweimal in der Woche kam, um in der Pariser Altbauwohnung mit den hohen stuckverzierten Decken und dem alten Fischgrätparkett Staub zu wischen und zu putzen. Dennoch stand es für Cathérine außer Frage, dass man an seinen Prinzipien festhalten musste. Wenn man keine Prinzipien mehr hatte, ging alles den Bach runter, fand sie.

»Eine de Vallois macht so etwas nicht«, war einer ihrer Lieblingssätze, und den gab sie selbstverständlich auch an diesem Tag ihrer einzigen Tochter mit auf den Weg, die sich unglücklicherweise in eine ganz andere Richtung zu entwickeln schien, als ihre Mutter es für sie vorgesehen hatte.

Seufzend stellte Cathérine die weiße Porzellanform mit der duftenden Quiche auf dem großen ovalen Tisch ab, der nur für zwei gedeckt war, und dachte wieder einmal, dass sie kaum jemanden kannte, auf den der Name Rosalie so wenig zu passen schien.

Sie hatte damals, während der Schwangerschaft, ein zartes Mädchen vor Augen gehabt, blond wie sie selbst, höflich, sanft und irgendwie … liebreizend. Das alles war Rosalie auf jeden Fall nicht. Sicher war sie klug, aber eben auch sehr eigensinnig. Sie hatte ihren eigenen Kopf und konnte manchmal stundenlang schweigen, was ihre Mutter befremdlich fand. Wenn Rosalie lachte, lachte sie zu laut. Das war wenig elegant, auch wenn andere ihr versicherten, Rosalie habe so etwas Erfrischendes an sich.

»Lass sie doch, sie hat ihr Herz am rechten Fleck«, hatte Émile immer gesagt, wenn er wieder einmal einem Spleen seiner Tochter nachgab. Wie damals, als sie als Kind ihre neue Matratze und die teure Bettwäsche mitten in der Nacht auf den feuchten Balkon gezerrt hatte, um unter freiem Himmel zu schlafen. *Weil sie sehen wollte, wie die Welt sich dreht!* Oder als sie ihrem Vater zum Geburtstag mit Lebensmittelfarbe diesen grässlichen blauen Kuchen gebacken hatte, der so aussah, als würde man sich schon nach dem ersten Bissen daran vergiften. Nur weil sie diesen Blau-Tick hatte! Das war reichlich verstiegen, fand Cathérine, aber Émile hatte es natürlich großartig gefunden und behauptet, es sei der beste Kuchen, den er jemals gegessen hätte. »Ihr müsst alle davon kosten!«, hatte er gerufen und die blaue Teigpampe auf die Teller der Gäste verteilt. Ach, der gute Émile! Er hatte seiner Tochter einfach nichts abschlagen können.

Und jetzt diese neue Idee!

Cathérine runzelte die Stirn und betrachtete das schlanke, groß gewachsene Mädchen mit dem blassen Gesicht und den dunklen Augenbrauen, das jetzt gedankenverloren an seinem langen braunen, nachlässig geflochtenen Zopf spielte.

»Schlag dir das aus dem Kopf, Rosalie. Die Malerei ist eine brotlose Kunst. So etwas will und kann ich nicht unterstützen. Wovon willst du denn mal leben? Denkst du, die Leute haben auf deine Bilder gewartet?«

Rosalie drehte weiter an ihrem Zopf und antwortete nicht.

Wäre Rosalie eine liebreizende Rosalie gewesen, hätte sich Cathérine Laurent, geborene de Vallois, um den Lebensunterhalt ihrer Tochter sicher keine großen Gedanken gemacht. Schließlich gab es immer noch genügend gut verdienende Männer in Paris, da war es egal, ob die Ehefrau nebenher ein bisschen malte oder diverse Ticks hatte. Aber sie hatte das ungute Gefühl, dass ihre Tochter nicht in solchen Kategorien dachte. Weiß Gott, mit wem sie sich am Ende einlassen würde!

»Ich möchte, dass du etwas Vernünftiges machst«, sagte sie noch einmal mit Nachdruck. »Das wäre auch in Papas Sinne.« Sie legte ihrer Tochter ein Stück von der dampfenden Quiche auf den Teller. »Rosalie? Hörst du mir überhaupt zu?«

Rosalie blickte auf, und ihre dunklen Augen waren unergründlich.

»Ja, *Maman*. Ich soll etwas Vernünftiges machen.«

Und das hatte sie dann auch getan. Mehr oder weniger. Das Vernünftigste, was Rosalie sich hatte vorstellen können, war, nach ein paar Semestern Grafik und Design einen Postkartenladen zu eröffnen. Es war ein winziges Geschäft in der Rue du Dragon, einer hübschen kleinen Straße mit mittelalterlichen Stadthäusern, die im Herzen von Saint-Germain lag, einen Steinwurf von den Kirchen Saint-Germain-de-Prés und Saint-Sulpice entfernt. Hier gab es einige Boutiquen, Restaurants, Cafés, ein Hotel, eine Boulangerie, Rosalies Lieblingsschuhgeschäft, und sogar Victor Hugo hatte hier einst gewohnt, wie eine Plakette am

Haus mit der Nummer 30 vermerkte. Wenn man es eilig hatte, konnte man die Rue du Dragon in wenigen Schritten durchlaufen, um dann entweder auf den belebten Boulevard Saint-Germain zu stoßen oder – in entgegengesetzter Richtung – auf die etwas stillere Rue de Grenelle, die zu den eleganten Häusern und Stadtpalästen des Regierungsviertels führte und irgendwann auf dem Champ de Mars und vor dem Eiffelturm endete. Aber man konnte die kleine Straße natürlich auch ganz absichtslos entlangschlendern und immer wieder stehen bleiben, weil man in den Auslagen etwas Schönes entdeckt hatte, das gekostet, in die Hand genommen oder anprobiert werden wollte. Dann konnte es schon einige Zeit dauern, bis man ans Ende der Straße gelangte. Auf diese Weise hatte Rosalie auch das *Zu Vermieten*-Schild in dem leer geräumten Antiquitätenlädchen entdeckt, dessen Besitzerin ihr Geschäft vor Kurzem aus Altersgründen aufgegeben hatte.

In der Regel sah man eben mehr, wenn man langsamer ging.

Rosalie hatte sich gleich in das kleine Ladenlokal verliebt. Ein himmelblauer Holzrahmen zog sich um das einzige Schaufenster und die Eingangstür rechts daneben, über der noch die altmodische silberne Türglocke der Vorbesitzerin hing.

Auf dem alten schwarz-weißen Steinfußboden brach sich das Licht in kleinen Kreisen. Über Paris wölbte sich an diesem Tag im Mai ein wolkenloser Himmel, und Rosalie kam es vor, als ob der kleine Laden geradezu auf sie gewartet hätte.

Die Miete war zwar alles andere als klein, aber wohl noch günstig für die gute Lage, wie ihr Monsieur Picard, ein beleibter älterer Herr mit schwindendem Haar und listigen braunen Knopfäuglein, versicherte. Zudem gab es über dem Geschäft noch einen weiteren Raum, der über eine enge Holzwendeltreppe erreichbar war und an den ein kleines Bad und eine winzige Küche grenzten.

»Da haben Sie die Wohnung gleich mit dabei, hahaha«, scherzte Monsieur Picard, und sein kleiner Bauch bebte vergnügt. »Was für eine Art von Geschäft haben Sie sich denn vorgestellt, Mademoiselle? Ich hoffe doch, es ist nichts, was Krach macht oder riecht – schließlich wohne ich in diesem Haus.«

»Eine Papeterie«, hatte Rosalie gesagt. »Geschenkpapier, Briefpapier, Schreibstifte und schöne Karten für ganz besondere Anlässe.«

»Aha. So, so. Na dann, viel Glück!« Monsieur Picard schien etwas ratlos. »Karten mit dem Eiffelturm drauf werden von den Touristen ja immer wieder gern gekauft, was?«

»Ein *Postkartenladen*?«, hatte ihre Mutter ungläubig ins Telefon gerufen. »*Mon Dieu!* Mein armes Kind, wer schreibt denn heute noch Karten?«

»Ich, um eine zu nennen«, hatte Rosalie geantwortet, und dann hatte sie einfach aufgelegt.

Vier Wochen später stand sie auf einer Leiter vor ihrem Laden und befestigte ein bemaltes Holzschild über der Eingangstür.

LUNA LUNA stand in großen geschwungenen Buchstaben darauf und etwas kleiner darunter: *Rosalies Wunschkartenladen*.

2

Wäre es nach Rosalie gegangen, hätten ruhig viel mehr Menschen Briefe und Karten schreiben können. Das kleine und manchmal auch große Glück, welches ein handgeschriebener Brief sowohl beim Empfänger als auch bei dem, der ihn schrieb, auch heute noch auszulösen vermochte, war einfach nicht mit einer E-Mail oder einer SMS zu vergleichen, die rasch vergessen war und im Orkus der Bedeutungslosigkeit versank. Dieses kurze Erstaunen, wenn man plötzlich einen persönlichen Brief in der Post entdeckte, die freudige Erwartung, mit der man eine Postkarte umdrehte, einen Umschlag behutsam öffnete oder ungeduldig aufriss. Die Möglichkeit, ein Stück des Menschen, der an einen gedacht hatte, in Händen zu halten, seine Schrift zu studieren, seine Stimmung zu erahnen, vielleicht sogar noch den Geruch von Tabak oder Parfüm zu erhaschen. Das war so ungeheuer lebendig. Und auch wenn die Menschen heute immer seltener richtige Briefe verfassten, weil angeblich die Zeit dazu fehlte, kannte Rosalie doch niemanden, der nicht gerne einen persönlichen Brief oder eine handgeschriebene Karte bekommen hätte. Die Gegenwart mit all ihren sozialen Netzen und digitalen Möglichkeiten hatte wenig Charme, fand sie. Das alles mochte effektiv sein oder praktisch oder schnell – doch Charme hatte es nicht.

Früher war das Öffnen des Briefkastens sicherlich um einiges spannender gewesen, dachte sie, als sie jetzt im Hausflur vor den Postkästen stand. Das Einzige, was man heute in der Regel darin fand, waren Rechnungen, Steuerbescheide und Reklameschreiben.

Oder Mieterhöhungen.

Verdrossen blickte Rosalie auf das Schreiben ihres Vermieters. Das war nun schon die dritte Mieterhöhung in fünf Jahren. Sie hatte es kommen sehen. Monsieur Picard war in den letzten Wochen, wenn sie sich auf dem Flur begegnet waren, immer so ausnehmend freundlich gewesen. Und am Ende hatte er jedes Mal tief geseufzt und gesagt, das Leben in Paris werde auch immer teurer.

»Wissen Sie, was mittlerweile ein Baguette kostet, Mademoiselle Laurent? Oder ein Croissant? Wissen Sie, was die in der Boulangerie für ein Croissant nehmen? Es ist unglaublich! Ich frage Sie, was ist drin in so einem Croissant – Wasser und Mehl, mehr doch nicht, oder?« Er hatte mit einer anklagenden Geste die Schultern hochgezogen und Rosalie in einer Mischung aus Empörung und Verzweiflung angeschaut, bevor er weiterschlurfte, ohne eine Antwort abzuwarten.

Rosalie war in den Laden gegangen und hatte die Augen verdreht. Natürlich wusste sie, was ein Croissant kostete. Schließlich aß sie jeden Morgen eins – sehr zum Verdruss von René.

René Joubert war groß, dunkelhaarig, gesundheitsbewusst und extrem sportlich. Er war seit drei Jahren ihr Freund, und er war Personal Trainer. Vielleicht, so dachte Rosalie manchmal seufzend, auch in umgekehrter Reihenfolge. René Joubert nahm seinen Beruf sehr ernst. Er betreute vorzugsweise wohlhabende Damen der feinen Gesellschaft von Paris, die sich ihre Figur, ihre Kondition und ihre Gesundheit mithilfe des gut aussehenden Diplomsportlers mit den sanften braunen Augen und dem durchtrainierten Körper gerne erhalten wollten. Renés Terminplan war stets gut gefüllt, doch wie es aussah, reichte ihm die Pariser Hautevolee nicht als Betätigungsfeld. Jedenfalls ließ er keine Gelegenheit aus, Rosalie zu einem gesunden, bewegungsintensiven Leben bekehren zu wollen *(mens sana in corpore sano!)* und auf die Gefahren hinzuweisen, die überall im Essen lauerten. Auf seiner Todesliste standen – ganz oben! – Rosalies so geliebte Croissants. *(Weißmehl ist Gift für den*

Darm! Hast du noch nie vom wheat-belly gehört? Weißt du eigentlich, wie viel Fett in so einem Ding steckt?)

Rosalie, die ihre eigene Vorstellung von einem geglückten Leben hatte (und dazu gehörten nicht zwingend Krafttraining, Müsli oder Soja-Drinks), zeigte sich allerdings recht unbeeindruckt, und alle missionarischen Bemühungen ihres Freundes waren bisher kläglich gescheitert. Rosalie sah einfach nicht ein, warum sie »Körner« essen sollte. »Körner sind Viehfutter. Ich bin doch keine Kuh«, pflegte sie zu sagen, und dann bestrich sie ein Stück frisches Croissant dick mit Butter und Marmelade und schob es sich in den Mund.

René sah ihr mit gequälter Miene zu.

»Außerdem schmeckt zum *Café crème* nichts besser als ein Croissant oder ein frisches Baguette«, fuhr sie fort und fegte ein paar Krümel von der Bettdecke. »Das musst du zugeben.«

»Dann lass doch einfach den *Café crème* weg, ein Smoothie aus Kiwi und Spinatblättern ist morgens sowieso viel gesünder«, gab René zurück, und Rosalie hätte sich vor Lachen fast an ihrem Croissant verschluckt. Das war wirklich das Absurdeste, was sie jemals gehört hatte. Ein Morgen ohne Kaffee war wie … Rosalie suchte nach einem passenden Vergleich und gab auf … war einfach nicht vorstellbar, schloss sie in Gedanken.

Ganz zu Anfang, als sie René gerade kennengelernt hatte, hatte sie sich einmal dazu überreden
lassen, ihn auf seiner frühmorgendlichen Laufstre-
cke durch den Jardin du Luxembourg zu begleiten. »Du wirst sehen, es wird toll«, hatte er gesagt.
»Morgens um sechs ist Paris eine völlig andere
Stadt!«

Da mochte er recht haben, doch das alte, ihr
angenehm vertraute Paris, in dem man nachts lange aufblieb und zeichnete, schrieb, las, diskutierte
und seinen Rotwein trank, um den nächsten Morgen dann in Ruhe und am besten mit einer groß-
en Tasse Milchkaffee im Bett zu beginnen, gefiel
Rosalie eindeutig besser. Und während René mit
großen gazellenartigen Sprüngen unter den alten
Kastanienbäumen neben ihr herlief und bemüht
war, sie in ein lockeres Gespräch zu verwickeln
*(Man sollte immer nur so schnell laufen, dass man sich
noch gut unterhalten kann!),* keuchte sie schon nach
den ersten hundert Metern und blieb schließlich
mit Seitenstechen stehen.

»Aller Anfang ist schwer«, hatte ihr Coach gesagt. »Jetzt nicht aufgeben!«

Wie alle Verliebten, die sich zunächst große
Mühe geben, mit dem Partner symbiotisch zu ver-
schmelzen und dessen Vorlieben aufzugreifen, hatte Rosalie es auf Renés Drängen hin sogar noch

einmal probiert (allerdings allein und nicht um sechs Uhr morgens), aber nachdem ein Hundertjähriger mit zackigem Schritt, beängstigend weit vornübergebeugtem Oberkörper und schlenkernden Armen an ihr vorbeigezogen war, hatte sie sich von der Idee, sportlich zu werden, endgültig verabschiedet.

»Ich glaube, mir reichen meine Spaziergänge mit William Morris«, hatte sie lachend erklärt.

»William Morris, wer ist das? Muss ich jetzt eifersüchtig sein?«, fragte René besorgt. (Zu diesem Zeitpunkt war er noch nicht bei ihr im Laden gewesen, und von dem Künstler William Morris hatte er noch nie etwas gehört. Doch das war verzeihlich, schließlich kannte auch sie nicht alle Knochen und Muskelstränge ihres Körpers mit Namen.)

Sie hatte René einen Kuss gegeben und ihm erklärt, dass William Morris ihr kleiner Hund sei, den sie – immerhin die Besitzerin einer Papeterie – nach dem legendären viktorianischen Maler und Architekten benannt hatte, unter anderem weil dieser die wunderbarsten Dessins für Stoffe und Tapeten entworfen hatte.

William Morris – der Hund – war ein überaus verträglicher Lhasa Apso, und er war nun fast schon so alt wie der Postkartenladen. Tagsüber lag er ganz friedlich in seinem Körbchen neben der Eingangstür, nachts schlief er hinter der Küchentür auf einer Decke, und manchmal, wenn er träumte, zuckten seine Pfoten im Schlaf und schlugen gegen den Holzrahmen. Wie der Mann aus dem Tierheim ihr damals erklärt hatte, war diese kleinwüchsige Hunderasse so besonders friedlich, weil sie früher den schweigsamen tibetanischen Mönchen als Begleiter auf ihren Wanderschaften gedient hatte.

Der Bezug zu Tibet wiederum gefiel René, und auch William Morris hatte den jungen Mann mit den breiten Schultern und den großen Füßen mit freundlichem Schwanzwedeln begrüßt, als Rosalie ihn nach vier Wochen zum ersten Mal in ihre Wohnung eingeladen hatte. Nun … Wohnung war vielleicht nicht ganz das richtige Wort für dieses eine verwinkelte Zimmer über dem Laden, in dem gerade mal ein Bett, ein Sessel und ein Schrank Platz hatten und ein großer Zeichentisch, der unter dem Fenster stand. Doch das Zimmer war ausgesprochen gemütlich, und das Beste hatte Rosalie erst nach ihrem Einzug entdeckt: Durch ein zweites kleines Fenster, das sich an der Rückseite des Gebäudes befand, gelangte man auf ein flaches Zwischendach, das Rosalie im Sommer als Terrasse diente. Alte Steinkübel mit Pflanzen und ein paar verwitterte Blumengitter, an denen im

Sommer leuchtend blaue Clematis emporrankten, schirmten diesen lauschigen Platz so ab, dass er kaum einsehbar war.

Hier, unter freiem Himmel, hatte Rosalie für sie beide gedeckt, als René das erste Mal zu ihr kam. Sie war keine große Köchin, mit Pinsel und Stift war sie weitaus geschickter als mit dem Kochlöffel, doch auf dem wackligen Holztisch mit der weißen Tischdecke flackerten Windlichter in verschiedenen Größen, und es gab Rotwein, Gänseleberpastete, Schinken, Weintrauben, einen kleinen Schokoladenkuchen, in reichlich Öl eingelegte Avocadoherzen, gesalzene Butter, Camembert, Ziegenkäse und – Baguette.

»Oh mein Gott«, hatte René in komischer Verzweiflung geseufzt. »Lauter ungesunde Sachen! Der Overkill! Das wird mal ein schlimmes Ende nehmen mit dir. Irgendwann wird dein Stoffwechsel zusammenbrechen, und dann wirst du so dick wie meine Tante Hortense.«

Rosalie nahm einen großen Schluck Rotwein aus ihrem Glas, wischte sich über den Mund und zeigte mit dem Finger in seine Richtung. »Falsch, mein Lieber«, hatte sie gesagt. »Lauter *köstliche* Sachen.« Dann war sie aufgestanden und hatte sich mit einer raschen Bewegung ihr Kleid abgestreift. »Bin ich etwa dick?«, hatte sie gefragt und war mit anmutigen Schritten und wehendem Haar halb nackt über das Dach getanzt.

René konnte gar nicht schnell genug sein Glas abstellen.

»Na warte!« Er war lachend hinter ihr hergelaufen und hatte sie schließlich eingefangen. »Nein, du bist genau richtig«, hatte er gemurmelt, und seine Hände hatten begehrlich über ihren Rücken gestreichelt. Und dann waren sie auf dem Dach geblieben und hatten zusammen auf einer Wolldecke gelegen, bis die Feuchtigkeit des frühen Morgens sie überrascht hatte.

Als sie jetzt in dem halb dunklen Hausflur stand, in dem es immer leicht nach Orangenreiniger roch, und den Briefkasten wieder zuschloss, dachte Rosalie mit einer gewissen Wehmut an jene Nacht auf dem Dach.

In den vergangenen drei Jahren waren die Unterschiede zwischen René und ihr immer deutlicher zutage getreten. Und wo sie früher die Gemeinsamkeiten gesucht und gefunden hatte, sah sie jetzt alles, was sie von ihrem Freund trennte, mit übergroßer Deutlichkeit.

Rosalie liebte es, im Bett zu frühstücken, René konnte der »Krümelei im Bett« nichts abgewinnen. Sie war ein Nachtmensch, er ein Frühaufsteher; sie mochte die moderaten Spaziergänge mit ihrem kleinen Hund, er hatte sich im letzten Jahr ein Rennrad gekauft, mit dem er pfeilschnell durch die Straßen und Parks von Paris sauste. Wenn es ums Reisen ging, konnte es ihm nicht weit genug weg sein, während Rosalie sich nichts Schöneres vorstellen konnte, als auf einem der alten kleinen Plätze zu sitzen, wie man sie in den europäischen Städten und Städtchen des Südens fand, und die Zeit einfach verstreichen zu lassen.

Am meisten aber bedauerte sie es, dass René ihr niemals Briefe oder Karten schrieb, auch zum Geburtstag nicht. »Ich bin doch hier«, sagte er, wenn sie am Geburtstag wieder einmal vergeblich nach einer Karte auf dem Frühstückstisch Ausschau hielt. Oder »Wir können doch telefonieren«, wenn er auf einem seiner Seminare war.

Am Anfang hatte Rosalie ihm noch selbst gezeichnete Karten und Zettel geschrieben, zum Geburtstag und als er sich den Fuß gebrochen hatte und eine Woche ins Krankenhaus musste, oder auch einfach, wenn sie kurz aus dem Haus ging, um irgendwelche Besorgungen zu machen, oder wenn sie spät in der Nacht zu Bett gegangen war und er schon schlief. »Hallo, Frühaufsteher, bitte sei leise und lass deine kleine Nachteule noch ein wenig schlafen, hab gestern noch lange gearbeitet«, schrieb sie und legte ihm einen Zettel mit einer gezeichneten Eule, die auf einem Pinsel hockte, neben das Bett.

Überall hatte sie ihre kleinen Botschaften hinterlassen – hinter dem Spiegel, auf dem Kopfkissen, auf dem Tisch, in seinem Turnschuh oder in einem Seitenfach seiner Reisetasche, aber irgendwann, sie wusste gar nicht mehr, wann eigentlich genau, hatte sie damit aufgehört.

Glücklicherweise hatte jeder seine eigene Wohnung und ein gewisses Maß an Toleranz, und René war ein positiver, dem Leben zugewandter Mensch ohne nennenswerte Abgründe. Er kam ihr so friedlich vor wie ihr Lhasa Apso. Und wenn sie gelegentlich dennoch diskutierten (über Kleinigkeiten), landeten sie am Ende stets im Bett, wo sich ihre Streitigkeiten und Reibereien in der besänftigenden Dunkelheit der Nacht auflösten.

Wenn Rosalie bei René übernachtete, was seltener vorkam, weil sie gern in der Nähe ihres Ladens war und er im Bastille-Viertel wohnte, aß sie ihm zuliebe ein paar Löffel von dem matschigen Brei mit den getrockneten Früchten und Nüssen, den er ihr nach wie vor mit Inbrunst zubereitete, und er hörte auch nicht auf, ihr zu versichern, dass sie irgendwann doch noch auf den Geschmack kommen würde.

Sie lächelte dann halbherzig und sagte »irgendwann bestimmt«, und sobald er fort war, kratzte sie den Rest aus der Müsli-Schüssel in die Toilette und holte sich auf dem Weg zum Laden in einer Boulangerie als Erstes ein ofenwarmes Croissant.

Noch auf der Straße riss sie sich ein Stück ab und schob es sich in den Mund, glücklich, dass es so etwas Himmlisches gab. Doch davon erzählte sie René natürlich nichts, und da ihr Freund nicht gerade über sehr viel Phantasie verfügte, wäre er sicherlich höchst erstaunt gewesen, wenn er seine Freundin bei dieser kleinen Affäre mit einem Croissant überrascht hätte.

Das Croissant brachte Rosalie wieder zurück zu Monsieur Picard und dieser ärgerlichen Mieterhöhung. Sie runzelte die Stirn und starrte besorgt auf die Zahlen in dem Schreiben, die ihr ziemlich bedrohlich erschienen. Auch wenn sich *Luna Luna* inzwischen einer festen Stammkundschaft erfreute und immer wieder neue Kunden und Touristen vor der kleinen Papeterie mit der liebevoll dekorierten Auslage stehen blieben, um drinnen dann mit entzückten Ausrufen Geschenkkarten, hübsche Notizbücher oder Briefbeschwerer in die Hand zu nehmen, und das Geschäft nicht verließen, ohne etwas gekauft zu haben, konnte sich Rosalie keine großen Sprünge erlauben. Mit Postkarten und schönen Schreibwaren aller Arten war heutzutage nicht das große Geld zu machen, nicht einmal im einstigen Literatenviertel Saint-Germain.

Dennoch hatte Rosalie ihren Entschluss nie bereut. Ihre Mutter, die ihr aus dem Erbe schließlich doch ein kleines Startkapital zur Verfügung gestellt hatte, hatte am Ende resigniert geseufzt und gemeint, sie würde ja sowieso machen, was sie wolle, und immerhin sei es besser, einen Laden zu führen, gleich welcher Art, als Malerin im freien Fall zu sein. Allerdings nur *unerheblich* besser.

Cathérine Laurent würde sich wohl nie damit abfinden, dass ihre Tochter nicht einen vernünftigen Beruf erlernt hatte. Oder zumindest einen aufstrebenden jungen (gerne auch älteren) Mann geehelicht hatte. (Dieser gutmütige Fitnesstrainer mit seinen Riesenfüßen, der so langweilig war, dass sie fast weinen musste, konnte es doch wohl nicht sein!) Cathérine kam so gut wie nie in den Laden ihrer Tochter, und ihren Freunden und Bekannten aus dem vornehmen siebten Arrondissement erklärte sie, Rosalie führe nun ein Geschäft für Bürobedarf – das klang zumindest *etwas* seriöser.

Nun – *Bürobedarf* traf es nicht ganz, um nicht zu sagen gar nicht. Aktenordner, Schnellhefter, Papierlocher, Ablagekörbe, Klarsichthüllen, Kleber,

Dokumentenmappen und Büroklammern suchte man in der zauberhaften Papeterie *Luna Luna* vergeblich. Doch Rosalie hielt es für überflüssig, diesen Irrtum aufzuklären. Sie lächelte und schwieg und freute sich jeden Morgen, wenn sie in ihren Laden hinunterging und die Eisengitter hochzog, um die Sonne hereinzulassen.

Die Wände erstrahlten in einem zarten Hortensienblau, in der Mitte des Raums stand ein alter dunkler Holztisch, auf dem alle Schätze ausgebreitet waren: mit Blumenmustern bezogene Kästen, in denen die unterschiedlichsten Karten und Umschläge zu finden waren, oder glasierte Keramikbecher in zarten Farbtönen, die eine Künstlerin aus dem Quartier herstellte und in denen feine, mit gemustertem Papier überzogene Stifte steckten. Daneben Schreibmappen mit alten Rosendrucken. Hübsch verzierte Kladden und Notizbücher stapelten sich neben Briefpapiermappen und Kästchen mit Siegellack und Holzstempeln.

In den hellen Regalen an der Seitenwand steckten Rollen mit feinem Geschenkpapier und nach Farben und Größen geordnete Briefbögen und Umschläge; duftige Geschenkbänder segelten seitlich des kleinen Weichholztischs, auf dem die Kasse stand, von großen Rollen nach unten, an der blau gestrichenen Rückwand hingen Steinkacheln mit weißen Tauben, dunklen Trauben und blassrosa Hortensien – alte Motive, die unter einer dicken Lackschicht in neuem Glanz erstrahlten – und ein großes Ölbild, das Rosalie selbst gemalt hatte und das einen märchenhaften Wald zeigte, durch den ein Mädchen in purpurrotem Kleid und mit wehenden blonden Haaren lief. In der Ecke neben der Kasse stand eine hohe verschlossene Glasvitrine und beherbergte kostbare Füller und silberne Brieföffner.

Das Schaufenster war mit filigranen Kartenhaltern dekoriert, die von Weitem an bunte Patchworkdecken erinnerten. Hinter herzförmig gebogenen Silberdrähten, die in einem Quadrat angeordnet waren, versammelten sich die unterschiedlichsten Karten zu einem fröhlichen Gesamtkunstwerk. Gleich daneben hingen Bahnen von Geschenkpapier in Dunkelblau, Türkis und Resedagrün mit den prächtigen ornamentalen Mustern von William Morris aus, und unten in der Auslage gab es fächerförmig ausgebreitete Karten, hübsche Kartenboxen mit Blumenmotiven oder Gemälden von Frauen, die am Meer standen oder in Büchern lasen. Dazwischen lagen in Schachteln auf Seidenpapier gebettet schwere gläserne Briefbeschwerer, in denen gepresste Rosenblüten, Stiche von alten Segelschiffen, gemalte Glückshände und auch Worte oder Sätze verewigt waren, die man jeden Tag lesen konnte, ohne dass man ihrer überdrüssig wurde. *Paris* stand da mit zartem braunem Pinselstrich auf chamoisfarbenem Grund geschrieben. *L'Amour* oder *La beauté est partout* – »Schönheit ist überall«.

So hatte es jedenfalls der Bildhauer und Maler Auguste Rodin gesagt, und wenn Rosalie sich in ihrem Laden umsah, war sie glücklich, ihren Teil zu der Fülle und Schönheit beizutragen, die das Leben bereithielt.

Das Besondere bei *Luna Luna* waren jedoch die handgefertigten Karten, die in den beiden drehbaren Postkartenständern steckten, die rechts von der Eingangstür standen und gerade noch so in die kleine Papeterie hineinpassten, obwohl ihnen vielleicht die größte Bedeutung zukam.

Dass sich der kleine Laden in der Rue du Dragon überhaupt all die Jahre gehalten hatte, lag vor allem daran, dass Rosalie die Idee mit den Wunschkarten gehabt hatte. Die Wunschkarten waren ihre Spezialität, und sehr bald hatte es sich herumgesprochen, dass man in der Papeterie *Luna Luna* selbst gemachte Karten für jeden auch noch so ungewöhnlichen Anlass bekam.

Abends nach Ladenschluss und bis spät in die Nacht hinein saß Rosalie an ihrem großen Tisch in dem Zimmer über dem Laden und zeichnete und aquarellierte Karten für all jene, die noch an die Magie handgeschriebener Worte glaubten. Es waren zauberhafte kleine Kunstwerke auf Büttenpapier mit gerissenem Rand, die mit einem Satz oder Spruch versehen waren, zu dem sich Rosalie eine Zeichnung einfallen ließ. »Vergiss mich nicht«, stand zum Beispiel in mit blauer Tusche geschriebenen Buchstaben auf einer Karte, und darunter sah man die Zeichnung einer kleinen Frau mit zwei Koffern, die dem Betrachter einen überdimensionalen Blumenstrauß mit duftig hingetupften Vergissmeinnicht entgegenhielt. Oder: »Die Sonne scheint auch hinter den Wolken« – hier stand ein verzagtes Mädchen mit einem roten Regenschirm unter einem grauen Himmel auf einer Straße im Regen, während am oberen Bildrand kleine Engel mit der Sonne Ball spielten. »Als ich aufwachte, habe ich mir gewünscht, du wärst hier«, verkündete eine andere Karte mit einem sehnsüchtig in die Ferne schauenden Strichmännchen, das auf einem Bett inmitten einer Wiese saß und in eine Pusteblume blies, deren einzelne Blüten sich in winzige wirbelnde Buchstaben verwandelten, die das Wort »Sehnsucht« bildeten.

Rosalies Wunschkarten, die ein wenig an die charmanten Zeichnungen von Raymond Peynet erinnerten, verkauften sich wie von selbst, und nach einer Weile kamen die ersten Kunden mit ihren eigenen Vorstellungen und Ideen.

Natürlich waren es meist die gängigen Anlässe (Geburtstage, Genesungswünsche, Gutscheine, Einladungen, Valentinstage, Hochzeiten, Weihnachts- oder Ostergrüße), aber es gab auch immer wieder spezielle Wünsche.

Töchter wünschten sich etwas für ihre Mütter, Mütter wünschten sich etwas für ihre Söhne, Nichten wünschten sich etwas für ihre Tanten, Großmütter etwas für ihre Enkel und Freundinnen etwas für ihre Freundin. Doch am erfinderischsten in ihren Wünschen waren stets jene Menschen, die sich verliebt hatten.

Erst neulich war ein nicht mehr ganz junger Herr mit Silberbrille und korrektem Anzug in den Laden gekommen und hatte seine Bestellung aufgegeben. Umständlich hatte er einen Zettel aus seiner ledernen Aktentasche hervorgezogen und ihn verlegen auf den Kassentisch gelegt.

»Meinen Sie, dazu fällt Ihnen etwas ein?«

Rosalie hatte den Satz auf dem Zettel gelesen und gelächelt.

»Oh ja«, sagte sie.

»Bis übermorgen?«

»Kein Problem.«

»Aber es muss besonders schön werden.«

»Seien Sie unbesorgt.«

An diesem Abend hatte sie oben an ihrem Zeichentisch gesessen, auf dem im Schein einer alten schwarzen Metalllampe Stifte und Pinsel unterschiedlicher Größen in dicken Einmachgläsern in Reih und Glied standen, und hatte einen Mann im grauen Anzug und eine Frau in einem lindgrünen Kleid gezeichnet, die sich an den Händen hielten und – gezogen von vier aufflatternden weißen Tauben mit blauen Bändern in den Schnäbeln – über Paris schwebten.

Zum Schluss hatte sie den Tuschestift genommen und in geschwungenen Buchstaben an den unteren Bildrand geschrieben:

»Für die Frau, mit der ich fliegen möchte.«

Rosalie hätte nicht sagen können, wie viele solcher Unikate sie in den letzten Jahren hergestellt hatte. Bisher waren noch alle Kunden zufrieden aus ihrem Wunschkartenladen hinausgegangen, und sie hoffte, dass alle Wünsche ihr Ziel so sicher erreicht hatten wie Cupidos Pfeile die Herzen der Verliebten. Doch was ihre eigenen Wünsche anging, hatte die schöne Papeteriebesitzerin weniger Glück.

Jedes Jahr an ihrem Geburtstag ging Rosalie mit einer selbst gemalten Karte zum Eiffelturm, um sich etwas zu wünschen. Dann stieg sie die 704 Stufen hoch, die zur zweiten Plattform führten, und ließ klopfenden Herzens (sie war, wie bereits erwähnt, nicht gerade eine ambitionierte Bergsteigerin) die Karte mit ihrem Wunsch durch die Luft segeln.

Es war ein unschuldiges kleines Ritual, von dem nicht einmal René etwas wusste. Überhaupt war Rosalie eine große Anhängerin kleiner Rituale. Rituale gaben dem Leben eine Form und halfen, das Wirrwarr des Daseins zu ordnen und den Überblick zu behalten. Der erste Kaffee am Morgen. Ein Croissant aus der Boulangerie. Der tägliche Spaziergang mit William Morris. Eine kleine *tarte au citron* an jedem ungeraden Tag der Woche. Das Glas Rotwein nach Ladenschluss. Der Kranz aus Vergissmeinnicht, wenn sie im April das Grab ihres Vaters besuchte.

Abends, wenn sie zeichnete, hörte sie gern die immer gleichen CDs. Mal waren es die rauchigen Chansons von Georges Moustaki, mal die hingetupften Lieder von Coralie Clément. In letzter Zeit war ihre Lieblings-CD die des russischen Musikers Vladimir Vissotski. Sie lauschte dem Klang der bald lyrischen, bald virilen Lieder nach, deren Worte sie nicht verstand, während die Musik Bilder in ihrem Kopf erzeugte und ihre Stifte über das Papier flogen.

Als junges Mädchen hatte Rosalie Tagebuch geführt, um die Dinge, die ihr wichtig waren, festzuhalten. Das tat sie schon lange nicht mehr, aber seit der Eröffnung des Ladens hatte Rosalie es sich zur Gewohnheit gemacht, jeden Abend vor dem Schlafengehen den schlimmsten und den schönsten Moment des Tages in ein kleines blaues Notizbuch zu schreiben. Dann erst war der Tag für sie beendet, und sie fand mühelos in den Schlaf.

Ja, Rituale waren etwas, das einem Halt gab und auf das man sich verlässlich freuen konnte. Und so freute sich Rosalie jedes Jahr auf den zwölften Dezember, wenn sie oben auf dem Eiffelturm stand und die ganze Stadt sich zu ihren Füßen ausbreitete. Höhe war nichts, was ihr Angst machte – im Gegenteil, sie liebte dieses Gefühl von Weite, den freien Blick, der die Gedanken fliegen ließ, und wenn ihre Karte davonflatterte, schloss Rosalie für einen Moment die Augen und stellte sich vor, wie ihr Wunsch Wirklichkeit werden würde.

Doch bisher hatte sich keiner ihrer Wünsche je erfüllt.

Das erste Mal, als sie hier mit einer Karte hochgestiegen war, hatte sie sich gewünscht, dass ihre Lieblingstante Paulette wieder gesund werden sollte – damals bestand noch die winzige Hoffung, dass eine komplizierte Operation Paulettes Augenlicht würde retten können, doch obwohl die Operation gut verlaufen war, war die Tante schließlich erblindet.

Ein anderes Mal wünschte sie sich, bei dem Wettbewerb der Nachwuchsillustratoren zu gewinnen. Doch die begehrte Auszeichnung, der Buchvertrag und das Preisgeld über zehntausend Euro gingen an einen schlaksigen jungen Künstler, der nur Palmen und Hasen malte und der Sohn eines reichen Pariser Zeitungsverlegers war.

Als sie René noch nicht kannte und nach ein paar eher unerfreulichen Affären wieder allein lebte, hatte sie sich gewünscht, dem Mann ihres Lebens zu begegnen, der sie eines Abends ins *Jules Verne* ausführen würde – dem Restaurant oben auf dem Eiffelturm, das den wohl spektakulärsten Blick über ganz Paris bot –, um ihr dort, hoch über der funkelnden Stadt, die Frage aller Fragen zu stellen.

Auch dieser Wunsch hatte sich nicht erfüllt. Stattdessen lernte sie René kennen, der eines Tages in der Rue Colombier buchstäblich in sie hineingerannt war, sich tausendmal entschuldigt hatte und sie in das nächste Bistro zog, um ihr bei einem *Salade de pays* zu erklären, so was Schönes wie sie habe er noch nie gesehen. Doch René hätte sie eher zu einer Trekkingtour auf den Kilimandscharo eingeladen als in ein teures und in seinen Augen völlig überflüssiges Restaurant auf dem Eiffelturm. *(Der Eiffelturm, ich bitte dich, Rosalie!)*

Ein anderes Mal hatte sie sich Frieden mit ihrer Mutter gewünscht – ein frommer Wunsch! Sie hatte sich ein kleines Haus am Meer gewünscht – nun ja, das war ziemlich vermessen, aber wünschen durfte man schließlich alles.

An ihrem letzten Geburtstag – es war ihr dreiunddreißigster, und ein ungemütlicher, kalter Regen ergoss sich über das weihnachtlich geschmückte Paris – war Rosalie in ihrem dicken blauen Wintermantel losmarschiert und wieder einmal auf den Eiffelturm gestiegen. Es war nicht viel los an diesem Tag, ein paar Schlittschuhläufer glitten über die Eisfläche, die im Winter stets auf der ersten Plattform errichtet wurde, und einige wenige Japaner in Regencapes wurden nicht müde, sich gegenseitig mit hochgereckten Daumen und breitem Grinsen zu fotografieren.

In diesem Jahr hatte Rosalie einen sehr bescheidenen Wunsch.

Auf der Karte in ihrer Hand war eine Brücke gezeichnet, an deren wabenförmigem Geländer Hunderte von kleinen Schlössern hingen. Ein kleiner Mann und eine kleine Frau standen davor und küssten sich.

Die Brücke war unverkennbar die Pont des Arts, eine Fußgängerbrücke, die über die Seine führte und von der aus man einen wunderbaren Blick auf den Eiffelturm oder die Île de la Cité hatte. An Sommerabenden herrschte hier stets ein reges Treiben.

Rosalie liebte diese schmale, einfache Eisen-brücke mit dem Holzboden. Sie kam manchmal hierher, setzte sich auf eine Bank und betrachtete die vielen Schlösser am Geländer, von denen jedes einzelne von einer Liebe kündete, die ewig wäh-ren sollte.

Solange die Liebe währt, ist sie ewig – wer hatte das gesagt?

Rosalie wusste nicht, warum, aber jedes Mal, wenn sie dort saß, rührte sie der Anblick dieser hoffnungsvollen kleinen Schlösser, die so standhaft wie Zinnsoldaten die Liebe verteidigten.

Mag sein, dass es albern war, aber ihr geheimer Herzenswunsch war ein solches Schloss.

Wer mir ein solches Schloss schenkt, ist der Richtige, dachte sie, als sie sich nun über die nasse Stahlkonstruktion des Eiffelturms beugte und ihre Karte in hohem Bogen in den Regen warf.

Natürlich dachte sie dabei an René. An einem klaren Wintertag Anfang Dezember war sie mit ihrem Freund Hand in Hand über die Pont des Arts spaziert, und das Geländer mit seinen Schlössern hatte in der Sonne gefunkelt wie der Schatz des Priamos. »Schau mal, wie schön!«, hatte sie ausgerufen.

»Eine Wand aus Gold«, hatte René in einem seltenen Anflug von Poesie gesagt und war einen Augenblick stehen geblieben, um die Inschriften der Schlösser zu studieren. »Leider ist nicht alles Gold, was glänzt«, hatte er grinsend hinzugefügt. »Ich wüsste gern, wer von denen, die sich hier verewigt haben, noch zusammen ist.«

Rosalie hätte das nicht gern gewusst.

»Aber ist es nicht trotzdem wunderbar, dass sich die Menschen immer wieder verlieben und das auch zeigen wollen? Also, mich rühren diese kleinen Schlösser irgendwie«, hatte sie eingewandt. »Das ist so … romantisch.«

Mehr sagte sie nicht, denn mit den Geburtstagswünschen war es wie mit den Wünschen, wenn man eine Sternschnuppe am Himmel sah – man durfte sie nicht aussprechen.

René hatte sie lachend in die Arme genommen. »Ach herrje, jetzt sag nicht, dass du im Ernst scharf bist auf so ein albernes Schloss? Das ist ja der pure Kitsch.«

Rosalie hatte verlegen gelacht und bei sich gedacht, dass auch der pure Kitsch manchmal durchaus etwas Reizvolles haben konnte.

Zwei Wochen später hatte sie dann wie jedes Jahr auf dem Eiffelturm gestanden und versonnen der Karte nachgeblickt, die beschwert durch den Regen wie eine angeschossene Taube zu Boden fiel. Sie erschrak, als sich plötzlich von hinten eine schwere Hand auf ihre Schulter legte.

»*He, Mademoiselle, qu'est-ce que vous faites là?*«, donnerte es in ihr Ohr.

Rosalie fuhr zusammen und verlor vor Schreck fast das Gleichgewicht. Ein Mann in blauer Uniform und mit Käppi bohrte seine dunklen Augen unfreundlich in die ihren.

»He! Was fällt Ihnen ein, mich so zu erschrecken«, gab Rosalie empört zurück. Sie fühlte sich gleichermaßen ertappt und gestört bei ihrem heiligen Ritual. Seit die Regierung aus Angst vor Taschendieben die Touristenattraktionen der Stadt bewachen ließ, konnte man nicht einmal an einem regnerischen Dezembertag vor Störungen sicher sein. Es war die Pest.

»Also! Was machen Sie da?«, wiederholte der Uniformierte barsch. »Sie können doch nicht einfach Ihren Müll hier runterwerfen.«

»Das war kein Müll, das war ein Wunsch«, gab Rosalie gereizt zurück und merkte, wie ihre Ohren ganz heiß wurden.

»Jetzt werden Sie mal nicht frech, Mademoiselle.« Der Polizist verschränkte die Arme und baute sich in voller Größe vor ihr auf. »Was auch immer es war, Sie gehen jetzt schön runter und heben es auf, klar? Und diese Chipstüte hier«, er zeigte auf eine zerknüllte Plastiktüte zu ihren Füßen, von der die Regentropfen perlten, »können Sie auch gleich mitnehmen.«

Er blickte der jungen Frau im blauen Mantel nach, wie sie missmutig Stufe um Stufe des Stahlkonstrukts hinabstieg.

Unten angekommen umrundete Rosalie in einem Anflug von Neugier einmal den Eiffelturm und hielt tatsächlich Ausschau nach ihrer Wunschkarte. Doch diese war wie vom Erdboden verschwunden.

Seit dem etwas skurrilen Vorfall auf dem Eiffelturm, von dem Rosalie logischerweise niemandem etwas erzählt hatte, waren mehr als drei Monate vergangen. Der nasskalte Winterregen war einem stürmischen Januar und einem überraschend sonnigen Februar gewichen. Ihr Geburtstag war lange vorbei, der Valentinstag kam und ging, aber ihr Wunsch hatte sich auch diesmal nicht erfüllt.

René hielt ihr stolz einen Karton mit Laufschuhen entgegen. *(Atmungsaktiv, superleicht, der Porsche unter den Laufschuhen, für meine Liebste zum Valentinstag!)*

Auch im März war niemand auf die Idee gekommen, Rosalie ein kleines goldenes Vorhängeschloss zu schenken. Und inzwischen war es April.

So viele Wünsche, so viele Pleiten. Die Bilanz der letzten Jahre führte Rosalie zu der Einsicht, dass es vielleicht an der Zeit war, ihr kindisches Geburtstagsritual einzustellen und erwachsen zu werden. Wenn auch in diesem Jahr nichts passierte, würde sie jedenfalls nicht mehr auf den Eiffelturm steigen.

Die Luft war mild, und es wurde allmählich Frühling. Und der Frühling löst manchmal die Versprechen ein, die der Winter einem schuldig geblieben ist.

Das jedenfalls schrieb Rosalie gerade auf eine ihrer Karten, als es unten an der Ladentür energisch klopfte.

3

Le Vésinet war ein zauberhaftes Städtchen, das etwa zwanzig Kilometer westlich von Paris entfernt inmitten einer Biegung der Seine lag. Noch heute konnte man spüren, dass dieser Ort, der zur Region Île-de-France gehörte, in früheren Zeiten ein Waldgebiet gewesen war, das der König gerne für die Jagd genutzt hatte. Die Impressionisten hatten sich hierherbegeben, um an den verträumten grünen Ufern der Seine die unberührte Natur auf die Leinwand zu bannen, und auf manchen Wegen sah es noch heute genauso aus wie auf den Gemälden von Manet oder Monet.

Vornehme alte Villen lagen geschützt hinter Hecken und Steinmauern, grüne Auen, Parks und stille Seen erfreuten das Auge, und wenn man die alten Alleen entlangfuhr und das Licht durch die hohen Bäume fiel, von denen viele über hundert Jahre alt waren, wurde man unwillkürlich von einem großen Frieden erfasst. Mit anderen Worten: Le Vésinet war der perfekte Ort, wenn man seine Ruhe haben wollte. Es sei denn, so dachte Max Marchais grimmig, man hatte einen Verleger im Nacken, der einem keine Ruhe ließ.

Der berühmte Kinderbuchautor saß an seinem Schreibtisch und blickte hinaus in den Frühlingsmorgen, hinaus in seinen idyllischen Garten mit der großen Wiese, der alten Kastanie und dem blühenden Herzkirschbaum, dem kleinen dunkelgrün gestrichenen Gartenpavillon und den Hortensienbüschen, als das Telefon erneut klingelte.

Das ging den ganzen Morgen nun schon so, und Max Marchais wusste auch, warum. Wenn dieser Montsignac sich etwas in den Kopf gesetzt hatte, war er wie ein Terrier, der sich in der Wade seines Opfers festbiss – es war nahezu unmöglich, ihn abzuschütteln. Seit einer Woche bombardierte er seinen Autor nun schon mit Briefen, E-Mails und Anrufen.

Max Marchais grinste. Offenbar war sein Fall zur Chefsache geworden. Er musste zugeben, dass ihm dies ein wenig schmeichelte.

Zunächst hatte sich eine gewisse Mademoiselle Mirabeau bei ihm gemeldet. Offenbar die Cheflektorin bei *Opale Jeunesse* – dem Kinderbuch-Imprint der *Éditions Opale* –, welche die Nachauflagen seiner immer noch sehr erfolgreichen Kinderbücher betreute.

Mademoiselle Mirabeau mit ihrem feinen Vogelstimmchen war höflich, aber auch recht beharrlich gewesen. Immer wieder war sie mit neuen

Vorstößen gekommen, um ihn dazu zu bewegen, sich noch einmal ein neues Kinderbuchprojekt auszudenken.

Irgendwann hatte Max sie mit einem klaren Nein beschieden. Was war an »Nein« so schwer zu verstehen?

Nein, er hatte keine Lust mehr auf ein weiteres Buch. Nein, er hatte keine phantastischen neuen Ideen mehr. Nein, es lag nicht am Vorschuss. Und nein, er hatte es glücklicherweise auch nicht mehr nötig, Geld zu verdienen. Geld hatte er genug. Er schrieb schon lange keine Kinderbücher mehr, und seit seine Frau vor vier Jahren gestorben war, hatte sich Max Marchais endgültig von Paris und dem gesellschaftlichen Leben zurückgezogen.

Marguerites Tod war ebenso tragisch wie überflüssig gewesen. Und er kam ohne jede Vorwarnung.

Nichts ahnend war sie die Straße entlanggeradelt, auf dem Weg zum Markt, als die Tür eines parkenden Autos plötzlich aufgerissen wurde und Marguerite so unglücklich stürzte, dass sie sich das Genick brach. Die Willkür des Schicksals hatte Max erschüttert und verbittert. Dann ging das Leben einfach weiter. Doch es wurde leerer.

Max machte seinen täglichen Spaziergang durch die freundlichen Straßen und Parks von Le Vésinet,

bei schönem Wetter setzte er sich in seinen Korbstuhl im Schatten der Kastanie und blickte auf den
Garten, den seine Frau mit so viel Liebe angelegt
hatte. Jetzt kümmerte sich ein Gärtner darum.

In der übrigen Zeit saß Max am liebsten an
seinem Schreibtisch und schrieb kleinere Aufsätze für Festschriften oder Fachzeitschriften. Oder
er machte es sich mit einem Buch auf einem der
beiden Sofas in der angrenzenden Bibliothek
mit dem großen Kamin bequem, wo Tausende
von Büchern in bis unter die Decke ragenden
Regalen für eine anheimelnde Atmosphäre
sorgten.

Mit dem Alter war sein Interesse an zeitge-
nössischer Literatur geschwunden. Er las am liebsten wieder die Klassiker, die ihn schon als jungen Mann begeistert hatten und die, wenn man
es genau nahm, kaum dem Vergleich standhielten
mit dem, was man heute in den Verlagshäusern als
»literarische Sensation« anzupreisen pflegte. Wer
schrieb denn heute noch so wie ein Hemingway,
ein Victor Hugo, ein Márquez, Sartre, Camus oder
eine Elsa Morante? Wer hatte denn heute wirklich noch etwas Bedeutendes zu sagen? Etwas, das
Bestand hatte? Das Leben wurde immer raum-
greifender, schneller, flacher – und die Bücher, so
schien es, auch. Am schlimmsten war es bei den

Romanen. Für seinen Geschmack gab es sowieso schon zu viele davon. Der Markt war verstopft mit Banalitäten. Heute glaubte ja jeder, der der französischen Sprache einigermaßen mächtig war, schreiben zu müssen, dachte er missmutig. Es war zu viel und nicht genug. Die ewige Wiederkehr des Gleichen.

Genervt starrte Max auf das immer noch schrillende Telefon, das auf seinem Schreibtisch stand. »Ach, halt die Klappe, Montsignac«, brummte er.

Vielleicht lag es auch an ihm. Vielleicht war er es einfach müde geworden, sich immer wieder aufs Neue einzulassen, und kehrte deshalb zum Bewährten zurück. Vielleicht war er wirklich auf dem besten Weg, ein alter grantiger Mann zu werden, wie seine Haushälterin Marie-Hélène Bonnier letzte Woche geschimpft hatte, als er sich erst über das Wetter beschwert hatte, dann über die Geschwätzigkeit eines Nachbarn und dann über das Essen.

Und wenn schon!

Sein Rücken machte ihm in letzter Zeit wieder zu schaffen. Das ging ziemlich auf die Laune. Max seufzte, als er jetzt versuchte, eine möglichst komfortable Position in seinem Schreibtischsessel zu finden. Er hätte den schweren Buchsbaumkübel im Garten nicht verrücken dürfen, ein fataler Fehler! Es war zum Kotzen. Ständig musste man aufpassen, dass man sich nicht verkühlte oder sich irgendetwas verrenkte. Die alten Freunde und Bekannten hatten inzwischen auch ihre Zipperlein und Macken, die immer schwerer zu ertragen waren. Oder sie starben einfach, und die Einsamkeit und das Gefühl, irgendwann als Letzter übrig zu bleiben, wurden größer.

Es war wirklich langweilig. Derjenige, der den Spruch vom gesegneten Alter erfunden hatte, musste entweder ein Vollidiot gewesen sein oder ein Zyniker. Es war eben *nicht* einfach, alt zu werden und liebenswert zu bleiben. Besonders an den schlechten Tagen.

Das Telefon verstummte, und Max verzog sein Gesicht zu einem triumphierenden Grinsen. Gewonnen!

Er sah hinaus und ließ seinen Blick einen Moment auf den Hortensienbüschen ruhen, die sich im hinteren Teil des Gartens vor einer alten Natursteinmauer erhoben. Ein Eichhörnchen kam aus seinem Versteck, flitzte über die Wiese und verschwand zwischen den Rosenstöcken. Hortensien und Rosen waren die Lieblingsblumen seiner Frau gewesen, die selbst den Namen einer Blume trug. Marguerite war eine leidenschaftliche Gärtnerin gewesen.

Er betrachtete die Fotografie auf seinem Schreibtisch, die eine Frau mit hellen freundlichen Augen und einem feinen Lächeln zeigte.

Sie fehlte ihm. Immer noch. Sie hatten sich erst spät kennengelernt, und die ruhige, ausgeglichene Heiterkeit, mit der Marguerite den Dingen des Lebens begegnete und die sie sich bis zum Schluss bewahrt hatte, hatten ihm – Unruhegeist, der er war – gutgetan.

Er beugte sich wieder über seine handschriftlichen Notizen und hackte dann ein paar Sätze in die Tastatur seines Computers. Das war mal eine wirklich fabelhafte Errungenschaft. Nicht alles, was neu war, war schlecht, keineswegs. Wie einfach das Schreiben heute geworden war. Wie leicht man die Dinge ändern konnte, ohne Spuren zu hinterlassen. Sie hatten damals in den Redaktionsräumen der Zeitung noch auf klappernden Schreibmaschinen geschrieben, deren Lettern sich immer wieder verhakten. Mit Durchschlag. Es gab nicht die Möglichkeit, alles beliebig oft auszudrucken oder einfach Kopien zu machen. Und wenn man sich vertippt hatte, war das Ausbessern jedes Mal eine mühsame Angelegenheit.

Er versuchte, sich wieder auf seine Arbeit zu konzentrieren. Ein Essay zum Thema »Ablenkung als philosophisches Phänomen«, das er für einen kleinen Wissenschaftsverlag verfassen sollte. Max Marchais hatte nicht immer Kinderbücher geschrieben. Nach dem Studium hatte er als Journalist gearbeitet und hin und wieder auch Aufsätze für wissenschaftliche Zeitschriften verfasst. Doch erst durch seine Kinderbücher war er bekannt, ja, berühmt geworden. Er, der nicht einmal Kinder hatte! Ironie des Schicksals! Die Geschichten vom Hasen Pflaumennase, die Abenteuer der kleinen Eisfee und die sieben Bände über den kleinen Ritter Tunichtgut hatten ihn reicher gemacht, als er es je für möglich gehalten hätte. Doch Marguerite hatte kurz nach der Heirat eine Bauchhöhlenschwangerschaft nur knapp überlebt – und das war's dann gewesen. Max war damals einfach nur unendlich dankbar, seine Frau nicht verloren zu haben. Sie hatten es auch ohne Kinder gut gehabt, Marguerite und er, und die Jahre waren nur so verflogen.

In diesem Jahr wurde er siebzig. Als junger Mann hätte er niemals für möglich gehalten, dass ihm das mal passieren würde. Siebzig! Er dachte nicht gern daran.

»Sie müssen mehr rausgehen, Monsieur Marchais. Unternehmen Sie was, fahren Sie mal wieder nach Paris, gehen Sie ins Café, treffen Sie sich mit Freunden, fahren Sie in Ihr Ferienhaus in Trouville oder laden Sie Ihre Schwester aus Montpellier mal wieder ein. Es ist ganz schlecht, sich immer hier im Haus zu vergraben. Sie werden noch völlig vereinsamen. Jeder Mensch muss doch mal mit jemandem reden, mein ich.«

Marie-Hélène mit ihren wortreichen Vorhaltungen machte ihn manchmal wahnsinnig.

»Ich habe ja Sie«, hatte er erklärt.

»Nein, nein, Monsieur Marchais, Sie wissen genau, wie ich's meine. Sie ziehen sich immer mehr zurück. Und Ihre Laune wird auch immer schlechter.« Marie-Hélène war in der Bibliothek gewesen und hatte energisch die Regale abgestaubt. »Ich komme mir schon vor wie die Haushälterin von diesem, na, wie heißt der noch gleich, dieser griesgrämige Mann, der auch immer nur zu Hause hockte und sich alles von seiner Haushälterin erzählen ließ …«

»Marcel Proust«, ergänzte Max trocken. »Nun lassen Sie mal die Kirche im Dorf, Marie-Hélène, und reden Sie nicht so einen Unsinn. Mit mir ist nämlich alles in Ordnung. Und mein Leben gefällt mir genau so, wie es ist.«

»Ach ja?«, hatte Marie-Hélène gesagt und ihren Staubwedel aufgestellt wie eine Lanze. »Ich glaube Ihnen kein Wort, Monsieur Marchais. Wissen Sie, was Sie sind? Ein einsamer alter Mann in einem großen leeren Haus.«

Das war ein starker Satz. In einem Roman hätte er ihm gefallen, dachte Max amüsiert.

Das Dumme war nur, dass seine Haushälterin den Nagel auf den Kopf getroffen hatte.

Als zwei Stunden später das Telefon wieder zu läuten begann, klappte Max unwirsch den Computer zu und schob seine Notizen zum Thema »Ablenkung« endgültig zur Seite. Dann griff er entschlossen nach dem Hörer.

»Ja bitte, ich höre«, sagte er gereizt.

»Aaaah, Marchais, wie gut, dass ich Sie endlich erreiche. Der Vogel war wohl ausgeflogen, was, ha-haha. Ich versuche es schon den ganzen Tag.«

»Ich weiß.« Max verdrehte die Augen. Natürlich Montsignac, er hatte es geahnt. Die Stimme des Verlegers überschlug sich vor Liebenswürdigkeit.

»Mein lieber, guter Marchais, wie geht es Ihnen? Alles im grünen Bereich? Hat Ihnen unsere zauberhafte Mademoiselle Mirabeau schon von dem kleinen Anschlag erzählt, den wir auf Sie vorhaben?«

»Ja, hat sie«, knurrte er. »Aber ich fürchte, wir kommen da nicht zusammen.«

»Aber, aber, Marchais, seien Sie nicht so pessimistisch, es gibt immer einen Weg. Warum treffen wir uns nächste Woche nicht im *Les Éditeurs* und besprechen alles in Ruhe, nur wir beide.«

»Sie können sich die Mühe sparen, Montsignac. Meine Antwort lautet Nein. Ich werde jetzt siebzig Jahre alt, irgendwann muss es auch mal gut sein.«

»Papperlapapp, ich bitte Sie, Marchais, werden Sie nicht kindisch. Siebzig Jahre, was ist denn das für ein Argument? Sie sind doch nicht alt. Siebzig ist das neue Fünfzig. Ich kenne viele Autoren, die fangen in Ihrem Alter erst mit dem Schreiben an.«

»Schön für sie, dann fragen Sie doch die.«

Montsignac hielt es für überflüssig, auf diese Bemerkung einzugehen. Er redete einfach weiter.

»Gerade *weil* Sie siebzig werden, sollten Sie noch einmal ein Buch schreiben, mein lieber Marchais. Denken Sie an Ihre Fangemeinde, denken Sie an die vielen Kinder, die Sie mit Ihren Büchern glücklich gemacht haben. Wissen Sie überhaupt, wie viele *Hasen Pflaumennase* noch heute jeden Monat über die Ladentheke gehen? Sie sind immer noch der große Kinderbuchautor in diesem Land. Die Astrid Lindgren Frankreichs sozusagen.« Max hörte ihn lachen. »Nur mit dem unschlagbaren Vorteil, dass Sie erst siebzig werden und noch Bücher schreiben können.« Er geriet ins Schwärmen. »Ein neues Kinderbuch, das wir zu Ihrem runden Geburtstag rausbringen werden.

Et voilà: Punktlandung. Ich sage Ihnen, das wird ein Knaller. Ich sehe: Die ganze Presse wird sich darauf stürzen. Ich sehe: dreißig Auslandslizenzen. Und dann schieben wir die gesamte Backlist noch mal so richtig an. Das wird ein Fest!«

Max Marchais konnte fast hören, wie der alte Montsignac sich die Hände rieb. Der »alte Montsignac« – er musste wider Willen lächeln, während die Prophezeiungen des euphorisierten Verlegers an ihm vorbeirauschten.

In Wirklichkeit war Montsignac nämlich noch gar nicht so alt. Erst Mitte sechzig, jünger als er selbst, doch der große stattliche Mann mit dem früh ergrauten Haar und den stets blütenweißen Hemden, die sich gefährlich um seinen Bauch spannten, wenn er einen seiner gefürchteten Wutanfälle bekam, war ihm immer älter erschienen.

Er kannte den Verleger der *Éditions Opale* nun seit fast dreißig Jahren. Und obwohl sie schon heftig miteinander gestritten hatten, schätzte er diesen vitalen, ungeduldigen, aufbrausenden, hartnäckigen, oft ungerechten, aber am Ende immer herzensguten Mann, der ihn verlegerisch so viele Jahre betreut hatte. Montsignac hatte das erste Buch von Max Marchais unter Vertrag genommen, als dieser noch ein unbeschriebenes Blatt war. Er hatte sogar einen der besten Kinderbuchillustratoren verpflichtet für das Werk eines damals noch völlig unbekannten Autors, dessen Manuskript schon von mehreren Verlagshäusern abgelehnt worden war.

Sein verlegerischer Mut, für den Max ihn sehr bewunderte, hatte sich dann mehr als ausgezahlt. Die Abenteuer des Hasen mit der Pflaumennase wurden ein großer Erfolg und verkauften sich in viele Länder. Auch alle seine weiteren Bücher waren bei *Opale Jeunesse* erschienen, einige galten mittlerweile als Klassiker der Kinderbuchliteratur.

Als Marguerite gestorben war, hatte Montsignac die Buchmesse sausen lassen und war zur Beerdigung nach Le Vésinet rausgefahren, um ihm am Grab die Hand zu schütteln. »Es wird weitergehen, Marchais, glauben Sie mir, es wird weitergehen«, hatte er ihm ins Ohr geraunt und ihm freundschaftlich den Arm um die bebenden Schultern gelegt.

Das alles hatte Max Marchais nicht vergessen.

»Sagen Sie, Marchais …« Die Stimme des Verlegers hatte mit einem Mal einen misstrauischen Klang angenommen. »Sie werden uns doch wohl nicht fremdgehen, was? Ist etwa ein anderer Verlag im Spiel? Ist es das? Das würden Sie doch nicht machen, nach allem, was wir für Sie getan haben, was?« Er schnaufte fassungslos.

»Also bitte, Montsignac, was denken Sie von mir!«

»Nun, dann sehe ich keinen Grund, warum wir dieses schöne Projekt nicht zusammen aus der Taufe heben sollten«, erklärte Montsignac erleichtert.

»Welches Projekt?«, entgegnete Max. »Ich kann mich an kein Projekt erinnern.«

»Ach, kommen Sie schon, Marchais, jetzt lassen Sie sich nicht so bitten. Da geht noch was! Das spüre ich. Eine kleine Geschichte, das ist doch eine Fingerübung für Sie.«

»Hören Sie, Montsignac. Lassen Sie mir doch einfach meine Ruhe. Ich bin ein schlecht gelaunter alter Mann, der keine Lust mehr hat auf Fingerübungen.«

»Das haben Sie aber schön gesagt. Bravo! Wissen Sie was, Marchais? Ich mag Sie wirklich, aber Ihr Selbstmitleid ist unerträglich. Höchste Zeit, dass Sie mal wieder aus Ihrem Bau kommen. Gehen Sie raus, mein Freund. Schreiben Sie. Lassen Sie zu, dass etwas Neues passiert. Dass ein bisschen Licht in Ihr Leben fällt. Sie haben sich schon viel zu lange hinter Ihren Buchsbaumhecken vergraben.«

»Natursteinmauern«, widersprach Max und starrte auf die Hortensienbüsche, die sich hinten im Garten an das Mauerwerk schmiegten. Das war nun schon die zweite Gardinenpredigt in einer

Woche. Offenbar machte der Verleger gemeinsame Sache mit der Haushälterin.

»Aber ich hab doch ewig kein Kinderbuch mehr geschrieben«, wandte Max nach einer Pause ein.

»Glauben Sie mir, das ist wie mit dem Radfahren, so was verlernt man nicht. Gibt es sonst noch einen Grund?« Montsignac war wie immer. Er akzeptierte kein Nein. Max seufzte.

»Ich hab einfach keine Idee mehr, das ist der Grund.«

Der Verleger brach in schallendes Gelächter aus.

»Der war gut«, sagte er, nachdem er sich wieder beruhigt hatte.

»Wirklich, Montsignac, ich hab einfach keine gute Geschichte mehr auf Lager.«

»Na, dann suchen Sie, Marchais, suchen Sie! Ich bin mir absolut sicher, dass Sie am Ende eine tolle Geschichte finden werden.« Er sagte es so, als ob man nur einfach an seinen Schrank gehen müsste, um eine Geschichte hervorzukramen wie ein Paar alte Socken. »Also, nächsten Freitag um eins im *Les Éditeurs*, keine Widerrede!«

Ins *Les Éditeurs* verirrten sich nur selten Touristen. Es war ein kleines Restaurant etwas abseits hinter der Metro-Station Odéon gelegen. Hier trafen sich

Verleger mit ihren Autoren, Lizenzleute führten Verkaufsgespräche mit ausländischen Lektoren, die zum *Salon du Livre* anreisten. Man saß umgeben von Büchern in bequemen roten Lederfauteuils, die unter einer riesigen Bahnhofsuhr standen, speiste eine schmackhafte kleine Köstlichkeit von der Karte oder trank auch nur einen *Café* oder einen *Jus d'orange pressé.*

Monsieur Montsignac, der auf den harten Holzstühlen anderer Cafés schon sehr bald unruhig hin- und herrutschte, weil sie ihm zu unbequem waren, wusste den Komfort der weichen Sessel überaus zu schätzen. Für ihn einer der Hauptgründe, immer wieder in das kleine Restaurant zu kommen, wenn er eine geschäftliche Verabredung hatte.

Er rührte in seinem *Café express,* und seine Augen ruhten wohlgefällig auf seinem Autor, der vor zwei Stunden in einem blauen Anzug und mit sorgfältig zurückgekämmten silbergrauen Haaren das Restaurant betreten hatte. Er hatte sich neuerdings einen Spazierstock zugelegt (natürlich ein eleganter Stock mit einem silbernen Löwenkopf als Knauf, den er angeblich wegen seines Rückens benötigte), aber Montsignac konnte sich des Eindrucks nicht erwehren, dass der gute Marchais bisweilen auch gern mit seinem Alter kokettierte und zu allem überredet werden wollte.

Dabei war er – immer noch – ein Mann, den man gerne ansah, fand Montsignac. Seine lebhaften hellen blauen Augen verrieten einen wachen Geist, auch wenn er nach dem Tod seiner Frau ziemlich wortkarg geworden war.

Auf jeden Fall hatte Montsignac sofort gewusst, dass es gute Neuigkeiten gab, als Marchais sich mit einem seltsam verlegenen Lächeln in den Sessel gegenüber fallen ließ. »Also schön, Sie alter Quälgeist«, hatte er ohne Umschweife gesagt. »Eine Geschichte hab ich noch.«

»Warum überrascht mich das jetzt nicht?«

Montsignac hatte zufrieden gelacht.

Der Verleger hatte sich nicht gewundert – auch nicht, als Marchais ihm die neue Geschichte bereits eine Woche später zumailte, fast noch bevor die Tinte auf dem Vertrag getrocknet war. Manchen Autoren musste man einfach nur einen kleinen Schubs geben, dann liefen sie wie von selbst.

»Eine wunderbare Geschichte. Sehr schön!«, hatte er in den Hörer gerufen, nachdem er das Manuskript gelesen und seinen Autor gleich angerufen hatte, der diesmal so schnell am Telefon war, als habe er danebengesessen. »Diesmal haben Sie sich selbst übertroffen, alter Freund.«

Dann allerdings hatte es Montsignac einige Überredungskunst gekostet, Marchais davon zu überzeugen, dass man für das neue Buch unbedingt den Illustrator wechseln sollte.

»Wieso denn das?«, hatte Max störrisch eingewandt. »Warum kann das nicht wieder Éduard machen? Ich schätze ihn sehr, und die Zusammenarbeit mit ihm war immer erfreulich.«

Montsignac hatte innerlich aufgestöhnt. Die schwerfälligen Zeichnungen von Éduard Griseau, der inzwischen auf die achtzig zuging und sich mittlerweile ganz seinen Holzschnitten verschrieben hatte, waren einfach nicht mehr das, was man heute in einem Kinderbuch erwartete. Man musste mit der Zeit gehen. So war das nun mal.

»Nein, nein, Marchais, das muss duftiger werden. Ich hab da eine bestimmte Illustratorin im Auge, die hat einen ganz eigenen Strich, der mir gut gefällt. Sie ist noch nicht sehr bekannt, aber voller Ideen. Unverbraucht. Hungrig. Originell. Die wäre genau die Richtige für Ihre Geschichte vom blauen Tiger. Sie malt Postkarten.«

»*Postkarten?*«, hatte Marchais misstrauisch wiederholt. »Griseau ist ein *Künstler* – und Sie wollen jetzt eine Dilettantin ans Werk lassen?«

»Seien Sie nicht so voreingenommen, Marchais. Immer schön offen bleiben. Sie heißt Rosalie Laurent und hat einen kleinen Postkartenladen in der Rue du Dragon. Warum schauen Sie nicht einfach mal vorbei und sagen mir dann, was Sie davon halten?«

Und so kam es, dass Max Marchais einige Tage später vor Rosalies Postkartenladen stand und mit seinem Spazierstock ungeduldig gegen die verschlossene Eingangstür mit dem blauen Rahmen klopfte.

4

Zunächst hatte Rosalie das Klopfen gar nicht gehört. Sie saß mit zerzaustem Haar in Jeans und Pulli oben an ihrem Tisch und zeichnete, und im Hintergrund sang Vladimir Vissotski das Lied von Odessa, von dem sie nur die Worte »Odessa« und »Prinzessa« verstand. Ihr Fuß wippte im Takt der lebhaften Musik.

Montags war der einzige Tag, an dem das *Luna Luna* wie viele andere kleine Geschäfte in Paris geschlossen hatte.

Leider hatte der Tag nicht gut begonnen. Der Versuch, Monsieur Picard mit freundlichen Worten von der geplanten Mieterhöhung abzubringen, hatte in einer lautstarken Auseinandersetzung geendet. Sie hatte den Mund einfach nicht halten können und den Vermieter schließlich als kapitalistischen Halsabschneider beschimpft.

»Das muss ich mir nicht gefallen lassen, Mademoiselle Laurent, das muss ich mir nicht gefallen lassen«, hatte Monsieur Picard ausgerufen, und seine Knopfäuglein hatten erbost gefunkelt. »Das sind nun mal die Preise in Saint-Germain. Wenn Ihnen das nicht passt, können Sie ja ausziehen. Ich kann den Laden mit Kusshand an *Orange* vermieten, die zahlen glatt das Doppelte, nur dass Sie das wissen!«

»Orange? Wer soll da sein? Ach, Sie meinen diesen Mobilfunkanbieter? Ich fass es nicht! Sie wollen aus meinem schönen Geschäft einen *Mobile-Laden* machen? Sie sind sich auch für nichts zu schade, was?«, hatte Rosalie gerufen, und ihr Herz hatte angefangen, beängstigend schnell zu klopfen, als sie wütend die ausgetretene Steintreppe hinuntergelaufen war (Monsieur Picard wohnte im dritten Stock) und ihre Wohnungstür mit einem Knall hinter sich zuschlug, der durch das ganze Treppenhaus hallte. Dann hatte sie sich mit zitternden Händen nach langer Zeit wieder einmal eine Zigarette angesteckt. Sie stellte sich ans Fenster und blies den Rauch in den Pariser Morgenhimmel. Es war ernster, als sie gedacht hatte. Wie es aussah, würde sie nicht darum herumkommen, Monsieur Picard ihr sauer verdientes Geld in den Rachen zu werfen. Sie hoffte nur, dass sie immer genug Geld haben würde, um dies zu tun. Zu schade, dass der Laden nicht ihr gehörte. Sie musste sich etwas überlegen. Irgendetwas würde ihr schon einfallen.

Sie hatte sich einen Kaffee gemacht und war wieder an ihren Zeichentisch zurückgekehrt. Die Musik und die Arbeit an der Zeichnung ließen sie ruhiger werden. Das wollen wir doch mal sehen,

Monsieur Picard, dachte sie, als sie schließlich mit energischem Schwung den Spruch auf die neue Karte schrieb. So schnell werden Sie mich nicht los. Es klopfte, aber sie hörte es nicht. Zufrieden betrachtete sie ihr Werk.

Und der Frühling löst manchmal die Versprechen ein, die der Winter einem schuldig geblieben ist.

»Hoffen wir's mal«, sagte sie, mehr zu sich selbst.

Wieder klopfte es unten laut und vernehmlich an der Ladentür. Diesmal horchte Rosalie auf. Sie hielt verwundert inne und legte den Stift beiseite. Sie erwartete niemanden. Der Laden hatte geschlossen, die Post war schon da gewesen, und René hatte den ganzen Tag Termine bei seinen Kundinnen.

»Ja doch, ich komm ja schon«, rief sie, zwirbelte sich im Gehen mit einer Spange die Haare hoch und stieg hastig die engen Holzstufen der Wendeltreppe hinunter, die in den Laden führte.

William Morris, der unten in seinem Körbchen lag, hob kurz den Kopf und ließ ihn dann wieder auf seine weißen Pfoten sinken.

Vor der Tür stand ein älterer Herr in dunkelblauem Regenmantel und passendem Paisley-Schal, der ungeduldig mit seinem Stock gegen die Scheibe klopfte.

Sie drehte den Schlüssel um, der von innen steckte, und machte die Tür auf. »He, he, Monsieur, was soll denn das? Sie müssen mir nicht gleich die Scheibe einschlagen«, sagte sie unfreundlich. »Können Sie nicht lesen, wir haben heute geschlossen.« Sie deutete auf das Schild, das hinter der Tür hing. Der alte Herr hielt es nicht für nötig, sich zu entschuldigen. Er zog die buschigen weißen Brauen hoch und musterte sie mit kritischem Blick.

»Sind *Sie* Rosalie Laurent?«, fragte er dann.

»Heute nicht«, entgegnete sie gereizt und schob sich eine Haarsträhne hinters Ohr. Was sollte das werden? Ein Verhör?

»Wie?«

»Ach, nichts. Vergessen Sie's einfach.«

Der Herr mit dem Paisley-Schal schien irritiert. Vermutlich hörte er schlecht.

»Am besten, Sie kommen morgen wieder, Monsieur«, sagte sie noch einmal, diesmal lauter. »Hier ist heute *geschlossen*.«

»Sie müssen nicht so schreien«, entgegnete der Herr pikiert. »Ich höre noch sehr gut.«

»Das freut mich«, gab sie zurück. »Also dann, *au revoir*.«

Sie schloss die Tür und wandte sich zum Gehen, als es erneut gegen die Scheibe klopfte. Sie atmete tief durch und wandte sich wieder um.

»Ja?«, sagte sie, nachdem sie die Ladentür noch einmal geöffnet hatte.

Wieder warf er ihr diesen prüfenden Blick zu. »Sind Sie es nun oder nicht?«, fragte er.

»Ich bin's«, erklärte sie. Die Sache fing an, interessant zu werden.

»Oh, das ist gut«, sagte er. »Dann ist das jedenfalls der richtige Laden. Darf ich reinkommen?« Er machte einen Schritt in den Laden.

Verblüfft trat Rosalie zurück. »Eigentlich haben wir heute geschlossen«, wiederholte sie.

»Ja, ja. Das sagten Sie bereits, aber wissen Sie …«, er begann, durch den Laden zu gehen und sich umzusehen, »ich bin jetzt extra nach Paris reingekommen, um zu sehen, ob Ihre Zeichnungen sich wirklich eignen.« Er ging weiter und stieß ungeschickt gegen die Kante des großen Holztisches, der mitten im Laden stand, und einer der Keramikbecher mit den Stiften geriet gefährlich ins Wanken.

»Ist das eng hier«, bemerkte er vorwurfsvoll.

Rosalie rückte den Keramikbecher wieder zurecht, als er jetzt mit seiner großen Hand nach einer Blumenkarte griff, die auch auf dem Tisch lag.

»Haben Sie das gemalt?«, fragte er streng.

»Nein.« Sie schüttelte verwundert den Kopf.

Er kniff die Augen zusammen. »Zum Glück.« Er legte die Karte wieder zurück. »Das würde auch nicht passen.«

»Aha.« Rosalie verstand kein Wort. Dieser gut gekleidete ältere Herr war offensichtlich nicht ganz richtig im Kopf.

»Meine Karten sind in dem Ständer an der Tür. Wollen Sie vielleicht eine Wunschkarte in Auftrag geben?«, versuchte sie es noch einmal.

Er sah sie mit seinen blitzenden blauen Augen amüsiert an.

»Eine *Wunschkarte*? Was soll das sein? Sind wir hier beim Christkind?«

Rosalie schwieg beleidigt. Sie verschränkte die Arme und sah zu, wie er sich dem Postkartenständer näherte, eine Karte nach der anderen herauszog, jede mit gerunzelter Stirn für einen Moment dicht vor seine Augen hielt und sie dann wieder umständlich zurücksteckte.

»Gar nicht mal schlecht«, hörte sie ihn geistesabwesend murmeln. »Hm … ja … das könnte gehen … in der Tat.«

Sie räusperte sich ungeduldig. »Monsieur«, sagte sie dann. »Ich habe nicht den ganzen Tag Zeit. Wenn Sie eine Karte kaufen möchten, dann tun Sie das jetzt. Oder kommen Sie ein anderes Mal wieder.«

»Aber, Mademoiselle, ich will doch keine Karte kaufen.« Er warf ihr einen überraschten Blick zu, schob seine lederne braune Umhängetasche nach hinten und trat einen Schritt zurück. »Ich wollte Sie eigentlich fragen …«

Weiter kam er nicht. Er hatte beim Zurücktreten seinen Stock in das Körbchen von William Morris gesetzt, ohne es zu bemerken. Um genau zu sein, hatte er auch William Morris nicht bemerkt. Der Hund, der eine Sekunde zuvor noch so friedlich und leblos wie ein Wollknäuel dagelegen hatte, jaulte auf vor Schmerz und fing an, wie verrückt zu bellen – und das setzte eine in höchstem Maße fatale Kettenreaktion in Gang.

William Morris bellte, der alte Herr erschrak, taumelte gegen den Postkartenständer, verhakte sich mit seiner Umhängetasche, verlor seinen Stock, und dann ging alles so rasend schnell, dass Rosalie keine Chance mehr hatte, das Werk der Zerstörung aufzuhalten, das dominosteinartig und mit einem ohrenbetäubenden Getöse über sie hereinbrach und damit endete, dass der Herr mit dem Paisley-Schal der Länge nach auf dem Steinfußboden aufschlug, während er immer noch Halt suchend einen inzwischen leeren Postkartenständer umklammerte, der auch den zweiten Ständer zum Umsturz gebracht hatte, und die Karten explosionsartig durch die Luft segelten, bis sie schließlich sanft zu Boden flatterten.

Einen Moment war es totenstill. Selbst William Morris hatte vor Schreck aufgehört zu bellen.

»Oh mein Gott!« Rosalie schlug die Hände vor den Mund. Eine Sekunde später kniete sie neben dem Mann, auf dessen Stirn eine himmelblaue Wunschkarte gelandet war.

»Jeder Kuss ist wie ein Erdbeben« stand darauf.

»Haben Sie sich verletzt?« Vorsichtig hob Rosalie die Karte hoch und blickte in das schmerzverzerrte Gesicht des Fremden. Er machte die Augen auf und stöhnte.

»Aaaaah … verdammt … mein Rücken«, sagte er und versuchte, sich aufzurichten. »Was ist passiert?« Er sah irritiert auf das verbogene Drahtgestell über seiner Brust und auf all die Karten, die um ihn herum verteilt am Boden lagen.

Rosalie musterte ihn besorgt und befreite ihn von dem leeren Ständer. »Wissen Sie das nicht mehr?« Meine Güte, hoffentlich hatte der Alte kein Schädel-Hirn-Trauma. »Mein Hund hat gebellt, und Sie haben die Postkartenständer umgerissen.«

»Ja … richtig.« Er schien zu überlegen. »Der Hund. Wo kam der eigentlich so plötzlich her? So was, der blöde Köter hat mich vielleicht erschreckt!«

»Und Sie haben ihn erschreckt – Sie haben nämlich Ihren Stock auf seine Pfote gestellt.«

»Hab ich das?« Er richtete sich ächzend auf und rieb sich den Hinterkopf.

Rosalie nickte. »Kommen Sie, ich helfe Ihnen. Meinen Sie, Sie können aufstehen?«

Sie griff nach seinem Arm, und er rappelte sich mit ihrer Hilfe auf.

»Autsch! Mist, verdammter!« Er griff sich mit der Hand ins Kreuz. »Geben Sie mir meinen Stock. Scheißrücken!«

»Hier!«

Er machte ein paar vorsichtige Schritte, und Rosalie geleitete ihn zu dem alten Ledersessel, der neben dem Kassentisch in einer Ecke stand. »Setzen Sie sich erst mal. Möchten Sie ein Glas Wasser?«

Der Mann ließ sich vorsichtig nieder, streckte seine langen Beine und versuchte ein schiefes Lächeln, als sie ihm das Glas reichte.

»So ein Pech«, sagte er kopfschüttelnd. »Aber jedenfalls – Montsignac hatte recht. Sie sind die Richtige für den blauen Tiger.«

»Äääh … Wie?« Rosalie riss die Augen auf und nagte an der Unterlippe. Es war offenbar schlimmer, als sie gedacht hatte. Der Mann schien ernsthaft verletzt. Das fehlte gerade noch. Sie fühlte Panik in sich aufsteigen. Sie hatte keine Haftpflichtversicherung für ihren Hund. Was, wenn der Mann einen Schaden davontrug?

Rosalie war eine Großmeisterin der Antizipation. Wenn etwas passierte, egal was, konnte sie in Sekundenschnelle all die Dinge, die schrecklicherweise passieren *könnten,* bis zum bitteren Ende durchdenken. Es lief ab wie in einem Film, nur schneller.

Im Geiste sah sie schon eine Schar aufgebrachter Angehöriger im Laden aufkreuzen, die ihre Finger anklagend auf den Hundekorb richteten, in dem der kleine William Morris mit schuldbewusstem Blick saß.

Sie hörte die näselnde Stimme von Monsieur Picard, der »immer-schon-gesagt-hatte-dass-der-Hund-nicht-in-den-Laden-gehört«. Aber William Morris war doch sanft wie ein Lamm. Er hatte ja gar nichts Schlimmes getan. Er saß verschreckt unter dem Ladentisch und starrte sie mit großen Augen an.

»Es ist seltsam, aber Sie erinnern mich an jemanden«, sagte der Fremde mit dem Paisley-Schal jetzt. »Mögen Sie überhaupt Kinderbücher?« Er beugte sich etwas vor und stöhnte auf.

Rosalie schluckte. Der Mann war völlig durcheinander, das stand fest.

»Hören Sie, Monsieur, bleiben Sie ganz ruhig sitzen, ja? Nicht bewegen. Ich glaube, es ist besser, wenn wir einen Arzt rufen.«

»Nein, nein, es geht schon.« Er winkte ab. »Ich brauche keinen Arzt.« Er lockerte seinen Paisley-Schal und atmete tief durch.

Sie sah ihn aufmerksam an. Im Moment wirkte er wieder ganz normal. Aber das konnte täuschen.

»Soll ich … soll ich jemanden anrufen, der Sie abholt?«

Wieder schüttelte er den Kopf. »Nicht nötig. Ich nehme einfach eine von den blöden Tabletten, dann geht's schon wieder.«

Sie überlegte einen Moment. *Eine von den blöden Tabletten?* Was meinte er damit? Psychopharmaka vielleicht? Vielleicht war es doch besser, jemanden zu verständigen.

»Wohnen Sie in der Nähe?«

»Nein, nein. Früher hab ich mal in Paris gewohnt … Aber das ist lange her. Ich bin mit dem Zug gekommen.«

Rosalie beschlich ein mulmiges Gefühl. Dieser Mann war von der ersten Sekunde an eigenartig gewesen. Sie sah ihn zweifelnd an. Man hörte doch immer wieder von diesen Demenzkranken, die entwischten und sich dann in den Straßen verirrten, weil sie ihr altes Zuhause suchten.

»Sagen Sie, Monsieur … wie heißen Sie denn? Ich meine … können Sie sich an Ihren Namen erinnern?«, fragte sie behutsam.

Er schaute sie einigermaßen überrascht an. Dann fing er an zu lachen.

»Hören Sie, Mademoiselle, es ist nicht mein Kopf, der mir Probleme macht, es ist der Rücken«, erklärte er mit einem Grinsen, und Rosalie spürte, wie sie rot wurde. »Verzeihen Sie, wenn ich mich noch gar nicht vorgestellt habe.« Er streckte die Hand aus, und sie ergriff sie zögernd. »Max Marchais.«

Rosalie starrte ihn verblüfft an und wurde – wenn möglich – noch eine Spur röter. »Das gibt's ja nicht«, stammelte sie. »*Sie* sind Max Marchais? Ich meine, *der* Max Marchais? Der Kinderbuchautor? Der vom Hasen Pflaumennase und der kleinen Eisfee?«

»Genau der«, sagte er und lächelte. »Haben Sie vielleicht Lust, mein neues Kinderbuch zu illustrieren, Mademoiselle Laurent?«

Max Marchais war der Held ihrer Kindheit gewesen. Als kleines Mädchen hatte Rosalie all seine Bücher mit Begeisterung gelesen. Die Geschichte der kleinen Eisfee hatte sie geliebt, und die Abenteuer des Hasen Pflaumennase konnte sie fast auswendig. Die Bücher, die sie so gern mit in die Ferien und abends mit ins Bett genommen hatte, wiesen heftige Gebrauchsspuren auf – Eselsohren, Knicke und, ja, auch ein paar Schokoladenflecken –, und sie standen immer noch in Rosalies altem Kinderzimmer im Regal. Doch dass sie Max Marchais eines Tages höchstpersönlich kennenlernen würde – damit hatte Rosalie nicht im Traum gerechnet. Und dass sie eines Tages eines seiner Bücher würde illustrieren dürfen – das … ja, das grenzte schon an ein Wunder.

Auch wenn die erste Begegnung mit dem berühmten Kinderbuchautor ziemlich turbulent, um nicht zu sagen stürmisch verlaufen war, geriet der Rest des Tages doch noch sehr erfreulich.

Max Marchais hatte ihr von seinem Verleger, einem gewissen Montsignac erzählt, der im Übrigen auf Rosalie aufmerksam geworden war, weil seine Frau Gabrielle sich bei einem ausgiebigen Bummel durch Saint-Germain nicht nur eine hübsche Handtasche bei *Sequoia* in der Rue du Vieux Colombier und drei Paar Schuhe bei *Scarpa* in der Rue du Dragon gekauft hatte, sondern eben auch einige von Rosalies Wunschkarten. Allerdings ohne gleich den ganzen Laden in ein Chaos zu verwandeln!

Nachdem der erste Schreck vergessen und alle Missverständnisse geklärt waren, hatte Rosalie die Karten lachend wieder aufgesammelt und im Laden aufgeräumt.

Leider konnte der unerwartete Gast ihr nicht dabei zur Hand gehen, so gerne er es auch gewollt hätte. Max Marchais war nicht mehr aus seinem Sessel herausgekommen. Schließlich hatte Rosalie zwar keinen Arzt geholt, aber sie hatte René angerufen.

»Hexenschuss«, hatte René mit fachmännischem Blick gesagt und wiederum seinen Freund Vincent Morat verständigt, der Chiropraktiker war und ein paar Straßen weiter seine Praxis hatte. Dort saß der stöhnende Kinderbuchautor kurze Zeit später – oder besser gesagt, er lag. Auf einer Lederpritsche. Unter den gleichermaßen kundigen wie beherzten Griffen von Vincent Morat krachten die Wirbel seines Iliosakralgelenks mehrere Male vernehmlich, bevor Marchais staunend und völlig schmerzfrei die Praxis verließ.

Er fühlte sich zehn Jahre jünger und schritt beschwingt mit seinem Stock aus, als er wieder in die Rue du Dragon zurückging, um die Besitzerin des kleinen Postkartenladens und ihren Freund zum Essen einzuladen. Das war, nach allem, was passiert war, das Mindeste, was er tun konnte. Und er merkte zu seiner Überraschung, dass er sich richtiggehend darauf freute.

Er hatte ein gutes Gefühl, was diese Rosalie Laurent anging. Und seine Rückenschmerzen war er auch los.

So etwas nannte man wohl zwei Fliegen mit einer Klappe schlagen.

An diesem Abend konnte Rosalie vor Aufregung kaum einschlafen. Neben ihr lag selig schlummernd René, der nach einem feuchtfröhlichen Abend mit zwei Flaschen Rotwein, einem hervorragenden *Coq au vin* und einer der kalorienreichsten *Crème brûlées*, die er seit Langem zu sich genommen hatte, schwer wie ein Stein ins Bett gefallen war und leise schnarchte. Und hinter der Küchentür lag, erschöpft von der Aufregung, William Morris, der den restlichen Tag nicht mehr unter dem Ladentisch hervorgekommen war und misstrauisch den Postkartenständer beäugt hatte, und zuckte mit den Pfoten.

Rosalie starrte an die Zimmerdecke und lächelte.

Bevor die Müdigkeit sie schließlich doch übermannte, zog sie ihr blaues Notizbuch unter dem Bett hervor und machte einen Eintrag.

Der schlimmste Moment des Tages:
Ein unfreundlicher alter Mann kommt an meinem freien Tag in den Laden und reißt den Postkartenständer um.

Der schönste Moment des Tages:
Der unfreundliche alte Mann ist MAX MARCHAIS!
Und ich, Rosalie Laurent, werde sein neues Kinderbuch illustrieren!

5

Wenige Tage später, an einem frühlingshaften Tag im April, trat die Geschichte vom blauen Tiger in das Leben von Rosalie Laurent und veränderte es für immer. Am Ende gibt es in jedem Leben eine Geschichte, die zum Dreh- und Angelpunkt wird – auch wenn das die wenigsten Menschen gleich erkennen.

Als Rosalie morgens die Ladentür öffnete und wie üblich nach oben schaute, wölbte sich ein Himmel aus Porzellan über der Rue du Dragon, so zart und frisch, wie er nur nach einem April-schauer in Paris sein kann. Das Pflaster der Straße war noch nass, auf dem Trottoir stritten sich zwei kleine Vögel um ein Stückchen Brot, gegenüber wurde ein Rollladen hochgezogen, die Gerüche des Morgens wehten Rosalie um die Nase, und sie hatte mit einem Mal das Gefühl, dass heute einer jener Tage war, an dem etwas Neues beginnen würde.

Seit dem denkwürdigen Besuch von Max Marchais wartete sie auf die versprochene Post. Noch immer fiel es ihr schwer, zu glauben, dass sie diejenige sein sollte, die Marchais' neues Buch illustrieren würde. Sie hoffte, den berühmten Autor und seinen Verleger nicht zu enttäuschen. Auf jeden Fall würde sie alles geben. Das war ihre große Chance. »Illustriert von Rosalie Laurent.« Sie fühlte jetzt schon einen unbändigen Stolz in sich aufsteigen. Ihre Mutter würde Augen machen. Und Tante Paulette erst – ach, die arme Tante Paulette! Wie schade, dass sie nichts mehr sah!

Noch wusste keiner von ihrem Auftrag. Außer René natürlich. »Cool«, hatte er gesagt. »Da wirst du ja noch richtig berühmt.« Das war etwas, das sie an René mochte. Er freute sich, wenn ihr etwas gelang, und hätte ihr niemals etwas geneidet. Er war keiner, der sich mit anderen verglich, und das war wohl – neben dem vielen Sport – das eigentliche Geheimnis seiner Ausgeglichenheit, auch wenn er gewiss nie darüber nachdachte.

Als sie jetzt in den Hausflur trat, machte ihr Herz einen freudigen Satz. Schon von Weitem entdeckte sie den großen weißen Umschlag, der zur Hälfte aus dem Briefkasten ragte, und wusste sofort, dass es das Manuskript des Kinderbuchautors war.

Es gab Tage, die waren so perfekt, dass selbst der Briefkasten nur Schönes zu bieten hatte!

Mit klopfendem Herzen drückte Rosalie den Umschlag an ihre Brust. Sie brannte darauf, die

Geschichte zu lesen, und ging raschen Schrittes in den Laden zurück. Doch das schöne Wetter hatte die Menschen an diesem Samstag schon früh auf die Straße gelockt, und bevor Rosalie den Umschlag noch öffnen konnte, betrat eine junge Frau den Laden, die für ihr Patenkind einen Füller kaufen wollte und sich ausführlich beraten ließ, bevor sie schließlich mit einem dunkelgrün marmorierten Waterman-Federhalter verschwand.

Den ganzen Tag über war die Papeterie gut besucht. Die Kunden kamen und gingen, kauften Postkarten und Geschenkpapier, Lesezeichen und kleine Spieluhren oder Schokoladen mit Zitaten berühmter Dichter. Einige gaben Bestellungen für Wunschkarten auf. Immer wieder bimmelte die kleine Silberglocke, die über der Ladentür hing, und Rosalie musste ihre Ungeduld bezähmen, bis endlich gegen Abend der letzte und jüngste Kunde gegangen war: ein zehnjähriger Junge mit rotem Haarschopf und Sommersprossen, der seiner Mutter zum Geburtstag einen Briefbeschwerer schenken wollte und sich einfach nicht entscheiden konnte.

»Soll ich das Rosenherz nehmen? Das Kleeblatt? Oder das Segelschiff?«, fragte er immer wieder, und seine Augen ruhten begehrlich auf dem Briefbeschwerer mit dem alten Dreimaster. »Was meinen Sie, würde *Maman* ein Segelschiff gefallen? So ein Schiff ist schon was Tolles, oder?«

Rosalie musste lächeln, als er sich im letzten Moment schließlich doch noch für das Herz aus Rosen entschied. »Eine gute Wahl«, sagte sie. »Mit Herzen und Rosen liegst du immer richtig bei den Frauen.«

Endlich war es still im Laden. Rosalie schloss die Tür ab, ließ das Gitter herunter und leerte die Kasse. Dann nahm sie den weißen Umschlag, der den ganzen Tag auf dem Weichholztisch gelegen hatte, und stieg nach oben in ihr kleines Reich. Sie ging in die winzige Küche, setzte den Wasserkessel auf und nahm ihre Lieblingstasse aus dem Regal über der Spüle, ein Einzelstück aus der Serie *Oiseau bleu* von der Porzellanmanufaktur Gien, die sie mal auf dem Flohmarkt ergattert hatte.

Sie setzte sich auf ihr französisches Bett, das ein blau-weiß gemusterter Grandfoulard mit dazu passenden großen und kleinen Kissen tagsüber in ein Sofa verwandelte, knipste die Stehlampe an und nahm einen Schluck *Thé au citron*.

Der weiße Umschlag lag verheißungsvoll neben ihr. Rosalie öffnete ihn behutsam und zog das Manuskript heraus, an das eine Visitenkarte mit ein paar handschriftlichen Zeilen geheftet war.

Liebe Mademoiselle Rosalie, es hat mich gefreut, Ihre
Bekanntschaft zu machen. Hier kommt nun »Der blaue
Tiger« zu Ihnen. Bin gespannt, was Ihnen dazu ein-
fällt, und erwarte bald Ihre Vorschläge.
Herzlich, Max Marchais
PS.: Grüßen Sie William Morris von mir, ich hoffe, er
hat sich von dem Schrecken erholt.

Rosalie lächelte. Nett, dass er den Hund erwähnte.
Und dann die Anrede – *Mademoiselle Rosalie.* So
altmodisch. Gleichzeitig respektvoll und persönlich, fand sie.

Sie zog sich ein paar Kissen zurecht und lehnte
sich zurück, die Manuskriptseiten auf den Knien.

Und dann begann sie endlich zu lesen.

Max Marchais

DER BLAUE TIGER

Als Héloïse acht Jahre alt wurde, geschah etwas ganz und gar Seltsames. Etwas, das kaum zu glauben war und doch genau so passierte.

Héloïse war ein lebhaftes Mädchen mit blondem Haar und grünen Augen, einer lustigen sommersprossigen Nase und einem etwas zu großen Mund, und wie die meisten kleinen Mädchen hatte sie sehr viel Phantasie und dachte sich oft abenteuerliche Geschichten aus.

Sie glaubte fest daran, dass ihre Stofftiere nachts heimlich miteinander sprachen und dass es in den Glockenblumen im Garten kleine Elfen gab, die so winzig waren, dass sie für das menschliche Auge nicht erkennbar waren. Sie war sich beinahe sicher, dass man auf Teppichen fliegen konnte, wenn man nur das Zauberwort kannte, und wenn man ein Bad nahm, musste man achtgeben, dass man die Badewanne verließ, *bevor* man den Stöpsel zog, damit einen der gierige Wassergeist nicht durch den Abfluss ziehen konnte.

Héloïse wohnte mit ihren Eltern und ihrem Hündchen Babu in einer hübschen weißen Villa am Stadtrand von Paris, ganz in der Nähe des Bois de Boulogne, der ein riesiger, riesiger Park ist, eigentlich schon eher ein Wald. Sonntags kam Héloïse oft mit ihren Eltern hierher, um ein Picknick zu machen oder Boot zu fahren, aber ihr Lieblingsplatz waren die Jardins de Bagatelle, ein kleiner verwunschener Park mit einem wunderbaren Rosengarten. Wie es dort duftete! Héloïse holte immer ganz tief Luft, wenn sie dort spazieren gingen.

Im Parc de Bagatelle gab es auch ein kleines Schloss. Es hatte das zarteste Rosa, das man sich nur vorstellen kann, und Héloïses Papa hatte erzählt, dass es vor langer Zeit in nur vierundsechzig Tagen von einem jungen Grafen für eine Königin erbaut worden war.

Héloïse, die auch sehr gern eine Prinzessin gewesen wäre, fand das sehr beeindruckend. »Wenn ich einmal groß bin, werde ich nur einen Mann heiraten, der mir auch in vierundsechzig Tagen ein Schloss baut«, hatte sie ausgerufen, und ihr Vater hatte gelacht und gemeint, dann wäre es wohl von Vorteil, einen Architekten zu heiraten.

Nun kannte Héloïse keinen Architekten, aber sie kannte Maurice, einen Jungen, der am Ende der Straße mit seiner Mutter in einem kleinen Haus wohnte, das von einem verwilderten Garten mit vielen Apfelbäumen umgeben war.

Maurice hatte eines Tages am Zaun gestanden, als Héloïse die Straße entlanghüpfte. »Magst du einen Apfel?«, hatte er gefragt und ihr mit einem schüchternen

Lächeln einen dicken roten Apfel über den Zaun gereicht. Héloïse nahm den Apfel und biss ein Stück ab, dann gab sie dem Jungen mit den verstrubbelten blonden Haaren den Apfel zurück, damit auch er ein Stück abbeißen konnte.

Seit diesem Tag waren sie Freunde und mehr als das: Maurice hatte Héloïse in die Hand versprochen, dass er ihr später ein kleines Schloss bauen würde, so eines wie in den Jardins de Bagatelle, kein Problem! Er hatte sich sogar schon heimlich ein paar Ziegelsteine von einer Baustelle besorgt und sie in einer Ecke des Gartens versteckt, denn Maurice war, wie ihr euch sicher vorstellen könnt, ziemlich verliebt in das goldhaarige Mädchen, das so wunderbare Geschichten erzählen konnte und so gern lachte. Wenn Héloïse den Mond als Lampe für ihr Zimmer hätte haben wollen, wäre Maurice sicherlich auch Astronaut geworden, um ihr diesen vom Himmel zu holen.

Am Morgen ihres achten Geburtstags nun machte Héloïse mit ihrer Klasse einen Ausflug in den Bois de Boulogne. Das Geburtstagskind durfte sich wünschen, wohin genau der Ausflug gehen sollte, und es wollte natürlich in den Parc de Bagatelle. Die Sonne schien ganz warm, und die Lehrerin, Madame Bélanger, hatte gesagt, dass die Kinder ihre Farbkästen und Zeichenblöcke mitnehmen sollten, weil sie heute draußen malen wollten. Und während Madame Bélanger sich mit ihrem Biologiebuch in den Schatten eines Baumes setzte, saßen die Kinder auf Decken oder im Gras und malten eifrig Vögel, Rosenbüsche, das kleine rosafarbene Schloss oder einen der prächtigen Pfaue, die mit ruckelnden Köpfen über die Wiese stolzierten, als ob der ganze Park ihnen gehörte.

Héloïse konnte sich zunächst gar nicht entscheiden, was sie malen sollte. Und während die anderen Kinder schon eifrig auf ihre Blöcke pinselten, lag sie auf ihrer Decke und schaute in den blauen Himmel, wo eine dicke Wolke gemächlich entlangsegelte. Es sah aus, als ginge dort oben ein freundlicher Tiger spazieren, fand Héloïse. Sie setzte sich auf, holte ihren Farbkasten aus dem Malbeutel und tauchte den Pinsel ins Wasserglas.

Zwei Stunden später klatschte Madame Bélanger in die Hände, und jedes Kind durfte sein Bild zeigen. Als die Reihe an Héloïse kam, präsentierte sie voller Stolz einen prächtigen indigoblauen Tiger mit silbernen Streifen und himmelblauen Augen. Sie hatte sich sehr viel Mühe gegeben und fand, dass es eins der besten Bilder war, das sie jemals gemalt hatte.

Einige Kinder stießen sich an und fingen an zu lachen. »Hahaha, Héloïse, was hast *du* denn gemalt«, riefen sie. »Ein Tiger ist doch nicht *blau*!«

Héloïse wurde rot wie eine Tomate. »Meiner schon«, sagte sie.

»Aber ein Tiger ist gelb und hat schwarze Streifen – das weiß doch jedes Kind«, sagte Mathilde, die die Beste aus der Klasse war und es wissen musste.

»Mein Tiger ist aber … ein Wolkentiger, und die sind immer blau und haben silberne Streifen, so ist das nun mal«, entgegnete Héloïse, und ihre Unterlippe fing ein wenig an zu zittern. Wie hatte sie nur vergessen können, dass Tiger gelb waren?!

Madame Bélanger lächelte und zog die Augenbrauen hoch.

»Also«, sagte sie. »Es gibt Eisbären und Braunbären, Buntspechte und Blaufüchse und Schneeleoparden. Aber von einem blauen Wolkentiger habe ich noch nie etwas gehört.«

»Aber …«, sagte Héloïse verlegen. »Irgendwo gibt es bestimmt blaue Tiger …«

Die anderen Kinder ließen sich vor Vergnügen ins Gras zurückfallen.

»Ja, und rosa Elefanten! Und grüne Zebras! Geh mal in den Zoo, Héloïse!«, riefen sie.

»Schluss jetzt, Kinder«, mahnte die Lehrerin und hob die Hand. »Auch wenn es blaue Tiger natürlich nicht wirklich gibt, finde ich dein Bild doch sehr hübsch, Héloïse.«

Am frühen Nachmittag kamen die Geburtstagsgäste. Es gab einen großen Schokoladenkuchen, Himbeereis und Limonade, Héloïse spielte mit ihren Freunden im Garten Sackhüpfen und Verstecken und Fang den Ball, und erst nach dem Abendessen, als sie ihren Eltern schon Gute Nacht gesagt hatte und auf ihr Zimmer gegangen war, bemerkte sie, dass sie den Beutel mit den Malsachen und das Bild mit dem blauen Tiger im Park hatte liegen lassen. Das war zu ärgerlich! Maman würde sicher schimpfen, denn der Wasserfarbkasten mit den vierundzwanzig Farben war ganz neu.

Héloïse überlegte einen Moment, dann kletterte sie aus dem Fenster und stahl sich durch den Garten davon, während ihre Eltern im Wohnzimmer Fernsehen schauten.

Die Sonne stand schon tief, als sie kurze Zeit später atemlos am Eingang des Parc de Bagatelle ankam. Entschlossen drückte sie gegen das alte Gittertor, das glücklicherweise nicht verschlossen war und leise quietschte. Sie lief an dem rosafarbenen Schloss, den Rosenbeeten und den kleinen Wasserfällen vorbei, die mit einem leisen Murmeln über die Felsen plätscherten, und kam bald zu der Wiese, wo die ganze Klasse vormittags gemalt hatte. Suchend blickte sie umher – und da! Unter dem alten Baum, wo am Morgen die Lehrerin gesessen hatte, lag ihr roter Stoffbeutel, und den Zeichenblock hatte jemand gegen den Baumstamm gelehnt.

Doch das Bild mit dem blauen Tiger war verschwunden.

Ob es jemand mitgenommen hatte?

Ob der Wind es weggeweht hatte?

Héloïse kniff die Augen zusammen, um besser zu sehen, und ging ein paar Schritte in Richtung des weißen Pavillons, der sich leicht wie eine Vogelvolière auf einem kleinen Hügel erhob.

Plötzlich hörte sie ein seufzendes Geräusch, das von der alten Steingrotte unterhalb des Pavillons zu kommen schien. Man nannte sie auch die »Grotte der vier Winde«. Warum sie so hieß, konnte niemand sagen, aber Héloïse, die sich dort schon einmal versteckt hatte, war überzeugt davon, dass es sich um einen verzauberten Ort handelte.

Wenn man sich in die Mitte des Steingewölbes stellte, mit Blick auf den Wasserfall, der sich hinter der Grotte in einen Teich mit Seerosen ergoss, und einen Wunsch flüsterte, trugen die Winde diesen Wunsch in alle vier Himmelsrichtungen, und er würde sich irgendwann erfüllen, davon war Héloïse überzeugt.

Wieder hörte sie das Seufzen, das jetzt eher wie ein leidvolles Knurren klang. Vorsichtig näherte sie sich dem Eingang der Grotte, die von den letzten Strahlen der untergehenden Sonne in ein goldenes Licht getaucht wurde.

»Hallo?«, rief sie. »Ist da jemand?«

Ein Rascheln, ein Scharren, ein Tapsen, und dann stand er vor ihr.

Ein blauer Tiger mit silbernen Streifen. Er sah genauso aus wie der Tiger von ihrem Bild.

Héloïse riss die Augen auf. »Ach du meine Güte!«, murmelte sie und war nun selbst ein bisschen erstaunt.

»Was starrst du mich so an?«, knurrte der blaue Tiger, und vor Schreck fiel Héloïse im ersten Moment gar nicht auf, dass dieser Tiger auch noch sprechen konnte.

»Bist du etwa der blaue Tiger?«, fragte sie schließlich vorsichtig.

»Sieht man das nicht?«, gab der Tiger zurück. »Ich bin ein Wolkentiger.« Er warf Héloïse einen kühnen Blick aus seinen leuchtend blauen Augen zu.

»Oh«, sagte Héloïse. »Da hätte ich auch gleich drauf kommen können.« Sie schaute ihn zweifelnd an. »Sind Wolkentiger gefährlich?«, fragte sie dann.

»Kein bisschen«, antwortete der blaue Tiger und verzog sein Maul zu einem Grinsen. »Jedenfalls nicht für Kinder.«

Héloïse nickte erleichtert. »Darf ich dich mal streicheln?«, fragte sie. »Ich hab heute nämlich Geburtstag, musst du wissen.«

»Wenn das so ist, darfst du sogar auf mir reiten«, sagte der blaue Tiger. »Aber erst musst du mir helfen. Ich habe mir nämlich dummerweise in dem Rosenbeet da drüben einen Dorn in die Pfote getreten.«

Er kam etwas näher, und Héloïse bemerkte, dass er seine rechte Pfote nachzog.

»Oh weh«, sagte Héloïse, die auch schon mal einen Splitter im Fuß gehabt hatte. »Das kenne ich, das tut weh. Lass mal sehen, Tiger.«

Im letzten Licht der Sonne streckte ihr der Tiger seine Pfote hin, und Héloïse, die sehr scharfe Augen hatte, sah den Dorn und zog ihn mit einem beherzten Ruck heraus.

Der blaue Tiger stieß ein schmerzerfülltes Gebrüll aus, und Héloïse sprang erschrocken zurück.

»Entschuldige«, sagte der blaue Tiger und leckte seine Wunde.

»Wir sollten es verbinden«, meinte Héloïse. »Warte, wir nehmen das hier!« Sie griff in den Malbeutel und zog einen weißen Lappen hervor, der schon ein paar Farbkleckse hatte, aber ansonsten noch einwandfrei war, und band ihn dem blauen Tiger um die Pfote.

»Tut mir leid wegen der Farbkleckse«, sagte sie. »Aber besser als nichts.«

»Die Farbkleckse gefallen mir besonders gut«, brummte der blaue Tiger. »Da, wo ich herkomme, sagt man, dass Farbkleckse das Schönste im Leben sind.« Zufrieden betrachtete er den getupften Lappen, der nun um seine Pfote gewickelt war. »Und himmelblaue Kieselsteine natürlich – solche, wie man sie nur in dem blauen See hinter den blauen Bergen findet. Die sind auch sehr kostbar, weil sie nur alle paar Jahre vom Himmel fallen. Himmelskiesel bringen Glück, sagt man bei uns. Hast du schon einen?«

Héloïse schüttelte verwundert den Kopf. Himmelblaue Kieselsteine hatte sie noch nie gesehen. Und schon gar nicht welche, die vom Himmel gefallen waren.

»Und wo kommst du her?«, wollte sie wissen.

»Aus dem blauen Land.«

»Ist das weit weg von hier?«

»Oh ja, sehr weit. So weit, dass man fliegen muss.«

»Mit dem Flugzeug?« Héloïse war noch nie in ihrem Leben geflogen.

Der Tiger rollte mit den Augen. »Um Himmels willen, doch nicht mit dem Flugzeug! Das ist viel zu laut und viel zu langsam. Außerdem gibt es bei uns keine Flugzeuglandeplätze. Nein, nein, ins blaue Land kommt man nur mit der Sehnsucht.«

»Aha«, sagte Héloïse verdutzt.

Die Sonne war untergegangen, und am Himmel, der sich jetzt sehr rasch immer dunkler färbte, sah man bereits den Mond dick und rund aufgehen.

»Was ist?«, fragte der blaue Tiger. »Drehen wir eine kleine Runde?« Er neigte den Kopf ein wenig und wies auf seinen silber-blau getigerten Rücken. »Steig auf, Héloïse.«

Héloïse wunderte sich keinen Moment darüber, dass der blaue Tiger ihren Namen kannte. Sie wunderte sich auch nicht, dass er fliegen konnte. Schließlich war er ein Wolkentiger. Sie kletterte auf seinen Rücken, schlang beide Arme um seinen Hals und schmiegte ihr

Gesicht fest an sein weiches Fell, das jetzt im Mond-
schein silbrig glänzte.

Und dann flogen sie los.

Bald lagen die Grotte der vier Winde, der weiße Pavil-
lon, das kleine rosafarbene Schloss, die plätschernden
Wasserfälle und die duftenden Rosenbeete weit hinter
ihnen. Sie überquerten die dunklen Wälder des Bois de
Boulogne und sahen in der Ferne die Stadt mit ihren
Tausend und Abertausend Lichtern, den Triumphbo-
gen, der sich majestätisch aus dem Stern der Straßen
erhob, und den Eiffelturm, der schlank und glitzernd
in den Nachthimmel ragte und über die Stadt wachte.

Noch nie zuvor hatte Héloïse Paris von oben gesehen. Sie hatte gar nicht gewusst, dass ihre Stadt so
schön war.

»Wie großartig das ist!«, rief sie aus. »Alles ist so
anders, wenn man es von oben sieht, findest du nicht,
Tiger?«

»Es ist immer gut, wenn man die Dinge von Zeit
zu Zeit als Ganzes betrachtet«, sagte der blaue Tiger.
»Und das geht am besten von oben. Oder von Weitem.
Erst wenn man das ganze Bild sieht, erkennt man, wie
gut sich in Wahrheit alles zusammenfügt.«

Héloïse schmiegte sich eng an sein weiches Fell, als
sie jetzt in einer weiten Schleife wieder in Richtung Bois
de Boulogne zurückflogen. Die Luft war sommerlich

und warm, und ihre goldenen Haare flatterten im Wind. Unten auf der Seine, die sich wie ein dunkles Samtband durch die Stadt schlängelte, glitten die Ausflugsboote mit ihren bunten Lämpchen dahin, und hätte jemand von dort unten nach oben geschaut, hätte er eine lang gestreckte indigoblaue Wolke mit einem flirrenden Goldrand gesehen, die die Form eines fliegenden Tigers hatte, und sich vielleicht ein wenig gewundert. Vielleicht hätte dieser Jemand aber auch geglaubt, dass es der Schweif einer Sternschnuppe war, der da am Nachthimmel aufblitzte, und sich etwas gewünscht.

»Ich bin so froh, dass es dich wirklich gibt!«, rief Héloïse dem Tiger ins Ohr, als sie jetzt dicht über dem Parc de Bagatelle schwebten und ihr der Duft der Rosen um die sommersprossige Nase wehte. »In der Schule haben mich alle ausgelacht.«

»Und ich bin froh, dass es dich gibt, Héloïse«, sagte der blaue Tiger. »Weil du nämlich ein ganz besonderes Mädchen bist.«

»Das wird mir keiner glauben«, sagte Héloïse, nachdem der blaue Tiger mit allen vier Pfoten sanft in ihrem Garten gelandet war.

»Na und?«, entgegnete er. »War es nicht trotzdem schön?«

»Einmalig schön«, sagte Héloïse und schüttelte ein wenig traurig den Kopf. »Aber sie werden es mir nicht

glauben. Keiner wird mir glauben, dass ich einen blau-
en Wolkentiger getroffen habe.«

»Das macht gar nichts«, sagte der blaue Tiger. »Das
Wichtigste ist, dass du selbst daran glaubst. Das ist übrigens bei allem das Wichtigste.«

Er machte einen geschmeidigen Satz und blieb
unter dem offenen Fenster stehen, aus dem Héloïse
herausgeklettert war, um ihre vergessenen Malsachen
und das Tigerbild zu holen.

Es kam ihr vor, als wäre seitdem eine Ewigkeit vergangen, doch es konnte nicht allzu lange gewesen
sein, denn durch die erleuchtete Wohnzimmerscheibe
sah sie ihre Eltern, die immer noch ihre Fernsehsendung
schauten.

Keiner hatte bemerkt, dass sie weg gewesen war.
Außer vielleicht Babu, der mit wedelndem Schwanz
hinter der großen Wohnzimmerscheibe stand und aufgeregt bellte.

»Du kannst gerne auf meinen Rücken steigen, dann
kommst du leichter in dein Zimmer«, sagte der blaue
Tiger.

Héloïse zögerte. »Werde ich dich wiedersehen?«

»Eher nicht«, sagte der blaue Tiger. »Einem Wolkentiger begegnet man nämlich nur ein Mal im Leben.«

»Oh«, sagte Héloïse.

»Aber du musst deswegen nicht traurig sein. Wenn
du Sehnsucht nach mir hast, legst du dich einfach ins

Gras und wartest, bis eine Wolkentigerwolke vorbei-
fliegt. Das bin dann ich. Und nun geh.«

Héloïse schlang ihre Arme ein letztes Mal um den
Tiger.

»Vergiss mich bloß nicht«, sagte sie.

Der Tiger hob seine verbundene Pfote. »Wie sollte
ich dich je vergessen? Ich hab ja dein Farbkleckstuch.«

Eine Weile noch stand Héloïse am Fenster und sah
dem blauen Tiger nach, der mit ein paar großen Sätzen den Garten durchquerte. Er sprang über die Hecke,
flog über die Baumkronen hinweg, deren Blätter leise
raschelten, um sich dann für einen kurzen Augenblick
über die helle Scheibe des Mondes zu schieben, bis er
sich schließlich am Nachthimmel verlor.

»Ich werde dich auch nicht vergessen, Tiger«, sagte
sie leise. »Nie!«

Als Héloïse am nächsten Morgen aufwachte, schien die
Sonne schon hell ins Zimmer, das Fenster stand sperr-
angelweit auf, und auf dem Boden lagen ihre Anziehsachen und ihr roter Malbeutel.

»Guten Morgen, Héloïse«, sagte ihre Mutter, die
fast über den Beutel gestolpert wäre. »Du sollst doch
nicht immer alles auf den Boden werfen.«

»Ja, *Maman*, aber diesmal ist es anders«, sagte Héloïse und setzte sich aufgeregt im Bett auf. »Ich bin ge-

stern Abend noch mal in den Park gegangen, weil ich meine Malsachen vergessen hatte, und der Beutel war noch da, aber mein Bild war verschwunden, und dann habe ich in der Grotte der vier Winde einen blauen Tiger getroffen, der sah genauso aus wie auf meinem Bild, blau mit silbernen Streifen, und er konnte sogar sprechen, *Maman*, das war nämlich ein Wolkentiger, aber er hatte sich verletzt, an den Rosenbüschen, und ich hab ihm seine Pfote verbunden, und dann durfte ich auf seinem Rücken reiten, und wir sind zusammen über ganz Paris geflogen, und …« An dieser Stelle musste Héloïse leider Luft holen.

»Du meine Güte«, sagte die Mutter lächelnd und strich ihrer Tochter übers Haar. »Da hast du ja wirklich einen abenteuerlichen Traum gehabt. Das kommt sicher von dem ganzen Schokoladenkuchen, den du gestern gegessen hast.«

»Aber nein, *Maman*, das war kein Traum«, sagte Héloïse und sprang aus ihrem Bett. »Der blaue Tiger *war* in unserem Garten – hier, vor meinem Fenster hat er gestanden, bevor er wieder losgeflogen ist.«

Sie trat ans Fenster und lehnte sich hinaus, um in den Garten zu blicken, der ruhig und friedlich und eigentlich so wie jeden Morgen dalag. »Es war ein Wolkentiger«, beharrte sie.

»Ein Wolkentiger … so, so«, wiederholte ihre Mutter belustigt. »Na, da bin ich mal froh, dass er dich nicht gefressen hat. Und jetzt zieh dich an, Papa nimmt dich gleich mit zur Schule.«

Héloïse wollte gerade erklären, dass Wolkentiger für Kinder völlig ungefährlich seien, aber da war die Mutter schon aus dem Zimmer gegangen. »Das Kind hat wirklich eine lebhafte Phantasie, Bernard«, hörte Héloïse sie sagen, als sie die Treppe herunterging.

Héloïse runzelte die Stirn und dachte angestrengt nach. Konnte es wirklich sein, dass sie das alles nur geträumt hatte? Nachdenklich zog sie ihr Kleid an und starrte auf den roten Malbeutel, der immer noch vor ihrem Bett lag. Sie hob ihn auf und schaute hinein.

Da waren ein Wasserfarbkasten, ein paar Pinsel, ein Zeichenblock mit leeren Seiten. Eine angebrochene Rolle Kekse. Der weiße Lappen mit den Farbklecksen fehlte. Und dann entdeckte Héloïse etwas Schimmerndes ganz unten im Beutel.

Es war ein flacher, runder, himmelblauer Kieselstein!

»Héloïse, kommst du?«, hörte sie ihre Mutter rufen.

»Ich komme, *Maman*!«

Héloïse schloss die Finger fest um den glatten blauen Stein und lächelte. Was wussten Erwachsene schon!

Nach der Schule würde sie zu ihrem Freund Maurice gehen und ihm die Geschichte vom blauen Tiger erzählen. Und sie war sich ganz sicher, er würde ihr glauben.

Noch lange, nachdem sie den letzten Satz gelesen hatte, saß Rosalie auf ihrem Bett und ließ den Zauber der Geschichte auf sich wirken. Während sie las, hatte sie alles so deutlich vor sich gesehen, dass sie sich nun fast ein wenig erstaunt in ihrem Zimmer umsah. Die kleine Héloïse mit den goldfarbenen Haaren. Ein Apfel, der über den Zaun gereicht wurde, der Park mit den alten Bäumen und das Schloss in den Jardins de Bagatelle, welches das zarteste Rosa hatte, das man sich vorstellen konnte. Der Wolkentiger in der Grotte der vier Winde. Das blaue Land, in das man nur mit der Sehnsucht gelangte. Der Nachtflug über Paris. Die aufflatternden Haare des kleinen Mädchens. Das Versprechen, nicht zu vergessen. Die blauen Kiesel. Das Tuch mit den Farbklecksen.

Bilder begannen, sich in ihrem Kopf zu formen, Farben flossen ineinander, Gold und Indigoblau, Silber und Rosa, und am liebsten hätte sie sofort ihre Stifte und Pinsel hervorgeholt und angefangen zu malen.

Vor dem Fenster zur Straße hatte sich unmerklich ein nachtblauer Himmel ausgebreitet. Rosalie saß noch lange so da, schaute in die Dunkelheit und spürte die tiefe Wahrheit, die der Geschichte zugrunde lag, und bei allem Komischen, das sie hatte, auch diese leise Wehmut, ja Traurigkeit, die sie auf unerklärliche Weise anrührte. Sie musste plötzlich an ihren Vater denken und an all das, was er ihr mit auf den Weg gegeben hatte.

»Ja«, sagte sie leise, »die Farbkleckse sind das Wichtigste. Die Sehnsucht, die man nie verlieren darf. Und dass man an seine Wünsche glaubt.«

6

Paris hatte ihn mit einem Wolkenbruch empfangen.

Fast wie damals, als er zum ersten Mal hierhergekommen war. Er war gerade zwölf geworden, ein schlaksiger Teenager mit halb langen blonden Haaren, der mit einem Mal einen Schub getan hatte und dessen lange Beine in den unvermeidlichen Jeans steckten. Seine Mutter hatte ihm die Reise zum Geburtstag geschenkt.

»Was meinst du, Robert – eine Woche Paris, nur du und ich, ist das nicht großartig? Paris ist eine wunderbare Stadt. Du wirst sehen, es wird dir gefallen.«

Es war ein halbes Jahr nach dem Tod seines Vaters, dem Rechtsanwalt Paul Sherman von der berühmten New Yorker Kanzlei *Sherman & Sons*, und eigentlich war nichts mehr *großartig*. Dennoch hatte Robert beim Anflug auf Paris eine eigenartige Aufregung erfasst. Seine ganze Familie lebte damals in dem verschlafenen Städtchen Mount Kisco, das eine gute Stunde nördlich von New York City lag. Aber seine Mutter, deren eigene Mutter ursprünglich aus Frankreich kam, hatte ihm manchmal von

Paris erzählt, wo sie als junge Frau – auf Betreiben der Eltern – einmal einen Sommer verbracht hatte. Aus diesem Grund sprach sie sehr gut Französisch und hatte auch bei ihrem Sohn darauf bestanden, dass er diese Sprache lernte.

Als sie dann mit dem Taxi durch das nächtliche Paris gefahren waren und die Regentropfen auf das Dach des Autos prasselten, hatte er sich von der Begeisterung seiner Mutter anstecken lassen und sich den Hals verrenkt, um durch die regennassen Scheiben den erleuchteten Eiffelturm zu sehen, den Louvre, die runden Kugellampen auf einer prächtigen Brücke, deren Namen er sofort wieder vergessen hatte, und die breiten Boulevards, die von dunklen Bäumen gesäumt waren. In den knorrigen blattlosen Ästen, die sich gen Himmel reckten, hingen kleine Lämpchen.

Die nassen Straßen reflektierten die Lichter der Stadt und ließen die Konturen der hohen Steinhäuser mit ihren geschwungenen Eisenbalkonen und die unzähligen Cafés und Restaurants, deren Fenster erleuchtet waren, verschwimmen, und Robert hatte für einen kurzen Moment das Gefühl gehabt, durch eine Stadt aus Gold zu gleiten.

Dann waren die Straßen immer holpriger und enger geworden, bis das Taxi schließlich vor einem kleinen Hotel angehalten hatte und er direkt beim

Aussteigen in eine knöcheltiefe Pfütze getreten war, die seine Turnschuhe sofort durchnässte.

Es war seltsam, an was für Details man sich manchmal erinnerte. Dinge, die eigentlich überhaupt keine Bedeutung hatten. Trotzdem behielt man sie in einem Winkel seines Kopfes, und Jahre oder Jahrzehnte später kamen sie wieder hervorgekrochen.

Es musste Anfang November gewesen sein, als sie damals in Paris ankamen, ein kalter Wind fegte durch die Straßen und Parks, und er erinnerte sich vor allem daran, dass es viel geregnet hatte. Mehr als einmal waren sie nass geworden und hatten sich immer wieder in eins der vielen kleinen Cafés mit den lustigen Markisen geflüchtet, um einen heißen Milchkaffee zu trinken.

Es war das erste Mal, dass er einen richtigen Kaffee trank, und er war sich plötzlich sehr groß und erwachsen vorgekommen, fast wie ein Mann.

Er erinnerte sich auch noch gut an die dunkelhäutige Frau mit dem riesigen Lächeln und dem farbenfrohen Kopftuch mit den aufgedruckten Papageien, die ihnen jeden Morgen das Frühstück aufs Zimmer gebracht hatte, weil es in französischen Hotels ganz normal war, im Bett zu frühstücken. Und an die *Assiette de fromage*, die er im *Café de Flore* bestellt hatte (»das Café der Dichter«, hatte seine Mutter ihm erklärt). Es war ein Käsetel-ler mit ihm ganz unbekannten Käsesorten, bei dem die einzelnen Käsestücke kreisförmig und von mild zu scharf angeordnet waren, das hatte ihn ziemlich beeindruckt. Abends waren sie in eine schummrige Jazzbar in Saint-Germain gegangen, wo sie gegessen hatten und er die erste *Crème brûlée* seines Lebens gekostet hatte. Sie hatte eine zuckrige Kruste, die im Mund mit einem leisen Krachen zersplitterte. Er erinnerte sich an die Mona Lisa, vor der sich Menschen in Mänteln drängten, die nach Regen rochen, an eine Bootsfahrt auf der Seine, die sie zu Notre-Dame führte, auch da hatte es geregnet, und an das Zippo-Feuerzeug mit dem Schriftzug »Paris«, das er sich oben auf dem Eiffelturm gekauft hatte, den sie zusammen hochgestiegen waren.

»Wir sollten noch mal bei besserem Wetter wiederkommen«, hatte seine Mutter gesagt, als sie oben auf der Plattform standen und der Wind ihnen ins Gesicht blies. »Wenn du mit der Uni fertig bist, kommen wir noch mal her und stoßen mit einem Glas Champagner an.« Sie lachte. »Dann werde ich allerdings nicht mehr zu Fuß hier hochkommen, fürchte ich. Aber es gibt ja glücklicherweise einen Aufzug.«

Aus irgendeinem Grund hatten sie das Eiffelturmprojekt später aus den Augen verloren, wie man mit der Zeit so manches Projekt aus den Augen verliert, was aus dem Moment heraus geboren wird, und eines Tages war es dann zu spät.

Am Nachmittag waren sie durch einen der großen Stadtparks spaziert, er wusste nicht mehr, ob es der Jardin du Luxembourg gewesen war oder die Tuilerien, aber er erinnerte sich noch genau an den großen weißen Gedenkstein, auf den er geklettert war. »*À Paul Cézanne*« stand darauf in goldenen Buchstaben. Das hatte ihn plötzlich an seinen Vater erinnert und an die Inschrift auf dessen Grabstein auf dem Friedhof von Mount Kisco, und es war ein bisschen so, als wäre Dad bei ihnen gewesen. Das Foto, das seine Mutter damals aufgenommen hatte und das einen lachenden blonden Jungen in Mütze und Schal mit einem Zippo-Feuerzeug auf einem großen weißen Steinquader zeigte, hatte bis zu ihrem Tod in der Küche gehangen. Als er das Haus auflösen musste, hatte er es von der Wand genommen und geweint.

Er konnte sich auch noch genau daran erinnern, wie sie sich in einer Boulangerie diese riesigen rosafarbenen Baisers gekauft hatten, die *Meringue* hießen und nach Zucker, Luft und Mandeln schmeckten, daran, wie ihre Mäntel anschließend bedeckt waren von rosafarbenem Staub, und an das ausgelassene Lachen seiner Mutter. Ihre Augen hatten nach langer Zeit wieder dieses Strahlen gehabt. Doch dann, er wusste gar nicht wieso, war die freudige Erregung einer urplötzlichen Traurigkeit gewichen, die sie zu überspielen versuchte und die er dennoch gespürt hatte.

Am letzten Tag waren sie in die Orangerie gegangen und hatten Hand in Hand vor Monets großen Seerosenbildern gestanden, und als er sie beunruhigt gefragt hatte, ob alles in Ordnung sei, hatte sie bloß genickt und gelächelt, aber ihre Hand hatte die seine unwillkürlich fester gefasst.

An all das hatte Robert denken müssen, als er an diesem Morgen in Paris angekommen war. Seit seinem letzten Besuch waren sechsundzwanzig Jahre vergangen. Das Zippo-Feuerzeug hatte er immer noch. Doch diesmal war er allein hier. Und weil er eine Antwort suchte.

Seine Mutter war vor ein paar Monaten gestorben. Seine Freundin hatte ihm ein Ultimatum gestellt. Er musste die Weichen für sein Leben neu stellen und war sich nicht sicher, welchen Weg er einschlagen sollte. Er musste eine Entscheidung treffen. Und er hatte mit einem Mal das Gefühl gehabt, dass es hilfreich sein könnte, so viele Kilometer wie nur möglich zwischen sich und New

York zu bringen und nach Paris zu kommen, um in Ruhe zu überlegen.

Rachel war außer sich gewesen. Sie hatte ihre dunkelroten Locken geschüttelt, die Arme über der Brust verschränkt, und ihr bebender Körper war ein einziger Vorwurf.

»Ich verstehe dich nicht, Robert«, hatte sie gesagt, und ihre kleine spitze Nase war womöglich noch ein bisschen spitzer geworden. »Ich verstehe dich *wirklich* nicht. Du bekommst die unglaubliche Chance, bei *Sherman & Sons* eine große Nummer zu werden, und stattdessen willst du diesen mickrigen unterbezahlten befristeten Job an der Universität annehmen – für *Literatur?!*« Sie hatte das Wort ausgespien, als sei es eine Kakerlake.

Nun – der »mickrige Job« war immerhin eine Gastprofessur, aber er konnte ihre Enttäuschung dennoch ein wenig verstehen.

Als Sohn von Paul Sherman, einem Mann, der Rechtsanwalt mit Leib und Seele gewesen war (wie im Übrigen auch schon dessen Vater und Großvater), schien eine juristische Laufbahn für ihn wie gemacht. Doch wenn er ehrlich war, hatte ihn schon während des Studiums das ungute Gefühl beschlichen, der falsche Mann im falschen Zug zu sein, wenn er morgens nach Manhattan fuhr. Und so hatte er sich – zum Erstaunen der ganzen Familie – nicht davon abhalten lassen, ein zweites Studium zu beginnen und seinen *Bachelor of Arts* zu machen.

»Wenn es deinem Seelenheil dient«, hatte seine Mutter gesagt, die seine Leidenschaft für Bücher zwar nicht in diesem Ausmaß teilte, aber doch über genügend Phantasie verfügte, um nachzuvollziehen, wie es war, wenn man sich für irgendetwas begeisterte. Sie selbst hatte eine Leidenschaft für Museen. Schon als Robert klein war, ging seine Mutter so selbstverständlich ins Museum, wie andere Leute einen Spaziergang machten – und aus denselben Gründen. Wenn sie gut gelaunt war, sagte sie zu ihrem Sohn: »Es ist ein so herrlicher Tag – wollen wir nicht ins Museum gehen?!« Und wenn sie traurig war oder nachdenken musste oder etwas Schlimmes passiert war, nahm sie ihn bei der Hand, setzte sich in den Zug nach New York und schleifte ihr Kind durch das Guggenheim, das Metropolitan Museum of Modern Art oder die Frick Collection.

Nach dem Tod seines Vaters, so erinnerte sich Robert, hatte seine Mutter aus Kummer unzählige Stunden im Moma, dem Museum of Modern Art, verbracht.

Als junger Mann hatte Robert oft das Gefühl gehabt, dass die berüchtigten zwei Seelen tatsächlich in seiner Brust wohnten. Einerseits wollte er seinen Vater nicht enttäuschen, der sich, wenn er noch gelebt hätte, sicherlich gewünscht hätte, dass sein einziger Sohn irgendwann die Tradition von *Sherman & Sons* fortführen und ein guter Anwalt werden würde. Andererseits spürte er zunehmend deutlich, dass sein Herz für etwas anderes schlug.

Als er sich schließlich entschlossen hatte, *Sherman & Sons* zu verlassen und an der Universität als Dozent für englische Literatur zu arbeiten, dachten alle, dass es eine vorübergehende Sache sei.

Sein Onkel Jonathan (auch er natürlich ein Anwalt!) hatte die Kanzlei nach dem Tod seines Bruders allein weitergeführt und ihm mit enttäuschter Miene auf die Schulter geklopft:

»Jammerschade, mein Junge, jammerschade! Die Jurisprudenz liegt dir doch im Blut. *Alle* Shermans sind Anwälte gewesen. Nun, ich hoffe, dass du nach deinem Ausflug in die Welt der Traumtänzer wieder zum Familien-Business zurückfindest.«

Doch die Hoffnung des Onkels sollte sich nicht erfüllen. Robert hatte an der Universität rasch Fuß gefasst und fühlte sich dort sehr wohl, auch wenn er deutlich weniger verdiente. Er spezialisierte sich auf das Theater der Elisabethanischen Zeit, verfasste Essays über den *Sommernachtstraum* und Aufsätze über die Sonette von Shakespeare, und er hielt Vorträge, die auch außerhalb New Yorks einige Beachtung fanden.

Auf einer Bank im Central Park, unter dem bronzefarbenen Denkmal von Hans Christian Andersen, lernte er eines Tages Rachel kennen, eine ehrgeizige Betriebswirtin mit aufregend grünen Augen, die sich sehr beeindruckt zeigte, als sie hörte, dass der sympathische junge Mann, der so anregend erzählen und Gedichte rezitieren konnte, ein Sherman von *Sherman & Sons* war. Sie wurden rasch ein Paar und bezogen ein winziges und völlig überteuertes Apartment in Soho. »Du wärst besser in der Kanzlei geblieben«, sagte Rachel. Damals war es noch ein Scherz.

Und dann, ein paar Jahre später – es war ein sonniger Tag Anfang März, und die Welt zeigte ihr trügerisch schönes Gesicht –, brach die Katastrophe über den Literaturdozenten mit den himmelblauen Augen herein. Er stöberte gerade mal wieder in der Buchhandlung McNally herum – eine seiner Lieblingsbeschäftigungen an einem Samstagvormittag – und wollte sich mit ein paar soeben erworbenen Büchern und einem Cappuccino (der Cappuccino war bei McNally so exzellent wie die Auswahl der Bücher) an einen der kleinen Tische in das Café der Buchhandlung setzen, als sein Handy klingelte.

Es war seine Mutter. Ihre Stimme klang nervös.

»Liebes, ich bin im Moma«, erklärte sie mit zitternder Stimme, und Robert ahnte nichts Gutes.

»Was ist passiert, Mama?«, fragte er.

Sie holte tief Luft und atmete schwer in den Hörer aus, bevor sie antwortete. »Ich muss dir etwas sagen, Schätzchen, aber versprich mir, dass du dich nicht aufregst.«

»Ich werde sterben. Bald.« Sie hatte die ganze grausame Wahrheit in vier Worten zusammengefasst, und jedes Wort hatte ihn getroffen wie eine Abrissbirne. Es war Bauchspeicheldrüsenkrebs im fortgeschrittenen Stadium. Aus heiterem Himmel. Nichts mehr zu machen. Vielleicht war es sogar besser so, hatte seine Mutter gemeint. Keine Operation, keine Chemo. Nicht diese ganze aberwitzige Tortur, die das unausweichliche Ende nicht verhinderte, nur verlängerte.

Wohldosiertes Morphium und ein sehr verständiger Arzt hatten das Sterben erleichtert. Es war alles sehr schnell gegangen. Unfassbar schnell.

Drei Monate später war seine Mutter gestorben. Sie, die immer eine ganz unglaubliche Angst vor dem Tod gehabt hatte, war am Ende ganz gefasst gewesen – von einer nahezu heiteren Gelassenheit, die Robert beschämt hatte.

»Mein lieber Junge«, hatte sie gesagt. Sie hatte nach seiner Hand gefasst und diese noch einmal ganz fest gedrückt. »Es ist alles in Ordnung. Du darfst nicht so unglücklich sein. Ich gehe jetzt in ein Land, das ist so weit weg, da kommst du nicht mal mit dem Flugzeug hin.« Sie zwinkerte ihm zu, und er musste schlucken. »Aber du weißt ja – ich werde immer bei dir sein. Ich hab dich sehr lieb, mein Kind.«

»Ich dich auch, Mama«, hatte er leise gesagt, so wie früher nach der Gutenachtgeschichte, wenn sie sich über sein Bett beugte und sich mit einem Kuss verabschiedete, und die Tränen waren ihm übers Gesicht gelaufen.

»Nur auf den Eiffelturm haben wir beide es jetzt doch nicht mehr geschafft«, hatte sie plötzlich noch gemurmelt, und ihr Lächeln hatte ihn gestreift wie der Flügelschlag einer Taube. »Weißt du nicht mehr – wir zwei hatten doch noch eine Verabredung in Paris.«

»Ach, Mama«, hatte er gesagt, und er hatte tatsächlich auch gelächelt, obwohl der Kloß in seinem Hals immer größer wurde.

»Scheiß auf Paris!«

Sie hatte unmerklich den Kopf geschüttelt. »Nein, nein, mein Kind, glaub mir: Paris ist immer eine gute Idee.«

Am Tag der Beerdigung schien die Sonne. Es waren viele Leute gekommen. Seine Mutter war eine liebenswerte und sehr beliebte Person gewesen. Ihre schönste Eigenschaft aber war wohl, dass sie sich eine ganz und gar kindliche Freude und Begeisterung bewahrt hatte. Das hatte er auch in seiner Grabrede gesagt. Und wirklich – Robert kannte keinen, der sich so freuen konnte wie seine Mutter.

Sie war dreiundsechzig Jahre alt, als sie starb. Viel zu früh, sagten die Trauergäste, die ihm erschüttert die Hand schüttelten und den Arm um seine Schulter legten. Aber wenn man jemanden liebte, kam der Tod immer zu früh, fand Robert.

Nachdem der Notar ihm einen dicken Umschlag ausgehändigt hatte, in dem sich die letzten Verfügungen, wichtige Papiere, ein paar persönliche Briefe und all die Dinge befanden, die seine Mutter für wichtig erachtet hatte, war Robert noch einmal durch die leeren Räume des weißen Holzhauses mit der großen Veranda gegangen, das seine ganze Kindheit gewesen war.

Er hatte lange Zeit vor dem Aquarellbild mit den Sonnenblumen gestanden, das seine Mutter so mochte. Er war in den Garten gegangen und hatte seine Hand an den rauen Stamm des alten

Ahornbaums gelegt, in dem immer noch das Vogelhäuschen hing, das sein Vater vor langer Zeit selbst gebaut hatte. Auch in diesem Herbst würden sich die Blätter so wunderbar verfärben wie jedes Jahr. Das war seltsam und tröstlich zugleich. Etwas würde immer bleiben.

Noch einmal schaute Robert in die Baumkrone, durch die ein heller blauer Frühlingshimmel schimmerte. Er sah nach oben und dachte an seine Eltern.

Und dann hatte er endgültig Abschied genommen. Von Mount Kisco. Und von seiner Kindheit.

Der überraschende Tod seiner Mutter hatte Onkel Jonathan auf den Plan gerufen, der sich um die Zukunft von *Sherman & Sons* zu sorgen begann. Er selbst war nun mit dreiundsiebzig auch nicht mehr der Jüngste, man sah ja, wie schnell alles gehen konnte, es war dünnes Eis, auf dem man sich bewegte.

Er ließ ein paar Wochen ins Land gehen, räumte Robert eine gewisse Zeit ein, in der er trauern, die nötigen Dinge regeln und zur Normalität zurückfinden konnte, doch dann, es war mittlerweile August, lud er seinen Neffen ein, um ihm ins Gewissen zu reden. Dummerweise war auch Rachel bei dem Essen dabei.

»Du solltest nun endlich wieder in die Kanzlei zurückkommen, Robert«, hatte Onkel Jonathan gesagt. »Du bist ein guter Anwalt, und du musst ein bisschen dynastisch denken. Ich weiß nicht, wie lange ich die Kanzlei noch führen kann, und ich würde sie gern in deine Hände übergeben. Wir brauchen dich bei *Sherman & Sons*. Mehr denn je.«

Rachel hatte zustimmend genickt. Es war ihr anzusehen, dass sie jedes Wort des Onkels sehr einleuchtend fand.

Robert war unbehaglich in seinem Stuhl herumgerutscht, dann hatte er zögernd einen Umschlag aus seiner Jackentasche gezogen. »Wisst ihr, was das hier ist?«, hatte er gefragt.

Der Brief hatte, weil das Leben nun mal so gestrickt ist, dass immer alles auf einmal passiert, an jenem Morgen in der Post gesteckt. Und er enthielt eine Anfrage von der Sorbonne in Paris.

»Es ist zwar nur eine Gastprofessur und auf ein Jahr befristet, aber es ist das, was ich immer machen wollte. Ich könnte bereits im Januar mit den Lesungen anfangen.« Er lächelte verlegen, weil keiner einen Ton sagte und sich ein sehr unangenehmes Schweigen im Raum ausbreitete. »Ich bin nun mal kein Vollblutjurist wie Dad, Onkel Jonathan, auch wenn du das gerne hättest. Ich bin ein Mann der Bücher …«

»Aber keiner will dir deine geliebten Bücher wegnehmen, mein Junge. Das ist gewiss ein schönes Hobby, aber man kann doch auch am Abend noch ein gutes Buch lesen. Das hat dein Vater auch gemacht. *Nach* der Arbeit«, hatte Onkel Jonathan gesagt und verständnislos den Kopf geschüttelt, als Robert um Bedenkzeit gebeten hatte.

Das war aber nichts gegen die erbitterten Vorwürfe, die Rachel ihm später zu Hause machte. »Du denkst nur an dich!«, hatte sie ihm wütend entgegengeschleudert. »Und was ist mit mir? Mit uns? Wann willst du endlich erwachsen werden, Robert? Warum musst du alles kaputtmachen wegen ein paar Gedichten, ich bitte dich!«

»Aber … das ist doch mein Beruf«, wandte er ein.

»Ach, Beruf, Beruf. Was soll denn das für ein Beruf sein? Jeder weiß doch, dass man als Universitätsdozent auf keinen grünen Zweig kommt. Als Nächstes willst du womöglich noch Romane schreiben!«

Sie redete sich in Rage, während er sich bei dem Gedanken ertappte, dass ein Buch zu schreiben in der Tat gar keine so schlechte Idee war. Jeder, der mit Literatur in Berührung kam oder sich in deren Bannkreis bewegte, dachte zumindest mal daran. Aber nicht alle erlagen der Versuchung, was vielleicht auch besser war. In einem etwas ruhigeren Moment als diesem würde er noch einmal darüber nachdenken.

»Wirklich, Robert, ich zweifle allmählich an deinem gesunden Menschenverstand. Das ist nicht dein Ernst mit Paris, oder? Was willst du in einem Land, wo die Leute auch heute noch die Beine von *Fröschen* essen?« Sie zog ein Gesicht, als wäre ihr gerade leibhaftig ein Kannibale über den Weg gelaufen.

»Es sind Froschschenkel, Rachel, nicht Beine!«

»Das macht es auch nicht besser. Ich nehme an, in diesem politisch völlig unkorrekten Land hat man von Tierschutz noch nie etwas gehört.«

»Rachel, es geht um ein Jahr«, sagte er, ohne auf ihr lächerliches Argument einzugehen.

»Nein.« Sie schüttelte den Kopf. »Es geht um mehr, und das weißt du auch ganz genau.«

Sie trat ans Fenster und sah hinaus. »Robert«, versuchte sie es noch einmal, diesmal ruhiger. »Sieh mal raus. Sieh auf diese Stadt. Du bist in *New York*, mein Lieber, und *das* ist der Nabel der Welt. Was willst du in Paris? Du kennst Paris doch gar nicht.«

Er dachte an die Pariswoche mit seiner Mutter.

»Und du kennst es noch weniger«, gab er zurück.

»Das, was ich gehört habe, reicht mir schon.«

»Und was soll das sein?«

Rachel zog eine kleine Grimasse. »Na, das weiß doch jeder. Die französischen Männer halten sich für die größten Verführer aller Zeiten. Und die Frauen sind totale Zicken, die sich von Salatblättern ernähren und wahnsinnig kompliziert sind. Sie benutzen für alles Plastiktüten und quälen Gänse und Singvögel. Und alle liegen bis mittags im Bett, und das nennt sich dann *savoir vivre*.«

Er musste lachen. »Sind das nicht ein bisschen viele Vorurteile, *darling*?«

»Nenn mich nicht *darling*«, fauchte sie. »Du machst einen Riesenfehler, wenn du das Angebot deines Onkels ausschlägst. Er hat dir heute deine Zukunft auf dem Silbertablett präsentiert. Er will, dass du die Kanzlei übernimmst. Ist dir eigentlich klar, was das bedeutet? Du wärst ein gemachter Mann. Wir müssten nie mehr über Geld nachdenken.«

»Also geht es ums Geld«, hakte er ein. Das war vielleicht nicht besonders fair, aber Rachel schnappte nach dem Köder wie ein ausgehungerter Fisch.

»Ja, es geht *auch* ums Geld. Geld ist nun mal wichtig im Leben, du Idiot! Nicht jeder ist so sorgenfrei aufgewachsen wie du!«

Rachel, die sich ihr Studium selbst hatte finanzieren müssen, lief aufgebracht in dem Apartment hin und her und fing an zu schluchzen, während er auf dem Sofa saß und seufzend den Kopf in den Händen vergrub.

Schließlich kam sie vor dem Sofa zum Stehen.

»Jetzt pass mal auf«, sagte sie. »Wenn du nach Paris gehst, ist es aus mit uns.« Ihre grünen Augen blickten entschlossen.

Er hob den Kopf und sah sie bestürzt an. »Okay, Rachel«, sagte er dann. »Ich muss in Ruhe darüber nachdenken. Vier Wochen. Gib mir vier Wochen Zeit.«

Ein paar Tage später saß er in der Maschine nach Paris. In seinem Handgepäck steckten ein Paris-Reiseführer und das alte Zippo. Der Abschied war recht unterkühlt gewesen. Immerhin hatte Rachel akzeptiert, dass er eine Auszeit brauchte. Danach würde man weitersehen.

Als das Taxi vor dem kleinen Hotel in der Rue Jacob hielt, regnete es wie damals, als er mit seiner Mutter in Paris angekommen war. Nur dass es diesmal Anfang September war und früh am Morgen.

Der Platzregen ließ das Wasser in Sekundenschnelle in den Rinnsteinen ansteigen. Als Robert aus dem Taxi stieg, trat er mitten in eine Pfütze. Fluchend und mit nassen Schuhen (diesmal waren es Wildledermokassins und keine Turnschuhe) zog er den Koffer über das holprige Pflaster und betrat das kleine Hotel, das er sich im Internet unter der Rubrik »Klein, aber fein« herausgesucht hatte. Es hieß *Hotel des Marronniers*, was seines Wissens »Kastanie« bedeutete und ein merkwürdiger Name für ein Hotel war, aber die Bilder und die Beschreibung hatten ihm gleich gefallen:

Im Herzen von Saint-Germain gelegen, eine charmante und ruhige Oase mit einem Rosengarten im Innenhof und sehr schön eingerichteten Zimmern. Antike Möbel. Tipp: Unbedingt ein Zimmer zum Hof nehmen!

7

Paris ist immer eine gute Idee, hatte seine Mutter gesagt. Egal, ob du glücklich oder unglücklich bist, egal, ob du verliebt bist oder nicht. Wenn du unglücklich bist oder nicht verliebt, kann Paris sogar eine sehr gute Idee sein.

Daran musste Robert Sherman denken, als er sich wenige Stunden später mit der zusammengerollten Zeitung seufzend die Reste eines Hundehaufens vom Schuh wischte.

Er befand sich in der Rue du Dragon, wenige Schritte von einem kleinen Postkartenladen entfernt, und verfluchte die sentimentale Anwandlung, die ihn nach Paris geführt hatte.

Das Zimmer zum Hof hatte sich als Enttäuschung entpuppt. Als er die Fensterläden des klaustrophobisch kleinen Raums im vierten Stock des Hotels begierig aufgestoßen hatte, war sein Blick direkt gegen eine graue Steinmauer geprallt. Wenn man den Kopf nach links verrenkte und sich so weit aus dem Fenster beugte, dass man sein Leben riskierte, hatte man allerdings die Chance, einen winzigen Ausschnitt des bezaubernden Innenhofs zu erhaschen, in dem zwischen Statuen und Rosen ein paar altmodische weiß gestrichene Eisenstühle und Tische mit geschwungenen Beinen zum Frühstück einluden.

Als er mit dem winzigen Aufzug nach unten rumpelte, um sich zu beschweren, gab dieser beängstigende Geräusche von sich. Das junge brünette Geschöpf an der Rezeption hatte ihn mit erstaunten Augen angesehen, als er seinen Schlüssel zurückgab und nach einem anderen Zimmer verlangte.

»Aber Monsieur, ich verstehe nicht, dieses Zimmer *geht* zum Hof«, hatte sie sehr freundlich gesagt.

»Das mag schon sein, aber ich *sehe* ihn nicht«, hatte Robert nicht ganz so freundlich erwidert.

Die Kleine hatte ein paar Sekunden in einem großen Buch geblättert, wahrscheinlich, um ihn zu beruhigen.

»*Je suis desolée*«, hatte sie dann bedauernd gesagt. »Wir sind völlig ausgebucht.«

Nach einer ebenso kurzen wie aussichtslosen Diskussion hatte Robert sich verärgert seinen Koffer geschnappt, den er zunächst an der Rezeption hatte stehen lassen, in der Erwartung, dass ein guter Geist ihn auf das Zimmer bringen würde (was nicht der Fall gewesen war). Er drückte ungeduldig auf den Knopf, doch inzwischen war der winzige Aufzug offenbar völlig zum Erliegen gekommen, und das Mädchen von der Rezeption hatte wieder bedauernd die Schultern hochgezogen und dann ein Schild an der Aufzugtür angebracht.

»*Hors service*«, stand darauf – »Außer Betrieb«.

Also hatte Robert den Koffer die schmalen Stiegen des Treppenhauses, das sich für die Beförderung größerer Gepäckstücke als denkbar ungeeignet erwies, in den vierten Stock geschleppt. Anschließend hatte er eine Weile etwas apathisch auf dem Bett mit der altmodischen Tagesdecke gesessen, aus dem Fenster und gegen die Mauer gestarrt und dann beschlossen, ein Bad zu nehmen.

Das Badezimmer war ein Traum in Marmor und mit den altmodischen wasserblauen Kacheln an den Wänden durchaus charmant – in seinen Ausmaßen allerdings eher für Zwerge konzipiert. Robert hockte mit angezogenen Beinen in der Sitzbadewanne, ließ das Wasser auf seinen Kopf prasseln und fragte sich, ob es wirklich eine gute Idee gewesen war, nach Paris zu kommen.

Vielleicht waren seine Vorstellungen etwas zu romantisch gewesen. Und die Erinnerungen an seine erste Reise überglänzt vom goldenen Licht der Nostalgie.

Er war ein Fremder in einer fremden Stadt, ein Amerikaner in Paris, doch bisher schien das nicht ganz so wunderbar und lustig wie in den alten Filmen mit Gene Kelly oder Audrey Hepburn, die seine Mutter immer so gern angeschaut hatte.

Der Regen hatte aufgehört, als er sich zu einem kleinen Erkundungsgang durch Saint-Germain aufmachte. Ein schlecht gelaunter Kellner in einem Café in der Nähe des Hotels hatte ihn eine Weile geflissentlich übersehen, bis er ihm schließlich einen Kaffee und ein Schinkenbaguette brachte. Wehmütig dachte Robert Sherman an die freundlichen Bedienungen in den New Yorker Coffee Shops. Er vermisste dieses selbstverständliche *»Hi, how are you today?«* oder *»I like your sweater, looks really neat!«*

Als er anschließend in Gedanken die Rue Bonaparte entlangging, hatte ihn ein Radfahrer fast über den Haufen gefahren und sich nicht einmal entschuldigt. Dann hatte er sich auf dem Boulevard Saint-Germain eine Zeitung gekauft und war kurze Zeit später in der Rue du Dragon, wenige Schritte von einem kleinen Postkartenladen entfernt, in einen Hundehaufen getreten. Es war nicht zu erwarten, dass dieser Tag noch etwas Gutes bringen würde.

Doch da sollte sich Robert Sherman gewaltig täuschen. Nur wenige Schritte trennten ihn vom größten Abenteuer seines Lebens. Und da die größten Abenteuer des Lebens immer jene des Herzens sind, hätte man auch sagen können, dass den amerikanischen Literaturprofessor nur noch wenige Schritte von der Liebe trennten.

All dies wusste Robert Sherman selbstverständlich nicht, als er jetzt im Vorübergehen einen wohlgefälligen Blick in die hübsche Auslage der Papeterie warf.

Und dann verdutzt stehen blieb.

8

Seit zwei Wochen schwebte Rosalie auf Wolken.

Als sie an diesem Vormittag summend den Postkartenständer mit neuen Karten bestückte, konnte
sie nicht umhin, das große Plakat zu bewundern,
das hinter der Kasse an der Wand hing.

Es zeigte einen großen blauen Tiger – die Titel-
illustration des zwei Wochen zuvor erschienenen
Buches *Der blaue Tiger* –, und unten auf dem Plakat
waren zwei Gesichter zu sehen, darunter zwei Namen: Max Marchais und Rosalie Laurent.

Sie lächelte stolz und dachte an die Lesung, die
vor drei Tagen bei *Luna Luna* stattgefunden hatte.
Die kleine Papeterie war bis zum letzten Platz besetzt gewesen, als Max Marchais sein neues Buch
präsentiert hatte.

Und da der Kinderbuchautor nicht gerne vor-
trug, Rosalie aber eine leidenschaftliche Vorleserin
war, hatte er ihr gerne diesen Part überlassen und
im Anschluss Bücher signiert und Fragen beant-
wortet.

Die Leute waren begeistert gewesen. Selbst ihre
Mutter hatte hochzufrieden im Publikum gesessen
und war nach der Lesung zu ihrer Tochter gekom-

men, um diese mit einem glücklichen Seufzer zu umarmen.

»Ich bin so stolz auf dich, mein Kind«, hatte sie gesagt. »Wenn das dein Vater noch erleben könnte!«

Die Lesung im Laden war ein Einfall dieses lustigen dicken Verlegers gewesen. Montsignac meinte, es wäre doch eine hübsche Idee, das neue Buch nach der überaus glanzvollen Präsentation in den Räumen des Verlags und einigen Auftaktveranstaltungen in größeren Buchhandlungen auch einmal dort zu präsentieren, wo die Bilder entstanden waren.

In seiner launigen Einführungsrede hatte er natürlich nicht vergessen zu erwähnen, dass er – Jean-Paul Montsignac – mit seinem untrüglichen Gespür für Menschen und Talente (»Ein guter Verleger erkennt ein Talent sofort!«) es gewesen war, der die beiden sympathischen *Eigenbrötler* (so hatte er sie tatsächlich genannt, und Rosalie und Max hatten sich erstaunt angeschaut und dann verschwörerisch gegrinst) zusammengeführt hatte.

Der Verleger von *Opale Jeunesse* hatte allen Grund, gut gelaunt zu sein. Seitdem *Der blaue Tiger* Ende August pünktlich zum siebzigsten Geburtstag von Max Marchais erschienen war, hatte sich das Buch mit den phantasievollen Illustrationen bereits vierzigtausend Mal verkauft, und wer geglaubt hatte, der seit Jahren eher zurückgezogen lebende Kinderbuchautor Marchais sei bei seinen Lesern in Vergessenheit geraten, hatte sich gründlich getäuscht. Gelobt von Rezensenten, geliebt von kleinen und großen Lesern, war das Buch sogar auf die Vorschlagsliste für den *Prix littérature de jeunesse* gekommen.

»Na, wenn das mal kein Geburtstagsgeschenk ist, *mon vieil ami*«, hatte Montsignac mit strahlender Miene gesagt und seinem alten Weggefährten wohlwollend auf die Schulter geklopft. »Manche Menschen muss man eben zu ihrem Glück zwingen, was?!« Dann hatte er schallend gelacht.

Der *vieil ami* hatte die Anspielung überhört und auch gelächelt, am meisten gestrahlt jedoch hatte Rosalie, die ihr Glück kaum fassen konnte. Seit Erscheinen des Buches waren auch andere Verlage auf die junge Illustratorin aufmerksam geworden, und es gab schon eine Anfrage für ein Postkartenbuch mit zehn unterschiedlichen Motiven. Auch die Aufträge für Wunschkarten hatten zugenommen, viele Leute kamen ins *Luna Luna*, weil sie davon in der Zeitung gelesen hatten. Wenn das so weiterging, musste sie sich um Mieterhöhungen jedenfalls keine Sorgen mehr machen, dachte Rosalie vergnügt. Eher darum, wie sie mit der ganzen Arbeit nachkommen sollte.

»Du solltest dir überlegen, noch jemanden einzustellen, der dir im Laden hilft«, hatte René vor ein paar Tagen zu ihr gesagt, als sie wieder bis spät in der Nacht am Zeichentisch gesessen hatte. »Du arbeitest ja mittlerweile rund um die Uhr. Dabei weiß doch jeder, dass der Schlaf vor zwölf der gesündeste ist.« Und dann hatte er mit vorwurfsvollbesorgter Miene einen seiner Vorträge über den menschlichen Körper gehalten und was für diesen gut und schlecht war.

Der gute René! Er hatte in den letzten Wochen und Monaten wirklich nicht sehr viel von ihr gehabt. Sie hatte sich mit Feuereifer auf die Bilder für das Tiger-Buch geworfen. Die Skizzen und Probezeichnungen, die sie zunächst angefertigt hatte, waren bis auf ein Bild glücklicherweise sehr gut angekommen – im Verlag und auch beim Autor. Dreimal war sie nach Le Vésinet gefahren und hatte Max Marchais aufgesucht, um mit ihm die Bildauswahl zu besprechen. Sie hatte den alten Mann, der zunächst so griesgrämig gewesen war, irgendwie in ihr Herz geschlossen. Sie schätzte seine Direktheit und seinen Humor, auch wenn sie nicht immer einer Meinung gewesen waren, was die Auswahl der Szenen betraf, die sie illustrieren wollte. Am Ende aber hatten sie in dem herrlichen Garten mit den blauen Hortensienbüschen gesessen, auf der großen Terrasse, die von einem weißen Sonnenschirm beschattet wurde, und eine köstliche *Charlotte aux framboises* gegessen, die Madame Bonnier, die Haushälterin, gebacken hatte. Unversehens hatten sie angefangen, sich Dinge zu erzählen, die mit den Bildern und der Geschichte gar nichts mehr zu tun hatten. Wie ein Liebespaar konnten sie nicht aufhören, die Umstände ihrer ersten Begegnung immer wieder heraufzubeschwören, und Rosalie hatte Max schließlich gebeichtet, dass sie den unfreundlichen Kunden, der an ihrem freien Tag in den Laden gestolpert war, zunächst für einen verrückten alten Mann gehalten hatte, der Unsinn redete und sich verlaufen hatte.

Max hatte ihr daraufhin gestanden, dass er zunächst nicht gerade begeistert von der Idee gewesen war, es mit einer »Dilettantin« versuchen zu sollen, und eigentlich nur in die Rue du Dragon gekommen war, um Montsignac später guten Gewissens erzählen zu können, dass er das Gekritzel dieser Postkartenladenbesitzerin einfach grauenvoll fand.

Sie hatten beide sehr gelacht, und schließlich hatte Rosalie Max erzählt, dass Blau schon immer ihre Lieblingsfarbe wäre, dass sie – um es mal mit den Worten ihrer Mutter zu sagen – einen echten Blau-Tick hatte, und dann hatte sie direkt in seine hellen

Augen geschaut und gefragt: »Glauben Sie an Zufälle, Monsieur Max?« (Trotz einer zunehmenden Vertrautheit, die beiden Spaß machte, waren sie ganz selbstverständlich beim »Sie« geblieben.)

Max Marchais hatte sich schmunzelnd in seinem Korbstuhl zurückgelehnt und mit der Gabel eine Himbeere vom Teller gefischt.

»Es gibt keine Zufälle«, hatte er gesagt und mit einem Zwinkern hinzugefügt: »Ist nicht von mir.« Er schob sich die Himbeere in den Mund und schluckte sie hinunter. »Das hat ein bedeutenderer Mann gesagt, als ich einer bin. Auf jeden Fall war es das erste Mal in meinem Leben, dass ich einen Kartenständer umwerfen musste, um eine hübsche Frau kennenzulernen.«

»Monsieur Max!«, hatte Rosalie amüsiert ausgerufen. »Flirten Sie etwa mit mir?«

»Könnte sein«, hatte er erwidert. »Aber ich fürchte, ich komme Jahre zu spät. Tragisch!« Er schüttelte den Kopf und gab einen tiefen Seufzer von sich. »Außerdem haben Sie ja auch schon einen Freund, nicht wahr? Diesen … René Joubert. Tja. Ein netter Bursche …«

Die Art, wie er es sagte, hatte sie irritiert.

»Aber?«, hatte sie gefragt.

»Nun ja, meine liebe Rosalie. Ein netter Bursche, aber er passt nicht zu Ihnen.«

»Wie können Sie da so sicher sein?«

»Menschenkenntnis?«, schlug er vor und lachte dann. »Vielleicht bin ich aber auch nur eifersüchtig. Ich bin ein alter Mann mit einem Stock, Mademoiselle Rosalie, das stimmt mich manchmal verdrießlich. Aber ich bin nicht so auf die Welt gekommen, müssen Sie wissen. Wenn ich jünger wäre, würde ich jedenfalls alles daransetzen, um diesem René seine hübsche Freundin auszuspannen. Und ich wette um eine Flasche Bollinger, es würde mir gelingen.«

»Wie schade, dass Sie die Wette nicht verlieren können«, hatte Rosalie keck erwidert. »Ich würde gern mal einen Bollinger trinken.«

»Das ist ein edler Tropfen, Mademoiselle Rosalie, den trinkt man nicht einfach so. Man sagt, wer nie einen Schluck dieses Champagners gekostet hat, der habe vergebens gelebt.«

»Sie machen mich neugierig.«

»Nun, vielleicht wird sich ja mal ein Anlass finden«, hatte Marchais erwidert.

Und dann – es war Wochen später, an einem heißen Augusttag, und Rosalie hatte die Sache mit dem Bollinger längst vergessen – hatte Max Marchais sie eines Morgens angerufen und gefragt, ob sie am Abend Zeit hätte, der Anlass sei nun gekommen.

»Welcher Anlass?«, hatte sie verwirrt gefragt.

»Bollinger«, hatte er trocken erwidert. »Es gibt etwas zu begießen!«

»Aber Sie haben doch noch gar nicht Geburtstag!«, hatte Rosalie verwundert gesagt und zur Sicherheit einen raschen Blick auf den Kalender geworfen. Marchais' Geburtstag war am letzten Tag im August, und bis dahin waren es noch fast zwei Wochen.

»Ach was … Geburtstag!«, hatte er in seiner unwilligen Art ausgerufen, die sie schon kannte. »Kinderkram! Also … haben Sie nun Zeit?«

»Aber wieso …«

»Lassen Sie sich einfach überraschen«, sagte er mit einer Stimme, die keinen Widerspruch duldete. »Und ziehen Sie sich etwas Hübsches an, wir gehen vornehm essen. Ich hole Sie mit dem Taxi ab.«

Er hatte sie ins *Jules Verne* eingeladen. Ins *Jules Verne*, ausgerechnet! Rosalie war zu verblüfft gewesen, um angemessen zu reagieren.

»Ich hoffe, Sie finden das nicht hoffnungslos altmodisch«, hatte Max Marchais ein wenig entschuldigend gesagt, als sie in einem pflaumenblauen Wildseidenkleid an seiner Seite das Restaurant betreten hatte. »Ich weiß ja nicht, was derzeit so angesagt ist in Paris.«

»Altmodisch?! Sind Sie verrückt geworden? Wissen Sie, dass ich mir schon immer gewünscht habe, einmal hier oben zu essen?« Rosalie war mit glänzenden Augen an den weiß eingedeckten Tisch am Fenster getreten, der für sie reserviert war, und hatte auf die erleuchtete Stadt geschaut. Der Blick war atemberaubend. Sie hatte nicht gewusst, dass es so schön war.

Hinter ihr ertönte ein leises Klirren. Ein schwarz gekleideter Kellner trug einen silbernen Kübel an ihren Tisch, in dem eine dunkelgrüne Flasche Bollinger mit Goldetikett auf tausend kleinen Eisstückchen gebettet war. Der Kellner machte sich mit geübten Handgriffen an der Flasche zu schaffen, und der Korken löste sich mit einem sanften Plopp aus dem Flaschenhals. Nachdem sie sich gesetzt hatten und der Kellner ihnen den Champagner in die geschliffenen Gläser eingeschenkt hatte, zog Max etwas aus seiner Tasche, das mit einer Papiertüte umwickelt war und verdächtig nach einem Buch aussah.

Er legte das Päckchen auf den Tisch, und Rosalie spürte, wie ihr Herz zu klopfen begann. »Nein!«, rief sie aus. »Ist das etwa schon … ist das etwa …?«

Max nickte. »Das Buch«, sagte er. »Ich habe gestern bereits vorab ein Exemplar bekommen und dachte mir, dies ist die perfekte Gelegenheit, um mit Ihnen anzustoßen, meine liebe Rosalie. Wie gewünscht mit einem Bollinger. Entschuldigen Sie meine Geheimniskrämerei. Aber ich hielt es für richtig, diesen Anlass allein mit Ihnen zu begehen.«

Sie hoben die Gläser und stießen an. Das helle Klingen übertönte für einen Augenblick das Gemurmel der Gäste an den anderen Tischen. Max Marchais lächelte ihr zu. »Auf den blauen Tiger! Und darauf, dass er uns auf so wundersame Weise zusammengeführt hat!«

Dann hatte Rosalie das Buch vorsichtig ausgewickelt, über den glänzenden Einband gestrichen, auf dem ein indigoblauer Tiger mit silbernen Streifen und einem freundlichen Katergrinsen zu sehen war, und es mit der nötigen Ehrfurcht Seite für Seite durchgeblättert. Es war einmalig schön geworden, fand sie. Ihr erstes Buch! So also fühlte sich das an. Rosalie hätte singen mögen vor Freude.

»Sind Sie zufrieden?«

»Ja, sehr«, erwiderte sie glücklich. »Sehr, sehr zufrieden.«

Sie blätterte noch einmal zurück auf die Titelseite. »Ich möchte, dass Sie mir etwas hineinschreiben«, sagte sie, und erst da sah sie die Widmung: »*Für R.*«

»Ach du meine Güte«, sagte sie und wurde vor Freude ganz rot. »Das ist aber wirklich unglaublich nett von Ihnen. Danke! Also … ich weiß gar nicht, was ich sagen soll …«

»Sagen Sie einfach nichts.«

Rosalie freute sich in der Tat so sehr über dieses unerwartete Zeichen der Wertschätzung, dass sie die Verlegenheit des alten Mannes, der sie mit einem eigentümlichen Lächeln ansah, kaum bemerkte.

Es wurde ein langer Abend mit erlesenen Speisen, und als die Flasche Bollinger geleert war, hörte Rosalie sich zu ihrem eigenen Erstaunen sagen: »Wissen Sie eigentlich, dass ich jedes Jahr an meinem Geburtstag hierherkomme?«

Max hatte die Augenbrauen hochgezogen. »Wie, hierher? Ins *Jules Verne*?«

»Nein, natürlich nicht *hierher*. Ich meine, auf den Eiffelturm. Ich hatte gerade schon beschlossen, damit aufzuhören, und dann sind Sie in mein Leben getreten – oder besser gesagt *gefallen*.« Sie kicherte, schon ein wenig beschwipst, strich sich die Haare aus der Stirn, die sie an diesem Abend offen trug, und senkte ihre Stimme.

»Ich möchte Ihnen ein Geheimnis verraten, Max, aber Sie müssen mir versprechen, dass Sie es keinem erzählen. Und Sie dürfen mich nicht auslachen, auch wenn das Ganze vielleicht ein wenig kindisch ist.«

»Ich werde schweigen wie ein Grab«, versicherte er. »Und ich lache Sie niemals aus, nur an. Ich schreibe Kinderbücher, das wissen Sie doch.«

Und so kam es, dass Max Marchais, der Schöpfer eines blauen Wolkentigers, der am Nachthimmel entlangfliegen konnte und an die Magie des Wünschens glaubte, der erste Mensch wurde, mit dem Rosalie ihr Eiffelturm-Geheimnis teilte. Und selbstverständlich auch all jene heimlichen Wünsche, die mit den Postkarten in den Himmel geflattert waren und von denen sich plötzlich und ganz unerwartet in den letzten Monaten drei erfüllt hatten: Sie war als Illustratorin entdeckt worden. Ihre Mutter war zum ersten Mal im Leben zufrieden. Und sie war ins *Jules Verne* eingeladen worden – wenn auch nicht vom Mann ihres Lebens.

»Tja, also …«, schloss sie vergnügt. »Ich hoffe, Sie verstehen das nicht falsch, lieber Max. Eigentlich müsste ich ja mit meinem Freund hier sitzen, aber so ist es natürlich auch sehr schön.«

»Ich nehme das jetzt mal als Kompliment«, hatte Max Marchais schmunzelnd gesagt.

Und als sie sich später an der Avenue Gustave Eiffel voneinander verabschiedeten, sagte er noch: »Also, wenn ich richtig mitgezählt habe, fehlt jetzt nur noch das Haus am Meer und ein Mann mit Sinn für Poesie, der Ihnen so ein kleines albernes

Schloss für ein Brückengeländer schenkt, richtig?«
Er hatte ihr zugezwinkert. »Ich fürchte, das wird
eine echte Herausforderung. Aber geben Sie die
Hoffnung nicht auf.«

Rosalie blickte zum Fenster hinüber, in dessen
Auslage einige Exemplare des *Blauen Tigers* lagen,
und lächelte unwillkürlich, als sie an den Abend
mit Max Marchais zurückdachte, der nun schon
mehr als drei Wochen zurücklag. Sicherlich würde
sie nie im Leben so ein kleines albernes Schloss
bekommen, aber das spielte keine Rolle. Heute
war einer jener Tage, an dem die ganze Welt in
Ordnung zu sein schien.

Auf der Straße sah sie einen Mann, der sich fluchend etwas vom Schuh wischte und sicherlich in
diesem Moment einen etwas kritischeren Blick auf
die Welt hatte. Er war groß, hatte dunkelblondes
Haar, trug einen legeren mittelblauen Sommer-
pullover unter einer sandfarbenen Wildlederjacke
und schlenderte an ihrem Laden vorbei. Im Vorübergehen warf er einen flüchtigen Blick in die
Auslage, hielt dann inne, kam zurück und blieb
eine Weile vor dem Schaufenster stehen, in das er
vollkommen fasziniert hineinstarrte.

Er hatte die schönsten blauen Augen, die Rosalie jemals gesehen hatte – sie strahlten in reinstem

Azurblau –, und Rosalie starrte den Fremden mit mindestens ebenso großer Faszination an wie dieser die Bücher, die sie in der Auslage dekoriert hatte.

Nicht schlecht, schoss es ihr durch den Kopf, und sie ertappte sich bei einer äußerst angenehmen positiven Schwingung, der ein äußerst angenehmer Gedanke folgte.

Der Mann vor dem Schaufenster zog jetzt die Augenbrauen zusammen, und eine steile Falte erschien auf seiner Stirn. Unwillig, ja, fast ein bisschen schockiert sah er in die Auslage, und Rosalie fragte sich einen Augenblick, ob dort etwas lag, was nicht in das Schaufenster einer Papeterie gehörte – eine große Vogelspinne zum Beispiel oder gar eine tote Maus.

Dann gab William Morris einen kleinen Schnaufer von sich, und sie sah für einen Moment zu dem Körbchen hinüber, wo ihr kleiner Hund lag und schlief.

Als sie wieder aufschaute, war der gut aussehende Fremde verschwunden. Rosalie blickte auf die leere Straße und spürte den Stich einer Enttäuschung, die völlig unangebracht schien.

Hätte ihr jemand gesagt, dass sie nur eine Viertelstunde später mit diesem so sympathisch wirkenden Mann einen erbitterten Streit haben würde, sie hätte es nicht geglaubt.

9

Jahrlang hatte die kleine Silberglocke über der Ladentür von *Luna Luna* ihren Dienst getan. War es Zufall, dass sie ausgerechnet in dem Moment herunterfiel, als der Mann mit den azurblauen Augen, den Rosalie Sekunden zuvor noch vor der Auslage des Schaufensters gesehen hatte, den Laden betrat?

Die Tür wurde aufgestoßen, die kleine Glocke gab einen hellen Ton von sich, dann sauste sie zu Boden, nicht ohne vorher eine Zwischenlandung auf dem Hinterkopf des Fremden einzulegen, der einigermaßen erschrocken zusammenfuhr, instinktiv die Hände hob und zur Seite auswich. Dabei trat er geradewegs in den Hundekorb neben der Tür. William Morris heulte entsetzt auf, der Fremde gab einen überraschten Ausruf von sich und taumelte zurück, geradewegs auf den Postkartenständer zu.

Fassungslos sah Rosalie, wie dieser mächtig ins Schwanken geriet, und hatte das Gefühl, ein *Déjà-vu* zu erleben, doch diesmal war sie schneller. In ein paar Schritten war sie bei dem Ständer und hielt diesen fest, während der Mann mit rudernden Armbewegungen sein Gleichgewicht wiederfand.

»Alles in Ordnung bei Ihnen?«, fragte Rosalie.

»*For heavens sake*, was war denn das?!«, sagte der Mann und rieb sich den Hinterkopf. Er hatte einen unverkennbar amerikanischen Akzent und sah sie vorwurfsvoll an. »Irgendetwas hat mich angegriffen.«

Rosalie biss sich auf die Unterlippe, um nicht zu lachen. Es sah wirklich zu komisch aus, wie er da stand, als hätte er den Angriff von Außerirdischen nur knapp überlebt. Sie räusperte sich und nahm Haltung an.

»Das war die Türglocke, Monsieur. Tut mir sehr leid, sie muss irgendwie runtergefallen sein.«

Sie bückte sich und hob rasch die schwere silberne Glocke auf, die unter den Tisch gerollt war. »Hier, sehen Sie? Das war das Killergeschoss. Die Kordel ist gerissen.«

»Aha«, sagte er. Ihre unterdrückte Heiterkeit war ihm offenbar nicht entgangen. »Und was ist jetzt daran so komisch?«

»Äh … nichts«, meinte sie. »Verzeihen Sie, bitte. Ich hoffe, Sie haben sich nicht verletzt.«

»Schon gut.« Er richtete sich zur vollen Größe auf und warf ihr einen misstrauischen Blick zu. »Und was war das für ein infernalisches Gejaule?«

»Das war mein Hund«, erklärte sie und spürte, wie erneut ein Lachen in ihr aufstieg. Sie wandte sich ab und deutete auf den Hundekorb. William

Morris lag jetzt in seinem Körbchen wie Dorn-röschen. »Normalerweise ist er ganz friedlich. Sie haben ihn erschreckt.«

»Nun, ich würde eher sagen, er hat mich er-schreckt«, gab der Amerikaner zurück. Immerhin ließ er sich zu einem kurzen Lächeln herab, bevor er die Stirn runzelte. »Ist das überhaupt erlaubt, ei-nen Hund im Laden zu halten? Ich meine, ist das nicht gefährlich?«

Rosalie hatte morgens beschlossen, dass es ein besonders schöner Tag war, an dem sie sich beson-ders schön fühlte. Sie trug ihr Lieblingskleid – ein helles *Mille-Fleurs*-Kleid mit winzigen blauen Blu-men, das einen runden Ausschnitt und eine kleine Knopfleiste mit überzogenen Knöpfen hatte. Ihre Füße steckten in himmelblauen Ballerinas, und als einzigen Schmuck trug sie türkisfarbene Ohrrin-ge, die bei jeder Bewegung unternehmungslustig hin- und herschwangen. Sie hatte nicht vor, sich die Laune durch irgendwen verderben zu lassen, schon gar nicht durch einen Touristen mit Hun-dephobie. Sie stellte sich vor den Mann in der Wildlederjacke, verschränkte die Arme hinter dem Rücken und schenkte ihm ein liebenswürdiges Lächeln, das mit Vorsicht zu genießen war. Ihre Augen funkelten, als sie jetzt fragte: »Sie sind nicht von hier, Monsieur, oder?«

»Nein, ich bin aus New York«, erklärte er.

»Aaaah«, machte sie und zog die Augenbrauen hoch. »Ein Amerikaner! Nun, Monsieur, wissen Sie … in Paris ist es ganz normal, dass man seinen Hund im Laden hat. *C'est tout à fait normal.* Wir sehen das hier etwas entspannter. Wenn ich so überlege, fallen mir eigentlich nur Läden ein, in denen ein Hund in seinem Körbchen liegt«, log sie.

»Ach, wirklich?«, sagte der Mann aus New York. »Nun, das erklärt den bedauernswerten Zustand der Straßen. Ich will nicht hoffen, dass es Ihr süßer kleiner Hund war, der den süßen kleinen Haufen gelegt hat, in den ich eben getreten bin.«

Rosalie blickte auf seine braunen Wildlederschuhe und meinte plötzlich, den beißenden Geruch von Hundekot wahrzunehmen.

»Stimmt, es stinkt immer noch ein bisschen«, sagte sie und lächelte noch breiter. »Ich kann Ihnen aber versichern, dass mein Hund damit nichts zu tun hat. Er hat sein kleines Geschäft schon im Park verrichtet.«

»Nun, das ist beruhigend zu wissen. Dann werde ich heute besser keinen Spaziergang mehr im Park machen.«

»Wie Sie meinen. Bei uns sagt man allerdings, dass es Glück bringt, in einen Hundehaufen zu treten.«

»So viel Glück braucht kein Mensch«, entgegnete er, und seine Mundwinkel verzogen sich spöttisch. »*Anyway* …« Er sah sich suchend im Laden um, und Rosalie beschloss, das Thema zu wechseln.

»Wie kann ich Ihnen helfen, Monsieur?«

»Sie haben da so ein Buch im Schaufenster liegen«, sagte er, nahm angelegentlich einen Briefbeschwerer vom Tisch und wog ihn in der Hand. »*Der blaue Tiger*. Das würde ich mir gern mal anschauen.«

»Sehr gerne, Monsieur«, flötete Rosalie, ging zum Kassentisch und nahm eines der Bücher vom Stapel. »Hier, bitte sehr!« Sie reichte ihm das Buch und deutete auf den einzigen Sessel, der in der Ecke neben dem Kassentisch stand. »Sie können sich gerne setzen.«

Er nahm das Buch, ließ sich in den Sessel fallen und schlug die Beine übereinander. Rosalie sah, wie sein Blick einen Moment an dem großen Plakat hinter der Kasse hängen blieb.

Er blickte zu ihr hinüber und zog einigermaßen überrascht die Augenbrauen hoch.

»Ist das *Ihr* Buch?«

Sie nickte stolz. »Sozusagen. Ich hab's zusammen mit Max Marchais gemacht. Er ist in Frankreich ein sehr bekannter Kinderbuchautor, ich bin die Illustratorin.« Sie hielt es plötzlich für angebracht, sich vorzustellen. »Rosalie Laurent«, sagte sie.

Er nickte kurz in ihre Richtung und fühlte sich nun offenbar auch bemüßigt, seinen Namen zu nennen. »Robert Sherman«, entgegnete er knapp und schlug das Buch auf.

»Wir hatten vor zwei Tagen eine Lesung hier im Laden. Kennen Sie Max Marchais?«, fragte Rosalie interessiert.

Der Amerikaner schüttelte den Kopf und vertiefte sich in die Seiten.

Rosalie lehnte am Kassentisch und beobachtete ihn unauffällig. Robert Sherman wirkte verblüfft und angespannt zugleich, als er sich jetzt mit einer Hand durch die dunkelblonden lockigen Haare fuhr. Er hatte schön geformte, sehnige Hände mit langen Fingern. Sie sah, wie seine Blicke flackernd hin und her flogen, sie bemerkte die steile Falte zwischen seinen Augenbrauen, die gerade, etwas fleischige Nase, den Mund, der sich konzentriert beim Lesen zusammenzog, und das kleine Grübchen in seinem Kinn. Die Art, wie er las und die Seiten durchblätterte, ließ darauf schließen, dass er des Öfteren ein Buch in der Hand hielt. Vielleicht arbeitete er an der Universität. Oder in einem Verlag, dachte sie plötzlich. Vielleicht war er ein Verleger wie dieser Montsignac, auf der Suche nach einem guten Kinderbuch? Sie überlegte einen Moment und verwarf den Gedanken dann wieder. Zu unwahrscheinlich. Vermutlich war er einfach nur ein amerikanischer Tourist, der die Sommerferien genutzt hatte, um nach Paris zu kommen, und nun noch ein Geschenk für sein Kind suchte.

»Suchen Sie noch ein Geschenk für Ihr Kind?«, rutschte es ihr heraus, und sie beeilte sich zu sagen: »Das Buch ist wunderbar geeignet für Kinder ab fünf Jahren. Und man erfährt auch ein bisschen etwas über Paris …« – sie versuchte das Ganze aus dem Blickwinkel eines Touristen zu sehen – »den Eiffelturm … den Bois de Boulogne …«

»Nein, nein, ich habe keine Kinder«, unterbrach er gereizt. Wieder schüttelte er den Kopf, und sie sah, wie seine Miene sich zunehmend verfinsterte.

Ob ihm die Geschichte nicht gefiel? Aber warum las er dann fast zwanghaft Seite für Seite? Eigenartig. Das sagte ihr ihr Bauchgefühl. Eigenartig. Dieser Monsieur Sherman aus New York war ein wenig seltsam, beschloss sie schließlich, als wieder die Tür ging und eine neue Kundin hereinkam. Es war Madame de Rougemont, eine ältere Dame aus dem siebten Arrondissement, die nie ohne Handschuhe das Haus verließ und ihr kinnlanges, aschblond gefärbtes Haar stets in sorgfältige Wellen gelegt trug. Wäre Grace Kelly nicht so früh ums Leben gekommen, sie hätte im Alter gewiss so

ausgesehen wie Madame de Rougemont. Die alte
Dame kam fast jede Woche in die Rue du Dragon
und kaufte etwas bei *Luna Luna*, und Rosalie begrüßte sie freundlich.

»Oh«, sagte Madame de Rougemont. »Ihre
Türglocke geht ja gar nicht mehr.« Sie blickte interessiert nach oben, wo noch die Überreste der
gerissenen Kordel baumelten.

»Ja.« Rosalie schaute leicht verlegen zu dem
Mann im Sessel hinüber. »Die Glocke ... also die
Glocke hat heute Morgen leider ihren Geist aufgegeben und sich selbstständig gemacht. Sozusagen.« Aus dem Sessel kam keine Reaktion. »Was
kann ich für Sie tun, Madame de Rougemont?«

Die alte Dame lächelte und spreizte ihre zierlichen Hände, die in durchbrochenen crèmefar-
benen Lederhandschuhen steckten. »Ach, meine
Liebe, ich schau mich nur mal um. Ich brauche
ein Geschenk für meine Freundin und ein paar
hübsche Karten. Sie haben immer so schöne Sachen, da kann man sich kaum entscheiden.« Sie
strich um den Tisch mit den Schreibwaren, Post-
kartenboxen und Accessoires und warf einen neu-
gierigen Blick auf den hoch konzentrierten Herrn
in der Wildlederjacke, der immer noch im *Blauen
Tiger* las und ihr Eintreten in keinster Weise zur
Kenntnis genommen hatte.

»Die Lesung am Mittwoch war wirklich ganz zauberhaft«, sagte sie lauter als nötig. »Ein wunderbares Buch. So … *magisch*, nicht wahr? Ich habe es gleich meiner kleinen Nichte geschenkt. Die hat auch so viel Phantasie wie die kleine Héloïse aus Ihrer Geschichte.«

Während Madame de Rougemont zu den Kartenständern schlenderte und gedankenverloren ein paar Karten herauszupfte, setzte sich Rosalie auf ihren Drehstuhl hinter der Kasse und sah erwartungsvoll zu ihrem anderen Kunden hinüber, der immer noch las. Plötzlich schlug der Mann im Sessel das Buch mit einem Knall zu und stand abrupt auf.

»Und … gefällt Ihnen die Geschichte?«, fragte Rosalie.

Aus irgendeinem Grund hätte sie es schön gefunden, wenn der schweigsame Amerikaner von der Geschichte – und natürlich vor allem von den Bildern – begeistert gewesen wäre.

Robert Sherman richtete seine Augen auf sie, und Rosalie erschrak fast ein wenig, als sie den verhaltenen Ärger sah, der darin aufblitzte.

»Nun, Mademoiselle … Laurent«, entgegnete er langsam. »Die Geschichte gefällt mir gut. Sie gefällt mir sogar *außerordentlich*. Wissen Sie, ich *liebe* die Geschichte vom blauen Tiger. Sie ist aus Gründen, die ich keine Lust verspüre, hier näher zu erläutern, eine sehr wichtige Geschichte für mich. Das Dumme ist nur, dass ich sie bereits kenne.«

»Wie … wie meinen Sie das?«, fragte Rosalie, die nicht im Geringsten verstand, worauf er hinauswollte.

»So, wie ich es sage. Ich kenne diese Geschichte schon viele Jahre. Seit ich fünf bin, um genau zu sein. Es ist, wenn Sie so wollen, *meine* Geschichte.« Er knallte das Buch auf den Kassentisch, hinter dem die überraschte Rosalie zusammenzuckte. »Und ich frage mich, wie dreist jemand sein muss, eine Geschichte wortwörtlich zu kopieren und sie dann als *seine* Geschichte herauszubringen?!«

»Aber … Monsieur Sherman! Das kann überhaupt nicht sein. Was reden Sie denn da?«, entgegnete Rosalie ungläubig. »Max Marchais hat diese Geschichte geschrieben, und das Buch ist gerade erst herausgekommen. Es kann also gar nicht sein, dass Sie es schon kennen. Ich bin mir sicher, dass Sie da etwas verwechseln.«

»*Ich* verwechsle etwas?!«, wiederholte er aufgebracht und wurde blass vor Zorn. »Kommen Sie mir bloß nicht so. Wissen Sie, wie man so etwas nennt? Das ist Diebstahl geistigen Eigentums, Mademoiselle Laurent!«

Rosalie rutschte von ihrem Drehstuhl und stützte sich mit den Händen auf den Kassentisch. »*Attends!* Jetzt machen Sie mal einen Punkt, Monsieur. Sie kommen hier eben mal so reingeschneit und behaupten, Max Marchais sei ein Dieb? Wer sind Sie überhaupt? Wollen Sie etwa behaupten, einer der bekanntesten Kinderbuchautoren Frankreichs habe es nötig, irgendwem seine Ideen zu stehlen? Warum sollte er?«

»Nun, es wäre wohl nicht das erste Mal, dass so etwas passiert. Vielleicht sind dem guten Monsieur Marchais die Ideen ausgegangen.«

Rosalie spürte, wie sie rot wurde. Sie würde es nicht zulassen, dass dieser anmaßende Amerikaner ihren so verehrten Autor verunglimpfte.

»Monsieur Sherman, es reicht! Ich kenne Max Marchais persönlich, und ich kann Ihnen versichern, dass er eine absolut integre und ehrenwerte Person ist. Ihre Anschuldigungen sind völlig aus der Luft gegriffen.«

»Ach ja? Ist das so? Nun, wahrscheinlich stecken Sie beide unter einer Decke.«

»Das gibt's doch nicht!« Rosalie schnappte nach Luft. »Wissen Sie was, Monsieur Sherman? Wahrscheinlich leiden Sie unter Verfolgungswahn«, gab sie erbost zurück. »Amerikaner neigen ja bekanntlich zu den aberwitzigsten Verschwörungstheorien.«

»Nur keine Vorurteile, Mademoiselle! Dann fragen Sie doch mal den ehrenwerten Monsieur Marchais, woher er seine Geschichte hat«, giftete er.

Rosalie starrte Robert Sherman so widerwillig an, als hätte dieser sich soeben von Dr. Jekyll in Mister Hyde verwandelt. Wie hatte sie diesen unverschämten Kerl auch nur eine Sekunde sympathisch finden können?

»Das werde ich tun, Monsieur, keine Sorge. Und ich kenne die Antwort schon jetzt.« Ärgerlich warf sich Rosalie ihren langen Zopf über die Schulter.

»Na, wenn Sie da mal keine böse Überraschung erleben. Ich kann nämlich *beweisen*, dass die Geschichte mir gehört.«

Rosalie verdrehte die Augen nach oben und legte eine Hand über ihre Stirn. Sie hatte es – ganz klar – mit einem dieser grässlichen Rechthaber zu tun.

»Okay. Alles klar«, sagte sie ironisch. »Ist schon gut. Sie können es beweisen. Kann ich sonst noch etwas für Sie tun, oder war's das?«

»Nein, ich fürchte, das war's noch lange nicht. So lasse ich mich nicht abspeisen. Ich werde Sie verklagen. Ich bin von der Kanzlei *Sherman & Sons*, und Sie werden noch von mir hören!«

»Ich kann es kaum erwarten!« Meine Güte, er war so ein beknackter *Rechtsanwalt!* Sie hätte es sich gleich denken können. Sie sah kalt lächelnd zu, wie er erregt seine Brieftasche aus der Jackentasche zog, einen Fünfzig-Euro-Schein hervorkramte, ihn auf die Theke warf und sich das Buch schnappte.

»Stimmt so!«, stieß er hervor.

»Hallo?! Was bilden Sie sich ein? Lernt man bei Ihnen zu Hause kein Benehmen? Sie sind hier nicht in einem Burger-Restaurant, Monsieur. Behalten Sie Ihr blödes Geld, und hören Sie auf mit diesem imperialistischen Getue. Ich *schenke* Ihnen das Buch!«, rief Rosalie und warf ihm den Geldschein hinterher. Er segelte unbeachtet auf den Steinfußboden.

In diesem Moment erklang ein leises Poltern. Madame de Rougemont war soeben vor Schreck eine Postkartenbox aus der Hand geglitten.

»Es ist nichts«, sagte die alte Dame, die zur Salzsäule erstarrt dastand, als sich jetzt zwei wütende Augenpaare auf sie richteten. »Nichts. Bitte, lassen Sie sich nicht stören.«

Robert Sherman drehte sich noch einmal zur Kasse um.

»Imperialistisch? So, so. Nun ich weiß ja nicht, wie Sie das halten, Mademoiselle Laurent, ich zumindest zahle für Dinge, die mir nicht gehören«, entgegnete er bissig. Er warf ihr einen vernichtenden Blick zu. »Haben Sie schon mal etwas vom Urheberrecht gehört? Oder sieht man das hier Frankreich auch etwas *entspannter*?«

»Sie sind ja völlig übergeschnappt! Raus jetzt, aber ganz schnell!«, schrie Rosalie, und ihre Stimme begann sich zu überschlagen.

William Morris fühlte sich nicht mehr wohl in seinem Körbchen. Es war entschieden zu laut geworden. Er machte einen Satz und begann aufgeregt zu bellen, als er die schrille Stimme seines Frauchens hörte.

Mag sein, dass Robert Sherman das »aber ganz schnell« allzu wörtlich nahm. Mag sein, dass ihm der kleine Hund in die Quere kam, der ihn hysterisch bellend umkreiste wie seinerzeit die Indianer die Planwagen der Cowboys. Bei dem Versuch, aus dem Laden zu stürmen und gleichzeitig der kläffenden Bestie auszuweichen, riss der Amerikaner jedenfalls einen der beiden Postkartenständer um, der hinter ihm mit lautem Getöse zu Boden krachte.

»Verdammter Köter!«, schimpfte Sherman, als er, ohne sich auch nur einmal umzudrehen, die Tür aufriss und auf die Straße stürmte.

»Na toll!«, sagte Rosalie. »Ganz großes Kino!« Mit wenigen Sätzen war sie an der Tür. »Idiot!«, schrie sie dem Mann in der Wildlederjacke nach, der sich mit großen Schritten entfernte.

10

Robert Sherman konnte sich nicht daran erinnern, wann er sich das letzte Mal dermaßen aufgeregt hatte. Die Ansammlung von Adrenalin in seinem Körper war phänomenal.

Mit großen wütenden Schritten stapfte er die Rue du Dragon in Richtung Boulevard Saint-Germain entlang, den Blick auf den Boden gerichtet, und dies nicht nur wegen möglicher weiterer Hundehaufen. Rachel hatte vielleicht doch nicht so unrecht mit ihrer Meinung über französische Frauen. Wie dreist und unverschämt diese kleine Verkäuferin gewesen war! *Wir sind hier nicht in einem Burger-Restaurant. Lernt man bei Ihnen kein Benehmen?* Als ob er irgend so ein ungehobelter Klotz aus dem Mittleren Westen wäre.

Er schüttelte den Kopf. Sie hatte ihn mit ihren großen dunklen Augen angesehen und glattweg verspottet. »Wir sehen das hier etwas *entspannter*, Monsieur!«, murmelte er aufgebracht vor sich hin. Dieses kleine französische Frauenzimmer hatte ihn an seiner Ehre gepackt. Diese Arroganz! Als ob er so ein verkniffener Petit-Bourgeois wäre und sie als Französin den Freigeist gepachtet hätte. *Liberté tou-*

jours, was? Hundehaufen und Plagiate – na, auf so einen Freigeist konnte er gut und gern verzichten!

»Französische Zicke, blöde!«, stieß er wütend aus und wäre fast mit einer Frau zusammengestoßen, die ihm auf dem schmalen Bürgersteig mit ihren Einkäufen entgegenkam und einen kleinen Jungen hinter sich herzog.

Die Frau sah ihn missbilligend an, und er hörte, wie der Junge fragte: »Was ist mit dem Mann, *Maman*?«

Ja, was war mit dem Mann? Robert drückte das Buch an sich und stapfte weiter. Diese Rosalie Laurent hatte es nicht einmal für nötig befunden, sich zu entschuldigen. Nicht, als ihm die Glocke auf den Kopf gefallen war, nicht, als dieser kleine Kläffer ihn angefallen hatte. *Zwei Mal* angefallen hatte. Das musste man sich mal vorstellen! Er konnte froh sein, dass er nicht gebissen worden war, wie damals als Kind, als der Foxterrier von den Millers von nebenan ihn angesprungen und in die Lippe gebissen hatte und er das erste Mal in seinem Leben in Ohnmacht gefallen war. Seit damals misstraute er diesen kleinen Kläffern. Die waren besonders verschlagen. Gut, dass er schnell genug gewesen war, sonst hätte er sich noch um eine Tetanusspritze kümmern müssen! Er sah schon die Krankenschwester, die der Postkartenladenbesitzerin auffallend ähnelte, mit spöttisch hochgezogenen Brauen gegen eine Spritze von zweifelhafter Qualität klopfen. *Wir sehen das hier etwas entspannter, Monsieur.*

Warum regte ihn dieser Satz eigentlich so auf? Vielleicht, weil er von einer Lässigkeit zeugte, die jeder Einsicht und Verantwortung spottete. Die Sache mit dem Buch war wirklich unglaublich!

Er hatte es ganz zufällig im Fenster liegen sehen, und eine seltsame Mischung aus Neugier und Irritation hatte sein Herz schneller schlagen lassen. Als er den kleinen Laden betrat, wäre er aus bekannten Gründen fast hingefallen. Und als er ihn überstürzt wieder verließ, auch. Er hätte sich schwer verletzen können. Abgesehen von allem anderen.

Aber das kümmerte die Besitzerin der Papeterie, die offenbar kein Problem hatte, sich mit fremden Federn zu schmücken, in keinster Weise. Stattdessen hatte sie ihm »Idiot« hinterhergerufen, er hatte es sehr wohl gehört.

Die Sicherheitsbestimmungen in dieser Stadt ließen sehr zu wünschen übrig, fand Robert. Und die Höflichkeit auch.

Er bog auf den Boulevard Saint-Germain ein und marschierte automatisch weiter Richtung Sorbonne. Eigentlich hatte er vorgehabt, sich auf dem Universitätsgelände ein bisschen umzusehen.

In den nächsten Tagen wollte er ein Gespräch mit dem Dekan vereinbaren. Aber irgendwie interessierte ihn die Sorbonne im Moment nicht sonderlich. Die unerwartete Entdeckung des Buches hatte ihn mindestens so aufgewühlt, wie die Reaktion dieser Ladenbesitzerin ihn aufgebracht hatte.

Die Bewegung tat gut. Allmählich wurden seine Schritte langsamer, und sein Herzschlag beruhigte sich. Er verließ den lärmenden Boulevard und bog in das Gewirr der kleinen Straßen des Quartier Latin.

Als er nach Paris gekommen war, hatte er alles Mögliche erwartet. Es sollte eine Auszeit sein. Er wollte in Ruhe und unbeeinflusst über alles nachdenken, was ihn umtrieb. Er hatte sich in dieser Stadt, die nicht mehr war als eine Kindheitserinnerung, umsehen wollen. Er hatte zum Andenken an seine Mutter noch einmal den Eiffelturm besteigen wollen. Er wollte – natürlich! – zu *Shakespeare and Company*, um dort ein bisschen in den Büchern zu stöbern und den Geruch jener fast versunkenen Zeit einzuatmen, in der die Literatur noch Welten bewegte.

Nach dem schweren Abschied von Mount Kisco und dem ganzen Ärger zu Hause hatte er weit weg von allem auf ein paar sommerlich-unbeschwerte Tage gehofft, vielleicht sogar auf einen unschuldigen kleinen Flirt, ja, auch das! Er hatte gehofft, in der Stadt an der Seine jene Leichtigkeit wiederzufinden, die irgendwann in seinem Leben verloren gegangen war. Er hatte gehofft, Antworten auf seine Fragen zu finden, Klarheit, eine gute Entscheidung. Und über allem hatte wie ein Versprechen der Satz seiner Mutter gelegen, dass Paris immer eine gute Idee sei.

Er hatte so ziemlich mit allem gerechnet, als er früh am Morgen mit dem Taxi vom Flughafen Orly nach Paris gefahren war, dachte Robert Sherman nachdenklich, als er sich nach einer Weile draußen vor ein kleines Café mit wackeligen Holzstühlen setzte, das sicher in keinem Reiseführer je Erwähnung finden würde.

Nur nicht damit, in der Auslage einer Papeterie in Saint-Germain den blauen Tiger zu finden.

Seit Kindertagen war ihm die Geschichte vom blauen Tiger so vertraut wie sein alter Bär Willie. Als er ein kleiner Junge war, hatte seine Mutter sie ihm Abend für Abend zum Einschlafen erzählt. Er liebte diese Geschichte und wurde nicht müde, sie zu hören, auch wenn er schon im Vorhinein wusste, was die einzelnen Personen sagen würden. Wenn seine Mutter die Geschichte manchmal ein wenig abkürzen wollte, weil sie mit Dad zu einem

Abendessen eingeladen war, hatte Robert es sofort bemerkt. »Mama, du hast vergessen zu erzählen, dass sie sich in der Grotte der vier Winde treffen«, sagte er. Oder: »Aber, Mama, der Malbeutel war doch rot und nicht grün.« Kein Detail durfte fehlen, er bestand auf jeder Kleinigkeit. Viele Jahre war die Geschichte vom blauen Tiger ein fester Bestandteil seines Einschlafrituals, und auch als schon andere Bücher in seinem Regal standen, blieb es seine Lieblingsgeschichte. Wenn sie an die Stelle kamen, wo Héloïse auf dem Tiger über Paris fliegt und ihre flatternden goldenen Haare wie eine Sternschnuppe aufglänzen, hatte seine Mutter immer eine kleine Pause eingelegt und ihn bedeutungsvoll angeschaut. »Wenn man eine Sternschnuppe sieht, darf man sich etwas wünschen«, hatte sie gesagt. »Los, wir wünschen uns jetzt was!« Und dann hatten sie sich an den Händen gefasst, und jeder hatte sich schweigend etwas gewünscht.

Es war schon merkwürdig, wie einen die Dinge, die man als Kind erlebt hatte, noch Jahre später beeinflussten, dachte Robert. Noch heute, als Mann von Ende dreißig, hielt er an klaren Sommernächten unwillkürlich Ausschau nach Sternschnuppen. In Manhattan allerdings waren diese schwer zu finden, besser gesagt, man sah sie nicht, weil die Lichter der Stadt und die Abgase den Himmel so verblassen ließen, dass es kaum sternklare Nächte gab.

Robert nahm einen Schluck aus der dicken weißen Tasse, die das zierliche Mädchen mit dem Pferdeschwanz, das hier bediente, ihm mit einem freundlichen Lächeln und einem Glas Leitungswasser auf das runde Tischchen stellte, und lächelte automatisch zurück.

Nicht alle Französinnen waren Zicken, korrigierte er sich, während er sich in seinem Stuhl zurücklehnte und sein Gesicht in die Sonne hob.

Er blickte auf das Buch und erinnerte sich plötzlich daran, wie er als kleiner Junge eines Abends gefragt hatte, ob es die Geschichte vom blauen Tiger auch als Buch gäbe. Doch seine Mutter hatte den Kopf geschüttelt und gemeint, diese Geschichte würde nur ihnen beiden gehören und sie würde sie ihm schenken. Und das hatte sie viele Jahre später dann auch getan.

Robert musste schlucken, als er daran dachte, wie er in dem dicken braunen Umschlag, den ihm der Notar nach ihrem Tod ausgehändigt hatte, unter allen möglichen Papieren, Dokumenten und alten Fotos das Manuskript in einen blauen Einband gebunden gefunden hatte.

Der blaue Tiger stand auf dem Deckblatt. Und darunter »*Für R.*« An das Manuskript hatte seine

Mutter einen Zettel geheftet, auf den Sie in ihrer typischen runden Schrift mit den übergroßen Ober- und Unterlängen geschrieben hatte:

»Für meinen lieben Robert zur Erinnerung an die vielen Abende, die wir zusammen mit unserem Freund, dem Tiger, hatten. Sie sind mir unendlich kostbar.«

Er war kein kleiner Junge mehr, als er die Geschichte in dem Umschlag fand, aber beim Anblick des Manuskripts, das wie ein letzter Gruß seiner Mutter war, stiegen ihm die Tränen in die Augen.

Irgendwann war er zu groß geworden für Gutenachtgeschichten. Damals hatte sie wohl alles für ihn aufgeschrieben, jedes Detail. Er hatte gerührt die Seiten durchgeblättert, die noch mit einer altmodischen Schreibmaschine geschrieben worden waren, und die Geschichte nach langer Zeit wieder einmal gelesen. Es war schön gewesen und auch traurig, so, wie es immer schön und auch traurig ist, wenn man an einen Ort zurückkehrt, den man einmal sehr geliebt hat, und erkennen muss, dass nichts bleibt, wie es war.

Er hatte daran denken müssen, dass seine Mutter noch in ihrer letzten Stunde diese Bemerkung gemacht hatte. *Ich gehe jetzt in ein Land, das ist so weit weg, da kommst du nicht mal mit dem Flugzeug hin*, hatte sie gesagt. Doch erst als er das Manuskript in Händen hielt, war ihm klar geworden, dass sich ihre Worte auf eine Stelle aus der Geschichte bezogen.

Und nun hatte er vor wenigen Stunden vor dem Schaufenster einer Papeterie gestanden, in einer fremden Stadt, auf einem fremden Kontinent, und plötzlich dieses Buch gesehen. Dieses Buch, das es eigentlich gar nicht geben konnte, weil nur zwei Menschen die Geschichte kannten und das einzige Manuskript dazu fast sechstausend Kilometer weit weg in einem braunen Umschlag lag.

Es hatte ihm die Sprache verschlagen.

Verwirrt war er zunächst ein paar Schritte weitergegangen, dann hatte er kehrtgemacht, um sich Klarheit zu verschaffen.

Als er sich das Buch des Kinderbuchautors zeigen ließ – ein älterer Herr mit Bart und grauem zurückgekämmtem Haar, der auf dem großen Lesungsplakat in der Papeterie zu sehen war –, hatte er noch gedacht, dass es sich um eine ganz andere Geschichte handelte, die zufällig denselben Titel trug. Doch dann hatte er angefangen zu lesen, und schon nach wenigen Sätzen wusste er, dass es die Geschichte war, die seine Mutter ihm hinterlassen hatte.

Er fühlte sich beraubt, ja, beraubt war das richtige Wort! Wie einer, der nach Hause kommt und feststellt, dass in seine Wohnung eingebrochen wurde. Ohnmächtig und wütend zugleich.

Jemand hatte sich seiner kostbaren Erinnerung bemächtigt und sie auf den Markt geworfen, um seinen Vorteil daraus zu ziehen. Robert hatte noch keine Erklärung, wie das passieren konnte, aber er würde es herausfinden. Er würde sein Recht verteidigen. Man musste in Sachen Urheberrecht ja nicht mal besonders versiert sein, um sofort zu erkennen, dass die Sache zum Himmel stank.

Er nahm noch einmal das Buch zur Hand und blätterte darin. Die bunten Bilder dieser jungen Frau mit dem Zopf, die ihn so wüst beschimpft hatte, gefielen ihm sogar, aber das machte es nicht besser. Wie auch immer dieser angeblich so honorige französische Autor an die Geschichte vom blauen Tiger gekommen war, er hatte sie schamlos kopiert. Leider waren die Zeiten heute so. Die Menschen hatten einfach keinen Respekt mehr vor geistigem Eigentum. An der Universität lernte man wenigstens noch, dass man seine Quelle immer nennen sollte. Der Rest war *Copy and Paste*, und die meisten schienen das ganz normal zu finden. Aber das hier ging eindeutig zu weit. »Man muss sich nicht alles gefallen lassen«, hatte sein Vater oft gesagt. Und er hatte recht gehabt.

Zum ersten Mal in seinem Leben war Robert Sherman froh, dass er aus einer Juristenfamilie stammte. Immerhin kannte er sich aus. Er saß noch eine Weile in der Sonne und spürte, wie sein Körper der Erschöpfung nachgab und immer schwerer wurde. Mit einem Mal erfasste ihn eine solche Müdigkeit, dass er fast auf dem Holzstuhl eingeschlafen wäre. Der Jetlag und die ganzen Aufregungen des Tages forderten ihren Tribut.

Er trank seinen *Café crème* aus, der schon kalt geworden war, nahm ein paar Münzen aus der Hosentasche, legte sie auf den Tisch und beschloss, ins Hotel zurückzugehen. Unterwegs würde er noch irgendwo etwas zu Abend essen.

Es war halb sechs, als er sich auf den Weg machte, eigentlich zu früh für ein Abendessen in Paris, aber der ganze Ärger hatte ihn hungrig gemacht. Was er jetzt brauchte, war ein gutes Steak und ein Glas Rotwein. Er würde früh schlafen gehen und Rachel kurz Bescheid geben, dass er gut angekommen war. Und morgen würde er diesen Marchais einmal etwas genauer unter die Lupe nehmen. Von Mademoiselle Laurent war, was das anging, sicherlich keine große Hilfe zu erwarten.

Als er durch die Rue Saint-Benoît schlenderte, eine kleine Straße, die auf die Rue Jacob führte, in der sich auch sein Hotel befand, bemerkte er ein paar Leute, die schwatzend und gut gelaunt vor einem Restaurant standen, aus dem der verlockende Geruch von scharf angebratenem Fleisch drang. Ohne groß zu überlegen, stellte er sich an.

Das *Relais de l'Entrecôte* war ein klassisches *Steak-frites*-Restaurant. Um genau zu sein, gab es dort nur *Steak frites*, aber die waren exzellent. Robert fand die zitronige Sauce, die zum Fleisch gereicht wurde, erst gewöhnungsbedürftig, dann eigentlich recht reizvoll, die Pommes frites waren goldbraun gebacken und knusprig, das Fleisch würzig und zart. Der erste Teil des Abends war – wenn man davon absah, dass ein allzu geschäftiger Kellner ihm den Teller unter der Nase wegriss, sobald Robert zu verstehen gegeben hatte, dass er kein Dessert mehr wünschte – geradezu als gelungen zu bezeichnen. Er hatte zwei Glas Rotwein getrunken, der kräftig und samtig über die Zunge rollte, er hatte gut gegessen und freute sich nun auf sein Bett. Doch dann begann der zweite Teil des Abends. Mit einer Rechnung, die durchaus bezahlbar und doch unbezahlbar war. Zumindest für jemanden, dessen Brieftasche verschwunden war.

Mit zunehmender Nervosität hatte Robert sämtliche Taschen von Jacke und Hose abgetastet, während der Kellner mit einer exquisiten Mischung aus Ungeduld und Blasiertheit vor dem

Tisch gestanden hatte und die nächsten Gäste schon auf ihren Sitzplatz warteten.

»Das gibt's doch nicht!« Robert wurde heiß bei dem Gedanken, dass nicht nur sein Geld in der Brieftasche steckte, sondern auch sämtliche Karten. Nach dem Ärger mit dem Zimmer heute Morgen, dem der Ärger mit dem Aufzug folgte – war das wirklich erst am Morgen gewesen?! –, hatte er völlig vergessen, einen Teil der Wertsachen und des Geldes wie üblich im Zimmersafe zu deponieren. Wo war die verdammte Brieftasche?!

Normalerweise steckte sie in der Innenseite seiner Jackentasche, aber da war nichts! Mit einem Mal war er wach wie eine Glocke. Das war der Tag der Adrenalinstöße, ganz klar. Er versuchte, dem verärgerten Kellner klarzumachen, dass er kein Schnorrer war, der es darauf angelegt hatte, umsonst zu speisen, sondern ein amerikanischer Tourist, der an seinem ersten Tag in Paris ziemlich viel Pech gehabt hatte.

»Meine Brieftasche ist weg!«, erklärte er mit panischem Blick.

Der Kellner zeigte wenig Mitleid. *»Alors, Monsieur!«*, entgegnete er nur, zuckte die Achseln und schien immer noch darauf zu warten, dass *Monsieur* seine Brieftasche endlich aus dem Hut zauberte.

Mit Mühe gelang es ihm, einen Zehn-Euro-Schein und ein paar Münzen zusammenzuklauben, die lose in seinen Taschen steckten. Er kam auf neunzehn Euro und fünfzig Cent.

»*C'est tout!*«, beteuerte er. »Mehr hab ich nicht.«

Der Kellner verzog keine Miene. Robert war kurz davor, ihm seine Uhr anzubieten – immerhin die alte TAG Heuer seines Vaters –, als ihm mit einem Mal einfiel, wo er seine Brieftasche verloren hatte.

Er sprang auf, schnappte sich seine Jacke, die über dem Stuhl hing, und rief dem verblüfften Kellner zu: »Warten Sie! Ich bin gleich wieder da. *Je reviens!*«

Als er völlig außer Atem vor dem kleinen Postkartenladen in der Rue du Dragon ankam, war es Viertel nach sieben. Die großmaschigen Eisengitter vor Schaufenster und Eingangstür waren heruntergelassen, aber im Laden brannte noch Licht.

Robert sah eine schlanke Gestalt in einem geblümten Sommerkleid mit einem langen Zopf, die sich über die Kasse beugte, und ließ seine Stirn für einen Moment erleichtert gegen das Gitter sinken. Gott sei Dank, sie war noch da! Er hämmerte gegen die Tür wie ein Irrer.

»Mademoiselle Laurent! Mademoiselle Laurent! Machen Sie auf! Ich habe etwas vergessen!«

Sie blickte auf, stutzte und kam an die Eingangstür. Er empfand fast so etwas wie ein Glücksgefühl, als sie jetzt auf ihn zuschwebte und ihn mit großen Augen durch die Scheibe ansah.

Als sie ihn erkannte, kniff sie die Augen zusammen wie eine Katze und schüttelte energisch den Kopf.

»He, Mademoiselle, Sie müssen mich reinlassen, es ist wichtig!«

Sie zog die Augenbrauen hoch. Dann drehte sie mit einem triumphierenden Lächeln das Schild herum, das von innen an der Tür hing.

Fermé stand darauf. Geschlossen. Sie hob die Schultern wie ein Pantomime und deutete mit der Hand auf das Schild.

Adrenalinstoß!

»Verdammt noch mal, dass schon geschlossen ist, sehe ich selbst, ich bin ja nicht blöd«, schrie er und rüttelte am Gitter. Diese blöde Gans ließ ihn doch tatsächlich kalt lächelnd vor der Tür stehen. Er sah, wie sie in aller Seelenruhe wieder an den Kassentisch zurückging.

»He! Aufmachen! Verdammt noch mal, meine Brieftasche ist noch im Laden. Ich will jetzt sofort meine Brieftasche, hören Sie?!«

Es war ganz offensichtlich, dass Rosalie Laurent keine Lust verspürte zu hören. Sie drehte sich noch einmal kurz um und zeigte Robert Sherman mit einem maliziösen Lächeln den Mittelfinger, bevor sie das Licht löschte und über die kleine Wendeltreppe nach oben verschwand.

In dieser Nacht schlief Robert Sherman wie ein Toter. Nachdem er unverrichteter Dinge wieder ins *Les Marronniers* zurückgekehrt war und sich mit schweren Schritten die Stufen zu seinem Zimmerchen im vierten Stock hochgeschleppt hatte (der Aufzug war immer noch defekt, dafür hatte man ihm für den nächsten Tag ein Gratisfrühstück in Aussicht gestellt), hatte er nur noch Kraft für eine SMS an Rachel.

Hi, Rachel, bin gut angekommen. Paris ist voller Überraschungen, Rätsel und arroganter Menschen. Habe meine Brieftasche verloren und die Bekanntschaft einer echten französischen Zicke gemacht. Morgen mehr. Todmüde, dein Robert.

Im Zimmer war es stickig. Robert machte das Fenster weit auf und löschte das Licht. In der Dunkelheit sah die Mauer, die in fahlem Grau zwei Armlängen vor seinem Fenster aufragte, aus wie eine überdimensionale Kinoleinwand.

11

An diesem Abend saß Rosalie noch lange mit angezogenen Beinen und einem Glas Rotwein unter ihrem Fenster auf dem Dach und dachte über den seltsamen Tag nach. Die Nacht war mild, und ein blasser Mond versteckte sich hinter einer zarten dunkelgrauen Wolke.

René war schon ins Bett gegangen.

»Mach dir keinen Kopf, dieser durchgeknallte Amerikaner wird sich schon wieder einkriegen. Der spinnt doch total. Aber wenn es dir keine Ruhe lässt, dann ruf Marchais eben an und frag ihn.« Er hatte ihr mit der Hand das Haar zerzaust. »Komm auch bald ins Bett, *chérie*, ja?«

Rosalie hatte genickt, war ein Stück an der Mauer heruntergerutscht und hatte den Kopf angelehnt. Es wäre der perfekte Moment für eine Zigarette gewesen, aber unter Renés gutem Einfluss hatte sie das Rauchen aufgegeben. Oder es zumindest versucht, was bedeutete, dass sie nur noch selten Zigaretten im Haus hatte.

Sie seufzte und blickte in den Nachthimmel. Es war erstaunlich, welche Wendung dieser Tag genommen hatte, ein Tag, der so gut begonnen hatte.

Ihr morgendliches Hochgefühl war einer großen Verwirrung gewichen.

Dieser schreckliche Amerikaner war tatsächlich kurz nach sieben noch einmal zurückgekommen und hatte vor ihrem Geschäft randaliert und herumgeschrien. Sie hatte kaum ein Wort verstanden, nur begriffen, dass er mit aller Macht in den Laden wollte. Und sicherlich nicht, um sich bei ihr zu entschuldigen. Vielleicht hatte er seine Klageschrift schon dabei.

Sie kicherte zufrieden, als sie daran dachte, wie blöd Robert Sherman aus der Wäsche geguckt hatte, als er begriff, dass sie nicht vorhatte, den Laden für ihn wieder aufzuschließen.

Nachdem Sherman noch weiter am Gitter gerüttelt hatte und schließlich unter wüsten Beschimpfungen abgezogen war, die glücklicherweise nur in gedämpfter Form zu ihr nach oben in die kleine Wohnung drangen, war ihr klar geworden, dass dieser Mann ein Choleriker war und sich offenbar nicht im Griff hatte. Nun, das sollte nicht ihr Problem sein.

»Schade, dass ich noch nicht da gewesen bin«, hatte René gesagt, als Rosalie ihm beim Abendessen von dem daueraufgeregten Amerikaner erzählte, diesem Psychopathen, der sie nun schon zum zweiten Mal an diesem Tag belästigte, nachdem er sie zuvor des Plagiats beschuldigt und anschließend vor Wut den Postkartenständer umgeworfen hatte. »Ich hätte dem Kerl schon gezeigt, wo der Hammer hängt. Es wäre ein Fest für mich gewesen.«

Ja, schade … dachte Rosalie und nahm einen Schluck Rotwein. Eine Schlägerei zwischen dem kräftigen, sportlich durchtrainierten René und dem langen, eher schlaksigen Sherman, der nicht gerade aussah wie ein Spieler der legendären New Yorker *Red Socks*, hätte sicher rasch für Ruhe gesorgt. Trotzdem war es eigenartig. Entweder hatte der Typ wirklich nicht mehr alle Tassen im Schrank, oder … Das »Oder« bereitete ihr einiges Unbehagen. Immerhin konnte es, so unwahrscheinlich es auch schien, eine tief empfundene Empörung sein, der Zorn des Gerechten sozusagen, der den Fremden derart in Rage versetzt hatte. Auf den ersten Blick hatte er ganz und gar nicht wie ein Verrückter gewirkt, musste sie zugeben. Eher wirkte er erstaunt.

Wie auch immer, die Anschuldigung war ungeheuerlich. Und der Tonfall sowieso.

Rosalie konnte sich beim besten Willen nicht vorstellen, dass Max Marchais eine Geschichte abkupfern würde. Sie erinnerte sich noch sehr gut an den Abend im *Jules Verne*, wo er ihr das erste Exemplar des *Blauen Tigers* überreicht hatte, und wie stolz und gerührt sie über das *»Für R.«* gewesen war. An seine Verlegenheit, als sie sich für die Widmung bedankte.

Sie schüttelte den Kopf. Keiner konnte sich so verstellen. Sie sah die Augen des alten Schriftstellers, in denen mit einem Mal ein Licht geleuchtet hatte. So sah niemand aus, der unehrlich war.

Dann setzte sie sich auf, weil ihr etwas eingefallen war. Hatte dieser Sherman nicht gesagt, dass er die Geschichte schon seit Jahren kannte, *seit ich fünf bin, um genau zu sein*? Sie schätzte ihn auf Ende dreißig. Max Marchais aber hatte ihr einen sehr heutigen Computerausdruck zugeschickt, was nur bedeuten konnte, dass die Geschichte keine sein konnte, die jemand kennen konnte, seit er fünf Jahre alt war. Und was sollte das überhaupt bedeuten, dass es *seine Geschichte* war? Hatte dieser arrogante Rechtsanwalt die Geschichte etwa schon mit fünf Jahren geschrieben? Das alles machte keinen Sinn.

Sie beugte sich vor und umschlang ihre Knie mit den Armen. Es sei denn … Es sei denn, es gab eine gemeinsame Quelle, auf die beide Zugriff gehabt hätten. Schon möglich, dass es ein altes Märchen mit einem blauen Tiger gab. Sie nickte nachdenklich und runzelte wieder die Stirn. Aber selbst dann konnte es doch nicht sein, dass die Geschichte, wie dieser aufgebrachte New Yorker behauptet hatte, wortwörtlich identisch war.

Rosalie merkte, wie sich ihre Gedanken zu verwirren begannen. Wahrscheinlich zerbrach sie sich völlig unnötig den Kopf. René hatte recht. Gleich am nächsten Morgen würde sie Max Marchais anrufen, um die Sache zu klären. Aber sie musste das Ganze mit einigem Fingerspitzengefühl angehen – schließlich wollte sie den alten Mann nicht verärgern.

Es war eigentlich nicht damit zu rechnen, dass der Verrückte noch einmal hier auftauchen würde. Aber man konnte nie wissen. Sie trank ihren Rotwein aus und kletterte durch das Fenster in die Wohnung zurück.

Als sie die Augen zumachte, stand in ihrem blauen Notizbuch der folgende Eintrag:

Der schlimmste Moment des Tages:
Die Dichte fremder Männer, die in meinen Laden kommen und Postkartenständer umreißen, nimmt auf beängstigende Weise zu. Heute war ein grässlicher Amerikaner da, der mich beschimpft hat und verklagen will, weil die Geschichte vom blauen Tiger angeblich geklaut ist.

Der schönste Moment des Tages:
Monsieur Montsignac hat angerufen und mich gefragt, ob ich für den Verlag ein Märchenbuch illustrieren will. Ein richtig großer Auftrag! Habe zugesagt.

12

Den ganzen Morgen schon war Marie-Hélène im Haus und machte Krach. Ihre übertriebene Geschäftigkeit entsprang einer gewissen Grundnervosität, die wiederum damit zu tun hatte, dass sie vorhatte, für zwei Wochen zu verreisen. Sie wollte mit ihrem Mann nach Plan-d'Orgon fahren, ihrem Heimatdorf in der Nähe von Les Beaux, wo der Rest ihrer Familie lebte, vor allem aber ihre älteste Tochter, die gerade ein Kind bekommen hatte.

»Stellen Sie sich vor – ich werde Oma, Monsieur Marchais!«

Max wusste nicht, wie oft er diesen Satz in den letzten Monaten gehört hatte, verbunden mit aktuellen Meldungen über den Zustand von Mutter und Kind. Vor drei Tagen hatte nun die Tochter entbunden und eine kleine Claire zur Welt gebracht *(Sie wiegt erst 3500 Gramm, Monsieur, und sie kann schon lächeln)*, und Marie-Hélène Bonnier war außer sich vor Entzücken und hatte ihm verkündet, dass sie am Wochenende nach Plan-d'Orgon fahren würde und er dann leider für vierzehn Tage allein zurechtkommen müsse.

»Sie kommen doch zurecht, Monsieur Marchais?«, hatte sie besorgt hinzugesetzt und sich die Hände an der Schürze abgewischt. Madame Bonnier hatte über die Jahre den Wahn entwickelt, dass er völlig aufgeschmissen war, wenn sie nicht drei Mal die Woche für ihn einkaufte, putzte und kochte.

»Natürlich komme ich zurecht, Marie-Hélène, ich bin schließlich kein alter Sabbergreis, oder wie?«

»Mag sein, aber Sie sind ein *Mann*, Monsieur Marchais, und es ist einfach nicht gut, wenn Männer allein zu Hause sind, das weiß man ja. Es wird nicht vernünftig gegessen, die Zeitungen stapeln sich, das Geschirr bleibt auf der Spüle stehen, und alles verkommt.«

»Sie übertreiben, wie immer, Marie-Hélène«, hatte Max gesagt und sich wieder in seine Zeitung vertieft. »Ich versichere Ihnen, dass das Haus in zwei Wochen noch steht.«

Dennoch hatte die Haushälterin es sich nicht nehmen lassen, am Freitag vor ihrer Abreise noch einmal zu kommen, um gründlich durch die Zimmer zu gehen, die Wäsche zu machen und ein paar Gerichte einzufrieren, die er sich nur auftauen und warm machen müsse. Auf der Küchenanrichte standen mindestens fünfzehn Tupperdosen, die sie befüllt hatte, damit er in den zwei Wochen nicht verhungerte.

Max hatte ergeben genickt. Es war völlig sinnlos, mit der Haushälterin zu diskutieren und ihr zu erklären, dass er durchaus in der Lage war, sich ein Spiegelei in der Pfanne zu braten oder in den Ort zu gehen, um dort in der *Bar du Marché* eine Kleinigkeit zu essen. Es war sogar ganz praktisch, denn auf diese Weise konnte er sich in der *Pharmacie*, die gleich nebendran lag, eine neue Tube Schmerzgel holen.

Am Morgen war er früh aufgewacht und hatte einen leichten unangenehmen Stich in der Schulter gespürt. Wahrscheinlich hatte er falsch gelegen. Ja, so war das eben. Jeden Morgen wurde man früher wach, und irgendetwas tat immer weh.

Max Marchais streckte sich wohlig in der Badewanne aus und lauschte dem Wüten von Marie-Hélène, die jetzt mit Inbrunst die Teppiche saugte. Hier im Badezimmer war er erst mal sicher.

Minuten später werkelte Madame Bonnier hörbar vor der Badezimmertür herum. »Wie lange brauchen Sie wohl noch, Monsieur Marchais?«, rief sie schließlich.

Seufzend war er aus dem grünlich schimmernden Wasser gestiegen, in das er wie jeden Morgen zwei Schäufelchen seines Lieblingsbadesalzes *Aramis* geworfen hatte, und hatte sich angezogen.

Später hatte sie ihn aus der Küche vertrieben, dann aus der Bibliothek. Es rumorte und klapperte, Aufnehmer klatschten auf Holzfußböden, in der Küche fiel irgendetwas scheppernd zu Boden. Das ganze Haus roch nach Orangenreiniger, in den sich der Duft frisch gebackenen Kuchens drängte. Marie-Hélène schien das Wunder der Bilokation zu beherrschen – wo immer er sich aufhielt, sie tauchte Minuten später auch dort auf, bewaffnet mit Staubsauger, Putzeimer und Staubwedel.

Als sie schließlich in seinem Büro anfing, die Fensterscheiben zu putzen, war Max in den Garten geflüchtet und hatte sich mit einem Buch, das er sich tags zuvor mithilfe der alten Bibliotheksleiter aus einem der obersten Regale gezogen hatte, in den Schatten gesetzt. Die Sonne schien, und es war bereits angenehm warm, als er sich in Blaise Pascals *Pensées* vertiefte, dessen Sätze und Gedanken über das Leben er immer wieder mit großem Vergnügen las. Blaise Pascal war es auch, der gesagt hatte, alles Unglück der Welt rühre daher, dass der Mensch nicht mit sich allein in einem Zimmer sein könne.

Eine weise Einsicht, die umso mehr zutraf, wenn man daran *gehindert* wurde, allein in einem Zimmer zu sein, dachte Max gerade, als das Aufheulen des Staubsaugers abrupt verstummte. Sekunden später trat die Haushälterin auf die Terrasse und warf einen suchenden Blick in den Garten.

»Monsieur Marchais?«, rief sie, und er hob unwillig den Kopf und sah, dass sie etwas in der Hand hielt.

»Telefon für Sie!«

Es war Rosalie Laurent, und ihre Stimme klang ein wenig eigenartig, fand er. So, wie jemand klingt, der versucht, möglichst normal zu klingen.

»*Bonjour*, Max! Wie geht es Ihnen? Ich hoffe, ich störe nicht.«

»Keineswegs«, sagte er. »Meine Haushälterin tobt schon seit sieben Uhr durchs Haus. Man ist hier nirgends mehr sicher, und ich habe mich in den Garten verzogen.« Er hörte, wie sie lachte. »Wie geht es denn Ihnen, Mademoiselle Rosalie? Alles in Ordnung?«

»Oh ja, mir geht es gut!« Sie zögerte einen Augenblick, bevor sie weiterredete. »Montsignac hat gestern angerufen. Er möchte, dass ich ein großes Märchenbuch für den Verlag illustriere.«

»Na, Glückwunsch! Das ist doch großartig!« Vielleicht hatte sie eine Frage, überlegte er.

»Das habe ich alles nur Ihnen zu verdanken. Und dem blauen Tiger natürlich.«

»Nur keine falsche Bescheidenheit, Mademoiselle Rosalie. Ihre Bilder sind eben einfach gut.« Er legte den Pascal zur Seite und lehnte sich behaglich in seinem Korbstuhl zurück, während sie von dem neuen Buchprojekt erzählte und seine Gedanken ein wenig abschweiften.

Immer wenn er mit Rosalie Laurent sprach und sie ihn in ihrer lebendigen Art an den kleinen Dingen ihres Alltags teilhaben ließ, ihn etwas fragte oder einen Rat von ihm wollte, weckte das seine Lebensgeister. Seit ihrem gemeinsamen Buchprojekt trafen sie sich regelmäßig, mal kam sie nach Le Vésinet, mal nahm er die RER nach Paris, und sie gingen einen Kaffee trinken oder machten einen Spaziergang mit dem kleinen Hund.

Nach Marguerites Tod war sein Leben einsam gewesen, lange Zeit hatte er es nicht einmal bemerkt, und als er es bemerkte, hatte es ihn nicht groß gestört. Er hatte sich mit seinen Büchern und Gedanken hinter einer Mauer verschanzt, die der alten Steinmauer, die seinen Garten umgab, nicht ganz unähnlich war. Doch seit der Freundschaft mit dieser jungen Frau spürte er, dass etwas Neues im Entstehen war, etwas, das die Vergangenheit allmählich auf ihren Platz verwies und sie tatsächlich zu etwas Vergangenem machte. Die alte Mauer hatte Risse bekommen, und durch die Risse fiel das Licht. Es war wie in diesem wunderbaren alten Song von Leonard Cohen.

There is a crack in everything, that's how the light gets in.

Rosalie war wie ein Licht in sein Leben gefallen, und zu seiner großen Überraschung hatte Max Marchais festgestellt, dass er wieder anfing, nach vorn zu schauen und Pläne zu schmieden.

Aus dem Haus drang das Dröhnen des Staubsaugers, das sich langsam entfernte, und Max ließ den Blick über die Rosen in seinem Garten schweifen, die immer noch blühten.

»Ich freue mich jeden Morgen, wenn ich das Buch im Schaufenster liegen sehe«, hörte er Rosalie jetzt sagen, die irgendwie wieder auf den blauen Tiger zu sprechen gekommen war. »Wie sind Sie eigentlich auf die Geschichte gekommen?« Sie verbesserte sich hastig. »Ich meine – wie kommt man auf solch eine Idee?«

Max kehrte von seinem gedanklichen Exkurs zurück und überlegte einen Moment. »Tja, wie man eben auf solche Geschichten kommt. Man sieht etwas oder hört etwas, ein Gedanke liegt in der Luft, man geht im Bois de Boulogne spazieren, und plötzlich fängt man an, seine Geschichte zu spinnen. Es gibt immer einen bestimmten Moment, der die Geschichte auslöst und ins Rollen bringt.« Er dachte nach. »Das kann ein Satz sein oder ein Gespräch …« Er verstummte.

»Und was hat *Ihre* Geschichte ins Rollen gebracht?«

»Nun ja …«, für einen kurzen Moment überlegte er, ob er ihr die Wahrheit sagen sollte, verwarf den Gedanken aber wieder. »Das war der gute Montsignac, würde ich sagen«, meinte er ein wenig obenhin. »Ohne sein Drängen würde es das Buch bestimmt nicht geben.«

Sie lachte, ein wenig verlegen, wie ihm schien. »Nein, nein, so meine ich es nicht. Was ich mich frage, ist … gibt es vielleicht ein Märchen, das der Geschichte vom blauen Tiger zugrunde liegt?«

Max war einigermaßen verblüfft. »Nicht dass ich wüsste«, meinte er. »Und wenn, dann kenne ich es jedenfalls nicht.«

»Ach so.«

Es entstand eine kleine Pause.

Max spürte ein wachsendes Unbehagen in sich aufsteigen. Was war der eigentliche Grund dieses seltsamen Anrufs? Er räusperte sich.

»Also heraus mit der Sprache, Rosalie, wo drückt der Schuh?«, beendete er schließlich das Schweigen. »Sie stellen mir diese Fragen doch nicht ohne Grund.«

Und dann war sie tatsächlich mit der Sprache herausgerückt und hatte ihm vorsichtig und ein wenig bedrückt von dem unerfreulichen Zwischenfall mit dem Fremden erzählt, der in ihrem Laden aufgetaucht war und behauptet hatte, dass die Geschichte vom blauen Tiger gestohlen sei.

»Was für ein haarsträubender Unfug!«, hatte Max Marchais ausgerufen. »Sie glauben diesem Irren doch wohl nicht?« Er hatte gelacht und dann ungläubig den Kopf geschüttelt, so absurd kam ihm das Ganze vor. »Also, meine liebe Rosalie, ich bitte Sie, vergessen Sie diesen Unsinn auf der Stelle. Ich kann Ihnen versichern, dass ich der Urheber dieser Geschichte bin, das können Sie dem Herrn aus New York gerne ausrichten, wenn er denn noch mal kommt. Ich habe sie mir ausgedacht, und zwar Wort für Wort!«

Er hörte, wie sie erleichtert seufzte.

»Daran habe ich nie gezweifelt, Max. Es ist nur so, dass dieser Mann behauptet, er könne beweisen, dass es seine Geschichte ist. Er war völlig außer sich und hat sogar damit gedroht, uns zu verklagen.«

Max schnaubte erbost. »Ungeheuerlich!«

»Sein Name ist Robert Sherman. Kennen Sie ihn vielleicht?«

»Ich kenne keinen Sherman«, entgegnete Max Marchais schroff. »Und ich lege auch keinen gesteigerten Wert darauf, die Bekanntschaft dieses Herrn zu machen, der offensichtlich ein Verrückter ist.«

Damit war das Thema für ihn erledigt.

Das dachte er zumindest.

13

Die Sonne fiel in einem schrägen Lichtstreif ins Zimmer. Ein sommerlicher Luftzug bauschte die leichten Gardinen vor dem Fenster. Robert Sherman blinzelte und lauschte auf das leise Klappern von Geschirr, das weit weg zu sein schien und die angenehme Ruhe, die ihn umgab, nicht störte. Die Friedlichkeit des Morgens ließ ihn an die trägen Sonntage seiner Kindheit in Mount Kisco denken.

Er streckte sich und hing noch ein wenig seinem Traum nach, der rasch verblasste. Es war ein schöner Traum gewesen, der ihn mit einem guten Gefühl hatte aufwachen lassen. Irgendeine Frau war darin vorgekommen, mit der er an einem kleinen Platz auf einer Bank gesessen hatte.

Er versuchte, sich genauer zu erinnern, doch die Bilder waren zu flüchtig, als dass er sie hätte fassen können. Nicht wichtig. Er drehte sich zur Seite, zog die Bettdecke hoch und döste noch ein bisschen. Für wenige glückliche Augenblicke war die Welt von Robert Sherman in Ordnung.

Dann zerriss der schrille Ton einer Bohrmaschine die Stille. Robert setzte sich im Bett auf, gähnte und trank einen Schluck aus dem Wasser-glas. Er warf einen Blick auf sein Mobiltelefon und bemerkte die Nachricht.

Na, mein Lieber, das klingt ja alles ziemlich aufregend. Ich hoffe, du kommst überhaupt zum Nachdenken. Ich hab ja gleich gesagt, dass es eine Schnapsidee war, nach Paris zu fahren. Soll ich dir Geld anweisen lassen? Gruß, Rachel

Und dann fiel ihm alles wieder ein. Diese Hexe aus der Papeterie, das Buch, das Steak-Restaurant, sein Portemonnaie. Mit einem Schlag war er hell-wach, und das wohlige Gefühl verschwand. Er warf einen Blick auf die Uhr. Halb elf! Er hatte fast zwölf Stunden geschlafen.

Es war Freitag, seine Brieftasche war weg, und der vermaledeite Postkartenladen machte um elf Uhr auf.

Als er sich nach einem überstürzten Frühstück (bestehend aus einem starken Kaffee und einem hastig heruntergeschlungenen, gleichwohl sehr knusprigen Croissant) an den zwei Arbeitern vor-beiquetschte, die in der schmalen Eingangshalle des Hotels mit ihrem Werkzeugkoffer vor dem Aufzug standen und diskutierten, und die sonnige Rue Bonaparte hochlief, fiel ihm der belehrende

Ton von Rachels SMS auf. Auch wenn es vielleicht nicht die beste aller Ideen gewesen war, nach Paris zu fahren, musste man nicht so nachkarten.

Es war kurz nach elf, als er die Türklinke zum *Luna Luna* hinunterdrückte und vorsichtig den Laden betrat. Diesmal sauste keine Glocke auf ihn herunter, lediglich der Hund, der wieder in seinem Körbchen lag, gab ein schläfriges Knurren von sich. Vorsichtshalber machte Robert einen Schritt zur Seite.

Es waren noch keine Kunden da. Rosalie Laurent, die vor einem Regal an der Wand stand und etwas einsortierte, wandte sich um.

»Oh, nein. *Sie* schon wieder!«, sagte sie und verdrehte die Augen.

»Ja, ich schon wieder«, entgegnete er bissig. »Leider haben Sie mich ja gestern Abend nicht mehr reingelassen.« Bei dem Gedanken daran, wie sie ihn am Vorabend vor der verschlossenen Tür hatte stehen lassen und er sich zum Narren gemacht und auf offener Straße herumgeschrien hatte, fühlte er kalte Wut in sich aufsteigen. »Ich glaube, wir haben noch eine kleine Rechnung offen«, sagte er.

»Ach ja?« Ihr Lächeln war die reine Provokation. »Was führt Sie denn heute zu mir, Monsieur Sherman? Haben Sie Ihre Klage schon eingereicht oder wollten Sie einfach mal wieder einen Postkartenständer umwerfen?« Sie zog ihre dunklen, hübsch geschwungenen Augenbrauen hoch.

Er atmete tief durch. Es brachte überhaupt nichts, sich mit dieser kleinen Postkarten-Zicke anzulegen. Er musste souverän bleiben. Er war Literaturprofessor, und er kannte seinen Shakespeare. *First things first.*

»Weder – noch«, sagte er so ruhig wie möglich. »Ich möchte lediglich meine Brieftasche wiederhaben.«

Sie legte den Kopf schief.

»Aha. Interessant. Und was habe ich damit zu tun?«

Sie *wollte* sich schwierig machen, ganz klar.

»Nun«, er sah geflissentlich an ihr vorbei und zu dem Tisch hinüber, auf dem die Kasse stand und ein paar Prospekte auslagen. »Ich nehme doch mal an, dass ich sie hier vergessen habe.«

»Haben Sie deswegen gestern Abend fast die Scheibe zertrümmert?« Sie lächelte süffisant.

»Wundert Sie das? Ich meine, Sie schließen mir die Tür vor der Nase zu und zeigen mir den Mittelfinger. Wenn das die feine französische Art sein soll …«

»Es war bereits geschlossen, Monsieur.« Sie machte einen Schritt auf ihn zu und musterte ihn mit ihren dunklen Augen. »Wissen Sie, was

Ihr Problem ist? Sie haben offensichtlich große Schwierigkeiten, ein Nein zu akzeptieren.«

»Nein, das habe ich nicht«, erklärte er entschieden. »Also … in der Regel jedenfalls nicht. Aber gestern, das war ein Notfall. Ich kann Ihnen versichern, dass es nicht besonders lustig ist, im Restaurant festzustellen, dass man sein Geld und seine ganzen Karten verloren hat.«

»Oh, bin ich das jetzt etwa auch noch schuld?«

Wieder die hochgezogenen Augenbrauen. Das konnte sie wirklich gut.

»Nun, jedenfalls ist es kein Wunder, dass ich die Brieftasche in dem ganzen Tohuwabohu hier liegen gelassen habe.«

»Tohuwabohu. Sie sagen es. Ich habe fast eine Stunde gebraucht, um die Spuren der Verwüstung zu beseitigen, die Sie hier angerichtet haben.« Sie warf ihm einen vorwurfsvollen Blick zu. »Auf die Idee, mir zu helfen, das Chaos in Ordnung zu bringen, sind Sie wohl nicht gekommen.«

»Was kann ich dafür, wenn Sie in Ihrem Laden eine kleine Bestie halten, die auf die Kunden losgeht?«

»Das ist ja lächerlich, Sie müssten sich mal reden hören. Mein süßer kleiner William Morris soll es jetzt gewesen sein?« Rosalie stieß ein heiseres Lachen aus.

William Morris hörte seinen Namen, hob den Kopf mit einem kleinen Winseln und wedelte erfreut mit dem Schwanz.

»Sehen Sie doch selbst. Das ist ein ganz freundlicher, netter kleiner Hund. Mir scheint, Sie leiden unter Verfolgungswahn, Monsieur … wie war doch gleich Ihr Name … Sherman aus … New York. Und nicht nur, was die Gefährlichkeit von Hunden angeht.«

Sie verschränkte die bloßen schlanken Arme über einer zartblauen Seidenbluse mit kleinen weißen Punkten und blickte ihn vielsagend an.

Robert Sherman griff sich an die Stirn. Warum war er noch mal hierhergekommen? Richtig. Wegen der Brieftasche. Er durfte sich nicht auf Nebenschauplätze einlassen. Diese Frau war eine Endlosdiskutiererin. Die Brieftasche war jetzt erst einmal das Wichtigste.

»Geben Sie mir meine Brieftasche zurück, und ich bin sofort wieder weg«, sagte er kurz angebunden.

»Nichts lieber als das«, gab sie spöttisch zurück. »Nur ist Ihre Brieftasche leider nicht hier.«

Er sah sie misstrauisch an. Einen Moment überlegte er, ob dieses widerspenstige Geschöpf mit den großen dunklen Augen in der Lage wäre, ihm die Brieftasche zu unterschlagen – aus reiner

Boshaftigkeit und um ihm Schwierigkeiten zu bereiten.

Sie schüttelte den Kopf, als hätte sie seine Gedanken erraten.

»Und nein, ich sage das nicht nur, um Sie zu ärgern, obwohl ich zugeben muss, dass der Gedanke sehr verlockend ist.«

»Ihnen traue ich alles zu«, erklärte er missgelaunt. Vielleicht log sie doch. Er war sich hundertprozentig sicher, dass er die Brieftasche in dem Laden verloren hatte.

»Monsieur!« Sie stemmte die Hände in die Seiten. »Hören Sie endlich mit Ihren Unterstellungen auf. Ich habe gestern schließlich den ganzen Laden aufgeräumt – *nachdem* Sie herausgestürzt sind und den Postkartenständer umgeworfen haben … Aber eine Brieftasche habe ich nicht gefunden. Vielleicht haben Sie sie woanders verloren. Oder sie ist Ihnen gestohlen worden.«

»Nein, nein, das ist nicht möglich … sie *muss* hier sein«, beharrte er. »Ich habe sie hier im Laden das letzte Mal aus der Jackentasche geholt … als ich das … dieses Buch bezahlt habe.«

»Ach, ja … die Tigergeschichte. Die ist Ihnen ja auch gestohlen worden. Sie sind wirklich vom Pech verfolgt, Monsieur. Vielleicht ist Paris einfach nicht Ihre Stadt. Vielleicht sollten Sie einfach schnellstmöglich nach New York zurückfahren.« Sie trat ein paar Schritte zurück und ging hinter die Kasse. »Aber … bitte. Sie können sich gerne selbst noch einmal umschauen.« Sie wandte ihre ganze Aufmerksamkeit einem karierten Block zu, auf dem sie mit beleidigter Miene etwas aufzuschreiben vorgab.

Robert sah sich um und versuchte sich zu erinnern, welchen Weg er bei seinem überstürzten Abgang genommen hatte. Hatte er die braune Lederbrieftasche auf der Ablage an dem Kassentisch liegen lassen? Aber dort lag sie natürlich nicht. Oder hatte er sie noch in der Hand gehalten, als dieser kleine Kläffer ihn bellend umkreiste und er vor Schreck in den Kartenständer gestolpert war? War ihm die Brieftasche aus der Hand gefallen, und er hatte es in der ganzen Aufregung nicht bemerkt?

Er ging jeden Winkel des kleinen Ladens ab, schaute unter dem großen dunklen Holztisch nach, der in der Mitte stand, inspizierte den Eingangsbereich und warf sogar einen prüfenden Blick in die Auslage. Doch die Brieftasche blieb verschwunden.

Rosalie Laurent sah ihm derweil gelangweilt zu und drehte ihre langen Haare zu einem Dutt, den sie mit einer einzigen Haarnadel auf dem Hinterkopf befestigte.

»Nun?«, fragte sie und gähnte.

»Nichts«, entgegnete er und zuckte mit den Schultern.

»Ich könnte Ihnen ja die dreißig Euro, die Sie gestern zu viel bezahlt haben, wiedergeben«, meinte sie, und er hätte dieses Angebot vielleicht sogar angenommen, wenn sie nicht gleich hinterhergeschoben hätte: »Ist zwar nicht besonders viel, aber für eine Cola und ein paar Big Macs wird's schon reichen.«

»Ich weiß dieses überaus großzügige Angebot zu schätzen, aber nein«, knurrte er. »Ehe ich von Ihnen Geld annehme, verhungere ich lieber.«

»Tja. Wie Sie meinen. Dann fürchte ich allerdings, kann ich Ihnen nicht helfen, Monsieur Sherman.«

»Ach, es wäre mir schon sehr geholfen, wenn Sie einfach mal für einen Moment den Mund halten könnten«, entgegnete er. »Ich versuche mich nämlich zu konzentrieren.«

»Charmant, charmant«, redete sie unbeeindruckt weiter. »Diesen Gefallen tue ich Ihnen gerne, Monsieur. Wissen Sie, *ich* habe nämlich Besseres zu tun, als mich mit Ihnen zu unterhalten.« Sie lächelte triumphierend. »Aber Ihr Portemonnaie werden Sie hier nicht finden, *mal-heu-reusement*.«

Robert überlegte angestrengt. Wie es aussah, würde er Rachels Angebot tatsächlich in Anspruch nehmen müssen. Er hatte keinen Cent mehr in der Tasche. Und das war nicht nur in einem sprichwörtlichen Sinn gemeint. Er musste sich einen Notfallplan ausdenken. Rachel musste seine Karten sofort sperren lassen, und er musste aufs Konsulat gehen, um einen Ersatzpass zu beantragen. Er war in dem Lieblingsalbtraum jedes Touristen gelandet. Nur dass er nicht einmal beklaut worden war.

»Komisch … ich war mir absolut sicher …«, murmelte Robert mehr zu sich selbst und biss nachdenklich auf seinem Fingerknöchel herum. In der aberwitzigen Hoffnung auf ein Wunder blieb er vor dem Schaufenster stehen und starrte auf den schwarz-weißen Steinfußboden.

Und das Wunder passierte.

Draußen wurde mit Schwung ein Rennrad abgestellt. Ein großer sportlicher Typ mit kurzer Hose und T-Shirt riss sich den Helm vom Kopf und machte die Tür zum Laden auf.

Bisher hatte Robert Sherman immer nur die unglücklichen Verkettungen von Dingen erlebt. Doch hier, in einem Postkartenladen in Paris, in dem er nicht ganz zufällig und sicher auch nicht ganz freiwillig stand, erlebte er zum ersten Mal in seinem Leben eine glückliche Verkettung von Umständen.

Glücklich war beispielsweise der Umstand, dass die Kundin eines gewissen René Joubert, seines Zeichens Fitnesstrainer, wegen Migräne an diesem Freitag ihren Coachingtermin absagen musste, weswegen der junge Mann sein Rad just in dem Moment vor dem *Luna Luna* parkte, als Robert dabei war, das Muster des Steinfußbodens auswendig zu lernen. Glücklich war der Umstand, dass der Radfahrer seine Freundin mit einem herzhaften »*Alors, ça boume?* Mein Termin ist ausgefallen. Da dachte ich, ich komm mal kurz vorbei! Es gibt tolle Neuigkeiten!« begrüßte. Und noch glücklicher war der Umstand, dass – während Rosalie hinter der Kasse hervorkam, um René zu begrüßen – sich auch der kleine Hund bemüßigt fühlte, schwanzwedelnd aus seinem Körbchen zu klettern und an den muskulösen Beinen des Mannes in den grünen Shorts hochzuspringen.

Während René sich herunterbeugte, um William Morris das Fell zu kraulen, blickten Robert und Rosalie fast zeitgleich in das leere Hundekörbchen, das, wie unschwer zu erkennen war, nicht *völlig* leer war.

Sie sahen sich verblüfft an, dann grinsten sie wider Willen, der eine mit dem Gefühl grenzen-

loser Erleichterung, die andere mit leicht schuldbewusster Miene, und dann sagten sie bemerkens-
werterweise denselben Satz:

»Ich glaube, ich muss mich bei Ihnen entschuldigen.«

14

Noch am selben Abend spazierte Rosalie Laurent zu ihrem eigenen Erstaunen in größter Eintracht neben Robert Sherman durch die Tuilerien. Nach der Entdeckung der Brieftasche, die auf unerklärliche Weise im Hundekörbchen gelandet war, hatte sie sich verlegen entschuldigt. Doch auch der Amerikaner hatte dies getan. Für sein ungebührliches Verhalten. Danach war eine peinliche Stille eingetreten.

René hatte einigermaßen verwirrt von einem zum anderen geschaut. Dann war ihm bewundernswerterweise der Brückenschlag zwischen der Brieftasche und dem Fremden mit dem amerikanischen Akzent gelungen.

»*Non!*«, rief er aus. »*C'est pas vrai!* Ist das der Psychopath?«

Rosalie war knallrot geworden.

»Äh … ja … gewissermaßen«, stotterte sie. »Das ist Robert Sherman.« Sie warf dem Amerikaner, der sich an ihrer Verlegenheit zu weiden schien, einen raschen Blick zu. »Wir … wir hatten gerade etwas zu klären. Darf ich vorstellen. Robert Sherman – René Joubert.«

»Sehr erfreut«, sagte Sherman geistesgegenwärtig.

René richtete sich zu seiner vollen Größe auf. »Die Freude kann ich nicht teilen, *connard*«, donnerte er. Er machte einen drohenden Schritt auf den überraschten Sherman zu, der die Bedeutung des Wortes *connard* augenscheinlich nicht erfasst hatte, und sah ihm direkt in die Augen. »Hören Sie mir gut zu, denn ich sage es nur einmal: Wenn Sie noch einmal meine Freundin belästigen, breche ich Ihnen sämtliche Knochen.«

Sherman fing sich überraschend schnell. Ein feines Lächeln umspielte seine Mundwinkel. »Ach, ist *das* Ihr Freund?«, fragte er Rosalie, die sich einen Moment lang wünschte, einfach vom Erdboden zu verschwinden. »Was ist er denn? Rausschmeißer in der Diskothek?«

Er duckte sich geschickt hinter einen der Kartenständer, als René ausholte. Der Schlag ging ins Leere, und der erboste René drehte sich einmal um sich selbst und rief dem feixenden Sherman zu: »Komm her, du feige Ratte.«

»René … halt!« Rosalie hatte sich dazwischengeworfen, bevor es zu einer Schlägerei im Laden kam, bei dem sicherlich mehr zu Boden gegangen wäre als ein paar Postkarten.

Es hatte sie einige Mühe gekostet, ihrem aufgebrachten Freund klarzumachen, dass sie keine

Verteidigung mehr benötigte und dass Monsieur Sherman lediglich noch einmal zurückgekommen war, weil er seine Brieftasche wiederhaben wollte, die er im Laden vergessen hatte und die – tatsächlich und über jeden Zweifel erhaben – im Hundekorb lag.

»Stell dir vor, William Morris hat die ganze Zeit darauf gelegen, deswegen haben wir sie auch nicht gleich gefunden«, sagte sie und lachte, um die Situation zu entschärfen.

René runzelte die Stirn und warf dem Amerikaner einen misstrauischen Blick zu. »Wie jetzt? Geht es um eine Brieftasche? Ich dachte, es geht um dein Buch? Du hast mir doch erzählt, dass dieser Verrückte dich gestern unentwegt beleidigt und bedroht hat. Er hat deinen Laden verwüstet und abends so in der Straße randaliert, dass du schon die Polizei rufen wolltest, hast du gesagt.«

Sherman hatte vielsagend die Augenbrauen hochgezogen. Rosalie wand sich unbehaglich unter den irritierten Blicken der beiden Männer. Vielleicht hatte sie in ihrem Zorn René gegenüber ein bisschen übertrieben.

»Nun ja … also … *bedroht* ist vielleicht zu viel gesagt«, meinte sie schließlich. »Allerdings hatte ich gestern nicht gerade den Eindruck, dass Sie in friedlicher Mission unterwegs sind, Monsieur Sherman.«

»Mag sein, dass ich etwas übers Ziel hinausgeschossen bin«, räumte Sherman ein. »Gestern kam einfach eins zum anderen – der ganze Tag war mehr als unerfreulich. Aber was die Urheberschaft des Kinderbuchs angeht, bin ich hundertprozentig im Recht, und wenn Sie die ganze Geschichte kennen, werden Sie verstehen, warum.«

Rosalie räusperte sich. »Nun, da bin ich sehr gespannt.« Sie dachte an ihr Telefonat mit Max Marchais. »Ich habe dazu auch noch etwas zu sagen. Wir sollten über diese Sache noch einmal in Ruhe reden. Vielleicht nicht gerade hier im Geschäft, wo jeden Moment ein Kunde hereinkommen kann.«

Schließlich war man übereingekommen, sich abends im *Café Marly* zu treffen. »Jetzt, wo ich meine Brieftasche wiederhabe«, hatte Sherman hinzugefügt, den die Erleichterung über den unerwarteten Fund offenbar großzügig stimmte, »können wir unser Gespräch auch gerne bei einem zivilisierten Abendessen fortsetzen. Ihr Freund ist natürlich auch herzlich eingeladen und kann sich persönlich davon überzeugen, dass ich Ihnen kein Haar krümmen werde.«

Gegen halb neun saßen sie unter den Arkaden des *Café Marly* und gaben ihre Bestellung auf – allerdings ohne René, der an diesem Abend mit einem Freund verabredet war.

»Wenn du mich fragst – er wirkt eigentlich ziemlich normal«, hatte René gesagt, nachdem Sherman den Laden wieder verlassen hatte.

Das fand Rosalie auch, als sie den Amerikaner jetzt unauffällig musterte, während dieser die Aussicht auf den Louvre und die erleuchtete Glaspyramide bewunderte.

»Die gab es noch gar nicht, als ich das letzte Mal in Paris war«, sagte er. »Aber das ist ja auch schon eine Weile her. Ich war damals noch ein Junge, und alles, was ich vom Louvre in Erinnerung behalten habe, ist die Mona Lisa mit ihrem komischen Lächeln. Wussten Sie, dass ihr Blick einem überallhin folgt? Das hat mich damals echt beeindruckt.« Er schnitt sich ein Stück von seinem Club-Sandwich ab, und Rosalie versuchte, sich Robert Sherman als kleinen Jungen vorzustellen.

»Wie kommt es eigentlich, dass Sie so gut Französisch sprechen?«, fragte sie dann. »Ich habe immer gedacht, Amerikaner lernen grundsätzlich keine Fremdsprachen, weil sie sowieso denken, dass sie überall auf der Welt mit ihrem Englisch durchkommen.«

»Seltsam, dasselbe habe ich über die Franzosen gehört«, entgegnete er, und der Spott in seiner

Stimme war nicht zu überhören. »Die weigern sich doch glatt, etwas anderes zu sprechen als ihre Muttersprache, habe ich gehört. Allerdings aus purer Borniertheit – nicht etwa weil ihre Sprache eine Weltsprache ist.« Er grinste.

»Wir wollen uns doch nicht schon wieder streiten, Monsieur Sherman, oder?« Rosalie spießte ein Stück Huhn in Rotweinsauce auf. »Also, was ist der Grund? Oder ist das ein Geheimnis?«

Er lachte. »Nein, nein, in meinem Leben gibt es keine Geheimnisse. Das Ganze hat einen ziemlich langweiligen Hintergrund, fürchte ich. Meine Mutter wollte unbedingt, dass ich Französisch lerne, weil ihre Familie ursprünglich aus Frankreich stammt. Sie hat schon mit mir Französisch gesprochen, als ich noch ein Kind war. Ich gebe zu, von selbst wäre ich auch nicht auf diese Idee verfallen. Ich fand die Sprache damals … nun … wie soll ich sagen … irgendwie unmännlich … also – für einen echten Amerikaner.«

»Was Sie nicht sagen!« Rosalie richtete sich in ihrem Stuhl auf. »Da sieht man mal, wie lange Sie Ihre Vorurteile schon pflegen. Ich kann Ihnen jedoch versichern, dass weder die französische Sprache unmännlich ist – noch die französischen Männer.«

»Das freut mich sehr für Sie, Mademoiselle Laurent. Ich nehme an, aus Ihnen spricht die Erfahrung.« Seine Augen glitzerten.

»Werden Sie nicht unverschämt, Monsieur Sherman. Mein Privatleben geht Sie gar nichts an. Im Übrigen freut es mich auch für Sie.«

»Was? Dass die französischen Männer so männlich sind?«

»Nein, dass Ihre Mutter sich durchsetzen konnte. Sie scheint eine kluge Frau zu sein.«

»Tja …« Er griff nach dem Weinglas und sah es eine Weile nachdenklich an. »Klug … das war sie sicher, meine Mutter.« Er schlug den Blick nieder. »Leider gibt es sie nicht mehr. Sie ist vor ein paar Monaten gestorben.«

»Oh«, sagte Rosalie betroffen. »Das tut mir leid.«

»Schon gut …« Er nickte ein paar Mal und setzte das Weinglas dann mit einem Ruck ab. Es war ihm anzusehen, dass die Wunde noch nicht verheilt war. »Nun – jedenfalls bin ich heute auch froh darüber, dass sie darauf bestanden hat. Nicht nur, weil es mir den Aufenthalt in Ihrer schönen Stadt ungemein erleichtert.«

Als er die Gastprofessur erwähnte, die man ihm angeboten hatte, konnte Rosalie ihre Überraschung nur schwer verbergen.

»Spezialist für Shakespeare? Also ich finde, der Rechtsanwaltsberuf passt perfekt zu Ihnen«, erklärte sie.

»Warum? Weil ich mein Recht haben möchte?«

»Nein, weil Sie so rechthaberisch sind«, konterte sie und kaute zufrieden auf ihrem Hühnchen.

»Und Sie sind mindestens so schlagfertig wie Shakespeares Kate.«

Sie schluckte den Bissen herunter. Shakespeares Kate sagte ihr nichts. »Aha. Und ist das jetzt gut oder schlecht?«, fragte sie.

»Haben Sie noch nie etwas von *The Taming of the Shrew* gehört? Der Widerspenstigen Zähmung«, fügte er auf Französisch hinzu und lächelte.

»Natürlich hab ich das«, entgegnete sie. »Aber die Einzelheiten kenne ich nicht.«

»Ich gebe Ihnen bei Gelegenheit mal das Stück zum Lesen, dann können Sie selbst entscheiden«, sagte er. »Ich tippe mal darauf, dass Kate Ihnen sehr zusagt.«

Er lächelte, als habe er einen tollen Scherz gemacht, dann richtete er seinen Blick auf sie und wurde ernst.

»Also, Mademoiselle Laurent, wir haben etwas zu klären. Wer fängt an?«

Rosalie legte ihr Besteck zur Seite und tupfte sich mit der Serviette den Mund ab.

»*Bon*. Dann komme ich mal gleich zur Sache«, sagte sie. »Ihre seltsamen Anschuldigungen haben mir keine Ruhe gelassen, und so habe ich heute früh Max Marchais angerufen …«

»Und?« Sherman beugte sich gespannt vor. Die Farbe seines Hemds passte perfekt zu seinen blauen Augen, schoss es Rosalie durch den Kopf. Sie wischte den Gedanken beiseite und schüttelte den Kopf.

»Es ist genau so, wie ich es mir gedacht habe. Marchais hat mir versichert, dass er sich die Geschichte ausgedacht hat. Und zwar, ich zitiere: ›Wort für Wort.‹ Ich habe sogar zur Sicherheit noch nachgefragt, ob es vielleicht ein Märchen gibt, irgendeine Quelle, auf der sein Buch basiert, aber auch das ist nicht der Fall. Er hat sich furchtbar aufgeregt, als ich ihm von dem Plagiatsvorwurf erzählte. Und der Name Sherman sagt ihm rein gar nichts. Es ist Marchais' Geschichte, und ich glaube ihm, egal, was Sie sagen.«

»Aber Mademoiselle Laurent, das kann nicht sein.«

»Was denn?! Wollen Sie mir ernsthaft erzählen, Sie hätten die Geschichte geschrieben? Mit fünf Jahren?«

»Ich habe nie behauptet, dass ich der Verfasser der Geschichte bin«, entgegnete Sherman überrascht. »Ich habe nur gesagt, dass sie unmöglich von diesem Marchais sein kann.«

»Was macht Sie da eigentlich so sicher?« Rosalie stellte die Ellbogen auf der weißen Tischdecke auf, verschränkte die Hände ineinander, stützte ihr Kinn darauf und sah ihn fragend an. »Die Tatsache, dass Sie der große Shakespeare-Spezialist sind, kann es ja wohl nicht sein.«

»Also gut.« Sherman schob seinen Teller beiseite. »Dann will ich Ihnen mal meine Version der Geschichte erzählen.«

Robert Sherman redete ziemlich lange. Er ließ nichts aus. Nicht die Tatsache, dass die Geschichte vom blauen Tiger als Kind seine Lieblingsgeschichte gewesen war, nicht den Umstand, dass seine Mutter ihm gesagt hatte, es gäbe sie nicht als Buch. Als er von ihrem Tod erzählte und davon, dass sie noch in ihrer letzten Stunde eine Stelle aus dem *Blauen Tiger* erwähnt hatte, ohne dass ihm das in jenem Augenblick bewusst gewesen war, wurden Rosalies Augen tintenschwarz. Und als er ihr dann mit brüchiger Stimme erzählte, wie er das Manuskript im Nachlass seiner Mutter entdeckt hatte – mit der Widmung und diesem handgeschriebenen letzten Gruß –, konnte sie nicht verhindern, dass ihr die Tränen in die Augen stiegen.

Betroffen lauschte sie seinen Worten. Was für eine traurige Geschichte. Und doch, wie viel Liebe steckte in ihr. Erst als Sherman die Widmung erwähnte, war ihr aufgefallen, dass auch sein Name wie der ihre mit einem »R« als Initial anfing. Rosalie ... Robert. Merkwürdig.

»Tja, und ich hatte immer gedacht, dass ich mit dem ›R‹ gemeint bin«, erklärte sie verlegen. »Aber so, wie Sie es jetzt erzählen, ist das ja fast nicht möglich ...«

Sherman sah sie erstaunt an, bevor er weiterredete. »Nein, das ist ausgeschlossen, das ›R‹ steht für Robert. Schließlich hat meine Mutter ja noch diesen Zettel an das Manuskript geheftet, aus dem das ganz klar hervorgeht.«

Rosalie hörte ihm schweigend zu, während sie versuchte, ihrer Verwirrung Herr zu werden. Sie war ganz selbstverständlich davon ausgegangen, dass das *»Für R.«* in dem Buch ihr gegolten hatte, und Max Marchais hatte dies ja auch keineswegs bestritten. Trotzdem war sie sich auf einmal nicht mehr sicher.

Sie versuchte, sich den Moment in Erinnerung zu rufen, als sie sich bei Marchais für die Widmung bedankt hatte. Was genau hatte er damals gesagt? Sie überlegte, und dann fiel es ihr wieder ein.

»Sagen Sie einfach nichts.«

Sie hatte es natürlich so ausgelegt, dass er keine große Sache daraus machen wollte, aber vielleicht war es ihm einfach unangenehm gewesen, als sie das »R« entdeckte und auf sich bezog. Die offensichtliche Verlegenheit des alten Mannes hatte sie gerührt, weil sie sich eingebildet hatte, dass sein altes Herz ein bisschen zu heftig für sie schlug und er sich deswegen vielleicht schämte, obwohl es dafür keinen Grund gab. Für die Liebe musste man sich niemals schämen. Doch mittlerweile fragte sie sich, ob es auch eine andere Ursache für die seltsame Reaktion des Schriftstellers geben konnte. Zum Beispiel die, dass sie ihn bei einer Lüge ertappt hatte?

Nachdenklich spielte Rosalie an ihrem Weinglas herum. Wenn Sherman die Wahrheit sagte – und sie sah nun keinen rechten Grund mehr, dies in Zweifel zu ziehen –, gab es ein altes Manuskript, das seine Mutter ihm hinterlassen hatte. Mit einer Geschichte, die Mrs. Sherman sich für ihren kleinen Sohn ausgedacht hatte.

Der arme Sherman! Kein Wunder, dass er so schockiert gewesen war, als er das Buch in ihrem Schaufenster entdeckte. So verletzt und wütend, als er »seine« Geschichte zwischen den Buchdeckeln fand.

Als Sherman aufgehört hatte zu reden, hatte sich das *Marly* bereits ziemlich geleert. Nur noch vereinzelt saßen die Gäste an den Tischen und unterhielten sich leise.

Rosalie schwieg eine Weile und ließ die letzten Worte des Literaturprofessors auf sich nachwirken. Was sie soeben gehört hatte, beschämte sie. Sie glaubte dem Mann, der ihr gegenübersaß und der mit einem Mal ihr ganzes Mitgefühl hatte. Aber sie glaubte auch Max Marchais, dessen Entrüstung völlig ehrlich gewesen war. Das alles war mehr als seltsam.

Und wenn sie beide recht hatten? Was, wenn es zwei Wahrheiten gab, dachte sie plötzlich.

»Was ist? Jetzt sagen Sie nicht, es hat Ihnen die Sprache verschlagen.« Sherman sah sie aufmerksam an.

Rosalie lächelte nachdenklich und hob den Blick. »Doch«, sagte sie. »Stellen Sie sich mal vor: Genau das ist gerade passiert.«

»Werden Sie mir trotzdem helfen, die Wahrheit herauszufinden?« Er hatte unwillkürlich nach ihrer Hand gegriffen.

Sie nickte. »Ich glaube, der Schlüssel zu allem liegt in dem Manuskript. Meinen Sie, Sie könnten es herbeischaffen?«

Es war dunkel geworden, als sie das *Café Marly* verließen. Die Pyramide vor dem Louvre leuchtete in der Nacht wie ein rätselhaftes Raumschiff, das in Paris gestrandet war.

Kurz nach zwölf schlüpfte Rosalie ins Bett. René murmelte schlaftrunken ein *»Bonne nuit«*, als sie sich an ihn kuschelte, und schlief sofort weiter.

Und in ihrem blauen Notizbuch stand der folgende Eintrag:

Der schlimmste Moment des Tages:
René beschimpft den Amerikaner als Arschloch, und es kommt fast zu einer Schlägerei. Ein Glück, dass gerade kein Kunde im Laden war! Dies war der Tag der Peinlichkeiten: Erst findet dieser Sherman seine Brieftasche bei mir im Hundekorb, obwohl ich vorher behauptet habe, sie sei nicht da, dann fragt René lautstark, ob das der »Psychopath« sei!

Der schönste Moment des Tages:
René ist zu einem Seminar bei Zack Whiteman in San Diego eingeladen – der hat noch mit dem berühmten Fitness-Guru Jack LaLanne zusammengearbeitet. Nie gehört, aber es scheint jedenfalls etwas ganz Besonderes zu sein – René ist völlig aus dem Häuschen. Das Seminar dauert vier Wochen, und René hat mich durch die Luft geschwenkt und gefragt, ob wir uns nicht eine

gemeinsame Wohnung nehmen wollen, wenn er wieder-
kommt. Das hat er mich noch nie gefragt!

PS.: Noch ein seltsam schöner Moment im Café Marly:
Sherman fragt mich, ob ich ihm helfen will, die Wahr-
heit über das Tiger-Manuskript herauszufinden, und
greift kurz nach meiner Hand. Die Glaspyramide leuch-
tet, und es ist alles irgendwie ganz unwirklich. Hab na-
türlich Ja gesagt und plötzlich das Gefühl gehabt, ein
ganz und gar guter Mensch zu sein. Eigentlich ist er gar
nicht so verkehrt, dieser Amerikaner. Wenngleich sein
Franzosenbild haarsträubend ist. Die Geschichte mit
seiner Mutter hat mich sehr berührt.

15

Mitten in der Nacht klingelte das Mobiltelefon. Schlaftrunken tastete Robert Sherman auf dem Nachttisch herum und zog den Apparat an sein Ohr. Merkwürdigerweise hatte er damit gerechnet, dass es Rosalie Laurent sein würde, und so war er ganz überrascht, als er eine Stimme hörte, die ihm zunächst völlig fremd vorkam.

»Ich bin's«, sagte die Stimme.

»Wer ist dort, bitte?«

»Erkennst du deine eigene Freundin nicht mehr?«, fragte Rachel spitz.

»Rachel!« Er griff sich an die Stirn und seufzte. »Sorry. Ich hab schon geschlafen. Hier ist es …«, er warf einen Blick auf seinen kleinen Braun-Reisewecker, »Viertel nach eins. Was ist los? Warum rufst du mich mitten in der Nacht an?«

»Ich versuche schon den ganzen Tag, dich zu erreichen, mein Lieber, aber du gehst ja nie an dein Phone.« Er hörte das Rauschen in der Leitung. Sie schien auf eine Erklärung zu warten.

»Entschuldige, der Akku war leer. Ich hab das in der ganzen Aufregung gar nicht bemerkt. Aber jetzt ist er wieder aufgeladen.«

»Na Gott sei Dank.« Sie wurde eine Spur freundlicher. »Ich hab mir Sorgen gemacht, Robert. Was ist jetzt mit deiner Brieftasche. Hast du meine SMS nicht bekommen? Soll ich dir Geld anweisen lassen? Ich hab schon mit der Bank gesprochen.« Das war Rachel. Effizient wie immer.

»Ach so … ja … genau«, er rollte sich wieder auf das Kissen zurück. »Doch, doch, die SMS hab ich bekommen. Danke! Aber ich hab die Brieftasche seit heute Morgen wieder. Stell dir vor, ich hatte sie in einem Laden liegen gelassen, ich war schon gestern Abend da, aber die Besitzerin wollte mich nicht mehr reinlassen.« Seltsamerweise konnte er inzwischen darüber lachen.

»Und da gibst du mir nicht mal kurz Bescheid?« Er hörte, wie Rachel einen kleinen ärgerlichen Laut von sich gab.

»Tut mir leid, *darling* – das hab ich in der ganzen Aufregung völlig vergessen …«, sagte er kleinlaut.

»Aufregung? Was für eine Aufregung denn noch – ich denke, du hast deine Brieftasche wieder?! Immerhin ist darüber ja ein ganzer Tag vergangen, wenn ich das richtig sehe.«

»Ach, es geht ja nicht nur um die Brieftasche. Du weißt ja gar nicht, was hier los ist, Rachel.«

»Was ist denn los? Ich hab die Hälfte deiner gestrigen SMS ehrlich gesagt überhaupt nicht verstanden. Wieso ist Paris voller Rätsel? Und was ist mit dieser französischen Zicke?«

Robert setzte sich seufzend im Bett auf. Er war Rachel wohl eine Erklärung schuldig. Als er die Ereignisse des Vortags zusammenfasste, wunderte er sich selbst, dass er erst zwei Tage in Paris war.

»Kannst du dir vorstellen, wie schockiert ich war, als ich die Geschichte vom blauen Tiger plötzlich in dieser Papeterie in der Rue du Dragon gesehen habe?«, schloss er.

»*Schockiert*?«, wiederholte sie zweifelnd. »Ich finde, du übertreibst ein bisschen, Robert. Es geht doch nicht um Leben und Tod.«

»Das sagst du so. Ich muss unbedingt herausfinden, was dahintersteckt, und Rosalie Laurent hat versprochen, mir dabei zu helfen. Das Merkwürdige ist – sie war fest davon überzeugt, dass der Autor die Geschichte *ihr* gewidmet hat. Weil sie ja die Bilder gemalt hat. Und dann ›Für R‹. Es steht da ja nur ›Für R‹. Aber natürlich steht das ›R‹ für Robert. Verstehst du?«, sagte er eindringlich.

»Wer weiß, vielleicht steht es ja auch für Rachel«, meinte Rachel, die seine Aufregung nicht ganz zu teilen schien.

»Du musst dich gar nicht darüber lustig machen. Wenn dieser Marchais die Geschichte einfach gestohlen hat, werde ich ihn jedenfalls verklagen.«

Rachel seufzte. »Meine Güte, Robert! Du kannst einen vielleicht erschrecken! Und ich dachte schon, dass wer weiß was passiert wäre! Du musst dich doch nicht so wahnsinnig aufregen wegen so einer alten Geschichte.« Sie lachte erleichtert und auch ein wenig vorwurfsvoll. »Ich dachte, du wärst nach Paris gefahren, um wichtige Entscheidungen zu treffen.«

Es ärgerte ihn ein bisschen, mit welcher Nonchalance sie über die ganze Sache hinwegging. Als wäre er ein kleines Kind, dem man seine Schaufel weggenommen hatte.

»Nun, für mich ist auch diese Sache wichtig«, entgegnete er ein wenig verletzt. »Ziemlich wichtig sogar. Auch wenn du das offenbar nicht verstehst.«

»*Come on*, nun sei nicht gleich eingeschnappt, Robert«, hörte er sie sagen. »So habe ich das doch nicht gemeint. Die Sache wird sich sicher rasch aufklären. Und wenn nicht … Mein Gott! Meistens kommt sowieso nichts Gutes dabei raus, wenn man in alten Geschichten wühlt.« Sie lachte.

Genau das würde er tun, beschloss Robert stumm. In alten Geschichten wühlen. »Kannst du mir einen Gefallen tun, Rachel?«, fragte er.

»Sicher«, sagte sie.

»Schick mir das Manuskript meiner Mutter. Es ist noch in dem Umschlag des Notars. Du findest ihn in meinem Schreibtisch in der untersten Schublade. Würdest du das für mich tun? Am besten gleich morgen früh und mit Express.«

Er gab ihr noch einmal die genaue Adresse des Hotels durch und bedankte sich.

»Kein Problem«, sagte Rachel. »Das Manuskript geht morgen raus.«

Sie wünschte ihm eine gute Nacht, doch bevor sie das Gespräch beendete, fragte sie ganz plötzlich: »Und was war jetzt mit dieser französische Zicke, die du kennengelernt hast?«

»Na, das ist doch eben jene Rosalie Laurent, von der ich dir gerade erzählt habe. Die Besitzerin der Papeterie, in der ich das Buch gefunden und den Postkartenständer umgeworfen habe. Aber eigentlich«, überlegte er laut, »ist sie gar nicht so schrecklich.«

Eigentlich ist sie sogar ganz nett, dachte er, bevor ihm die Augen wieder zufielen und er in einen traumlosen Schlaf hinüberglitt. Auch wenn sie von Shakespeare keine Ahnung hat.

16

Die Frau, die von Shakespeare keine Ahnung hatte, war entgegen ihrer Gewohnheit schon früh am Morgen aufgestanden. Es war Montag, ihr freier Tag, und Rosalie hatte das Gefühl, ihre Gedanken bei einem ausgedehnten Spaziergang mit William Morris ordnen zu müssen. Sie spazierte in Richtung Place Saint-Sulpice, ließ die Kirche mit ihren eckigen weißen Türmen links liegen und ging weiter die Rue Bonaparte entlang, deren Geschäfte noch alle geschlossen hatten, bis sie schließlich den Jardin du Luxembourg erreichte.

Der Geruch eines Sommergartens schlug ihr entgegen. Blumen und das Grün der Bäume verströmten einen zarten Duft, in den sich der Staub der Wege und die Feuchtigkeit des Morgens mischten. Zwei einsame Jogger zogen mit weit ausholenden Schritten auf den äußeren Wegen an ihr vorbei, in ihren Ohrmuscheln steckten kleine Kopfhörer, deren dünne weiße Kabel in den Sweatshirts verschwanden. Ohne groß zu überlegen, schlug Rosalie einen der vielen Wege ein. Die breite Allee, die sie betrat, war noch menschenleer. Ein Sonnenstreif fiel schräg durch die flirrenden

Blätter der Bäume, überglänzte den festgetretenen, erdigen Weg, der angenehm unter ihren Schritten knirschte und an dunkelgrünen Eisenbänken vorbeiführte, die zu beiden Seiten unter den Bäumen standen und zum Verweilen einluden.

Sie vergewisserte sich, dass sie auf der Seite des Parks entlangging, wo das Ausführen von Hunden gestattet war, dann machte sie William Morris von der Leine los, der davonstürmte, bevor er aufgeregt schnüffelnd an einem Baumstamm stehen blieb.

René war schon früh am Morgen in seine Wohnung gefahren. Als er ihr vor ein paar Tagen mit glänzenden Augen von seiner Einladung zu dem Seminar von Zack Whiteman erzählte, hatte sie nicht realisiert, dass er schon so bald nach San Diego fliegen würde. Doch René hatte den begehrten Platz nur deswegen ergattert, weil ein Freund aus dem Fitnessclub das Seminar hatte absagen müssen und dadurch etwas frei geworden war. Da hieß es zugreifen, oder die Gelegenheit zog vorüber. Bereits in wenigen Tagen sollte es losgehen, und René hatte noch einiges zu tun. »Das ist ein echter Glücksfall«, hatte er gesagt. »Whiteman ist *der* Fitness-Guru.«

Rosalie hatte etwas zerstreut genickt. Um ehrlich zu sein, war sie seit dem Abend mit Robert Sherman nicht so recht bei der Sache. »Ist das nicht alles ziemlich sonderbar? Ich frage mich, was dahintersteckt«, hatte sie gesagt, als sie ihrem Freund am nächsten Morgen von dem Gespräch mit dem Amerikaner berichtete.

»Warum zerbrichst du dir den Kopf über anderer Leute Angelegenheiten?«, hatte René gefragt. Sie saßen gerade zusammen auf der kleinen Dachterrasse und frühstückten. »Versteh mich nicht falsch, Rosalie, aber du hast ja schließlich nur die Bilder gemalt. Selbst wenn sich herausstellen sollte, dass Marchais die Geschichte geklaut hat – dich trifft doch überhaupt keine Schuld. Und was geht's dich an? Lass diesen verrückten Literaturprofessor die Sache doch selbst herausfinden.«

»Erstens ist er nicht so verrückt, wie ich dachte – seine Geschichte klingt sogar ziemlich glaubwürdig –, und zweitens ist es ja schließlich auch ein bisschen mein Buch«, hatte Rosalie eingewandt. »Außerdem möchte ich nicht, dass Max Marchais in Schwierigkeiten kommt.«

»Nun, wenn alles seine Richtigkeit hat, wird dein verehrter Kinderbuchautor schon keine Schwierigkeiten bekommen. Warum hast du diesem Sherman nicht einfach Marchais' Telefonnummer gegeben? Ich meine, das wäre doch das Einfachste gewesen. Das sind erwachsene Männer – sollen die doch unter sich klären, wer wen verklagt.«

René nahm einen großen Schluck von seinem Karotten-Apfel-Ingwer-Saft und wischte sich über den Mund. Für ihn war das Ganze kein Problem.

»Na hör mal, ich kann doch nicht einfach so die Telefonnummer eines Autors herausgeben«, hatte Rosalie gesagt und ein wenig verlegen gelacht. »Außerdem – wie ich Max kenne, würde er sofort auflegen, wenn er hört, wer in der Leitung ist. Er war schon bei unserem letzten Telefonat so aufgebracht über die ganze Angelegenheit, dass er erklärte, er hoffe, diesem unverschämten Kerl niemals begegnen zu müssen.« Sie trank etwas von ihrem heißen Milchkaffee und schüttelte nachdenklich den Kopf. »Nein, nein. Ich halte es für keine gute Idee, wenn die beiden Männer direkt aufeinandertreffen. Das gibt Mord und Totschlag. Außerdem fängt die Sache an, mich zu interessieren. Auch wenn ich sie ein wenig beunruhigend finde.«

Sie sah ein Paar azurblauer Augen vor sich, die sich fragend auf sie richteten, und wollte nicht näher darüber nachdenken, was das eigentlich Beunruhigende an dieser ganzen rätselhaften Geschichte war.

»Ich habe Sherman versprochen, ihm zu helfen, die Wahrheit herauszufinden«, hatte sie gesagt und an die Hand des Amerikaners gedacht, die sich für den Bruchteil einer Sekunde auf ihre Hand gelegt hatte. »Das Beste wird sein, wenn ich Max noch einmal anrufe. Ich kann mir zwar nicht vorstellen, dass er lügt, aber dennoch habe ich das Gefühl, dass er mir irgendetwas verschweigt. Nur was?«

Ganz in Gedanken hatte Rosalie das riesige Wasserbassin erreicht, das in der Mitte des Parks vor dem Schloss in der Sonne glitzerte. Sie setzte sich auf einen der Eisenstühle und sah einem Segelboot nach, das ein kleiner Junge mit seiner Fernsteuerung über das Wasser gleiten ließ. Er stand auf der gegenüberliegenden Seite des Wasserbeckens neben seinem Vater und schrie freudig auf, als das Boot mit den weißen Segeln jetzt eine große Rechtskurve beschrieb.

Wie einfach das Leben war, wenn man ein Kind war. Und wie konnte aus einem so einfachen Leben später eine solch komplizierte Angelegenheit werden? Waren es all die Halbwahrheiten, jene unausgesprochenen Sätze, all die versteckten Gefühle und die ganzen Dinge, die man für sich behielt, welche die wunderbare Klarheit aus Kindertagen auf verwirrende Weise trübten, weil man irgendwann erkannt hatte, dass es im Leben nicht nur eine Wahrheit gab?

Als Rosalie in das offene Gesicht des Jungen blickte, von dessen unbekümmertem Mienenspiel jede seiner Regungen gleich abzulesen war, wurde sie fast ein wenig neidisch.

William Morris war zu ihrem Stuhl zurückgekehrt, und sie nahm ihn wieder an die Leine. Er hockte sich vor sie hin und sah sie mit hängender Zunge und ergebenem Blick an. Geistesabwesend kraulte sie sein weiches Fell, während sie das Segelboot weiter im Auge behielt.

Hatte sie René die ganze Wahrheit gesagt? War die Tatsache, dass sie die Illustratorin des Buches war oder sich Sorgen um die Reputation von Max Marchais machte, wirklich der einzige Grund für ihr übergroßes Interesse an dieser Geschichte, die sie wie ein Magnet anzuziehen schien? Sagte Robert Sherman die Wahrheit? Würden sie in dem geheimnisvollen Manuskript, das der Beweis für die Ehrlichkeit seiner Worte sein sollte, einen Hinweis finden? Konnte man ehrlich sein und trotzdem nicht die Wahrheit sagen?

Und was war mit Max, der auch und so vehement die Urheberschaft für sich beanspruchte? Hatte er vielleicht doch gelogen?

Bei ihrem Abendessen im *Marly* hatte Sherman nicht ganz zu Unrecht darauf hingewiesen, dass der Autor seit mehr als siebzehn Jahren kein Buch mehr geschrieben hatte. Vielleicht, weil ihm die Ideen ausgegangen waren? Konnte es sein, dass Marchais auf eine alte Geschichte zurückgegriffen hatte, die möglicherweise nicht einmal seine Geschichte war?

Und wem galt die Widmung in dem Buch wirklich?

Das ganze Wochenende über hatte Rosalie versucht, Max zu erreichen, um ihm diese wichtige Frage zu stellen. Doch er war nicht ans Telefon gegangen. Weder auf dem Festnetz noch auf seiner Mobilnummer hatte sie ihn erreicht. Sie hatte auf dem Mobiltelefon eine Nachricht hinterlassen und ihn um Rückruf gebeten, sogar mit dem Hinweis, es sei dringend, doch er hatte nicht zurückgerufen.

Auch an diesem Montag hatte sie es schon seit dem frühen Morgen in Le Vésinet probiert. Jedes Mal ließ sie so lange durchläuten, bis der lang gezogene Klingelton abbrach und sich in ein hektisches Besetztzeichen verwandelte. Marchais hatte nicht einmal den Anrufbeantworter eingeschaltet, wie er es sonst tat, wenn er das Haus verließ.

Der Schriftsteller schien wie vom Erdboden verschluckt, und Rosalie beschlich ein eigenartiges Gefühl. Am liebsten wäre sie selbst nach Le Vésinet rausgefahren, um nach dem Rechten zu sehen. Doch ausgerechnet heute sollten ab Mittag drei Bewerberinnen kommen, die sich auf ihren Aushang für eine Aushilfsstelle im Laden hin gemeldet hatten.

Max Marchais verreiste schon seit Jahren nicht mehr, und wenn er vorgehabt hätte wegzufahren, hätte er es sicherlich erwähnt. Rosalie erinnerte sich an ihr letztes Telefonat vor wenigen Tagen, an die unangenehmen Fragen, die sie Max gestellt hatte, und wie schroff und verärgert der alte Mann am Ende gewesen war.

War er ihr böse? Ging er deshalb nicht ans Telefon? Oder hatten die Anschuldigungen des Amerikaners, von denen sie ihm erzählt hatte, gar etwas mit seinem Verschwinden zu tun?

Sie beugte sich vor, hob einen kleinen Kieselstein vom Boden auf und warf ihn weit über das Wasser. Das Steinchen tauchte in die silbrige Oberfläche ein, die wie ein undurchdringlicher Spiegel das Licht reflektierte, und markierte einen Mittelpunkt, von dem sich konzentrische Kreise in kleinen Wellen ausbreiteten, bis sie am Rand des Beckens ankamen. Ursache und Wirkung, dachte Rosalie plötzlich.

Jede Lüge hatte ihre Auswirkungen, zog ihre Kreise, verursachte Wellen. Und irgendwann kamen ihre Ausläufer am Ufer an. Auch wenn die Lüge so klein wie ein Kieselstein war.

Die Unruhe, die Rosalie erfasst hatte und die sich sogar auf William Morris übertrug, der ihr im Laden ständig vor die Füße lief, sodass sie ihn schließlich nach oben in die Wohnung verbannte, verließ sie den ganzen Tag nicht mehr.

Zerstreut machte sie ihre Einkäufe, ordnete ein paar Bürosachen und führte dann die Bewerbungsgespräche mit der hübschen und unentwegt kaugummikauenden Mademoiselle Giry, der misanthropischen Madame Favrier, die nicht ein einziges Mal während des ganzen Gesprächs lächelte und sich über die grässlichen Leute in der Metro beschwerte, und der herzlichen Madame Morel, die sich als Letzte bei ihr vorstellte. Die Entscheidung war ihr nicht schwergefallen. Ihre Wahl fiel auf Claudine Morel, die ihr vom ersten Moment an sympathisch gewesen war. Eine etwas stämmige Frau Anfang fünfzig mit kinnlangem braunem Haar, schönen großen Händen und goldbraunen Sommersprossen auf den Armen. Sie hatte zwei fast erwachsene Kinder und früher in einer kleinen Buchhandlung gearbeitet, die mittlerweile längst geschlossen war. Claudine Morel suchte für drei Nachmittage in der Woche eine Arbeit, und sie kamen überein, dass sie in der folgenden Woche bei *Luna Luna* anfangen sollte.

Nachdem sie gegangen war, probierte Rosalie es noch mehrere Male vergeblich bei Max. Sie überlegte sogar kurz, bei Jean-Claude Montsignac anzurufen. Vielleicht wusste er ja etwas über den Verbleib seines Autors. Sie hielt schon die Visitenkarte des Verlegers in der Hand, als ihr bewusst wurde, dass ihre Suche nach Marchais vielleicht zu unangenehmen Fragen führen konnte, deren wahrheitsgemäße Beantwortung eventuell ein ungutes Licht auf den Autor warf. Nein, es war keine gute Idee, andere da mit hineinzuziehen. Sie wollte erst selbst mit Max sprechen. Er war ihr Freund, und das war sie ihm schuldig. Zögernd ließ sie die Visitenkarte wieder sinken.

An diesem Abend sollte das Telefon noch drei Mal klingeln. Jedes Mal riss Rosalie den Hörer ans Ohr, in der Erwartung, die Stimme von Max Marchais zu hören. Doch der Autor hatte sich in Schweigen gehüllt.

Beim ersten Mal war es Robert Sherman, der ihr erzählen wollte, dass das Manuskript bereits auf dem Weg sei und wohl im Laufe des nächsten Tages in Paris eintreffen würde. Beim zweiten Mal war René am Apparat, der ihr mit bedauernder Stimme mitteilte, dass er es an diesem Abend leider nicht mehr schaffen würde, zu ihr zu kommen, weil er noch seinen Vertretungsplan im Fitnessclub organisieren müsste und es spät werden würde. »Wir sehen uns dann morgen, *chérie*! Ich habe morgens einen Termin an der Place Saint-Sulpice und könnte gleich danach bei dir vorbeischauen.«

Als das Telefon zum dritten Mal klingelte, hatte sich Rosalie schon ihr ärmelloses weißes Baumwollnachthemd übergestreift. Es war kurz vor zehn, und oben in der kleinen Wohnung staute sich die Hitze des Tages.

Rosalie hatte alle Fenster aufgerissen und war dann hinausgeklettert, um sich mit einer Zigarette auf ihrem Lieblingsplatz auf dem Dach niederzulassen. »Wenn das jetzt *Maman* ist ...«, murmelte sie seufzend, als sie aufsprang, die Zigarette ausdrückte und wieder in die Wohnung zurückstieg. Zehn Uhr abends war die bevorzugte Telefonierzeit ihrer Mutter, die den ganzen Tag über zu beschäftigt war, um anzurufen.

»Ja?« Rosalie nahm den Hörer in die Hand und wartete.

Doch es war nicht ihre Mutter. Es war Max Marchais, der sie mit seltsam belegter Stimme für die späte Störung um Verzeihung bat.

Was er ihr dann erzählte, war allerdings so haarsträubend, dass sie sich erst einmal vor Schreck auf ihr Bett setzte.

»Ach du meine Güte«, stammelte sie. »Das ist ja furchtbar. Ja ... ja ... natürlich komme ich. Ich komme gleich morgen früh.«

Nach dem Telefonat, das innerhalb weniger Minuten beendet war, saß Rosalie mit klopfendem Herzen noch eine Weile auf dem Bett, bevor sie ihr blaues Notizbuch hervorholte.

Der schlimmste Moment des Tages:
Max hat gerade angerufen. Er hatte einen Unfall und liegt schon seit drei Tagen im Krankenhaus. Oberschenkelhalsbruch, Operation. Offenbar ist er von einer Leiter gestürzt und lag Stunden hilflos auf dem Boden, bevor ihn der Gärtner zufällig entdeckte. Muss er in seinem Alter noch auf Bäume steigen und Kirschen pflücken? Er hat großes Glück gehabt, sagen die Ärzte.

Der schönste Moment des Tages:
Ein kleiner Junge hat mir am Morgen im Jardin du Luxembourg zugelächelt.

17

Im Grunde war Blaise Pascal an allem schuld.

Hätte Max Marchais das Buch am Freitag nicht aus dem Regal gezogen und es anschließend (auf der Flucht vor Madame Bonnier) im Garten unter den Bäumen gelesen – gestört nur vom leisen Geräusch des Staubsaugers und einem etwas eigenartigen Telefonat mit Mademoiselle Rosalie –, dann hätte er auch keine Veranlassung gehabt, es nach der Lektüre (die ihn wie immer gut unterhalten hatte) in das hohe Holzregal in der Bibliothek zurückzustellen. Und hätten die *Pensées* nicht ganz oben im Regal ihren Platz gehabt, dann hätte Max nicht die Bibliotheksleiter hochsteigen müssen.

Eine stabile Holzleiter, die – angelehnt gegen das deckenhohe Bücherregal und durch ein Laufwerk auf Rollen seitlich verschiebbar – ihren Benutzer nahezu mühelos zu jedem gewünschten Buch im Regal brachte, und sei es noch so weit oben.

Unglücklicherweise stand das Buch von Blaise Pascal *sehr* weit oben. Oder sagen wir besser, es *hatte* sehr weit oben gestanden.

Als Max am Samstag bei einem kleinen friedvollen Frühstück auf der Terrasse die letzten Seiten gelesen hatte und – ordentlich, wie er war (Madame Bonnier hatte einen völlig falschen Eindruck von ihm) – wenig später vor der Bibliothekswand schwebte, die Lederpantoffeln auf der dritthöchsten Stufe der Leiter, sein silbergraues Haar berührte fast die Decke, und sich ein wenig nach rechts oben reckte, um das Buch in die ihm zugedachte Lücke bei den Philosophen zurückzustellen, glitt ihm der verdammte Blaise Pascal irgendwie aus der Hand. Bei dem Versuch, den unvermeidlichen Sturz der Erstausgabe zu verhindern (verknickte Seiten waren ihm ein Gräuel, weswegen er auch nur ungern Bücher verlieh), griff Max schwungvoll ins Leere. Die nicht arretierte Leiter rollte durch den unerwarteten Ruck ein Stück zur Seite, und der große Mann in der blauen Strickjacke und der leichten Segeltuchhose verlor das Gleichgewicht, rutschte aus seinem linken Pantoffel heraus, versuchte noch, nach dem Seitenlauf der Leiter zu fassen (den er verfehlte), seine suchende Hand griff ins Leere, und er schlug nur wenige Sekunden nach Blaise Pascal auf dem Parkettboden auf.

Er fiel direkt auf den Rücken, und im ersten Moment blieb ihm durch den Aufprall die Luft weg. Wäre es ein Steinfußboden gewesen, wäre ihm die Luft vielleicht für immer weggeblieben.

So aber starrte er nach oben gegen die Bücher-wand, versuchte zu atmen und geriet in Panik, als er spürte, dass sich sein Brustkorb nicht weiten wollte und seine Lungen den Sauerstoff verweigerten.

Ein entsetzlicher Schmerz schoss ihm durch die Hüfte bis tief ins rechte Bein, und sein Kopf dröhnte, als ob in seinem Schädel die Glocken von Notre-Dame zum letzten Gebet läuteten.

Wenigstens sterbe ich umgeben von Büchern, dachte Max, bevor ihn eine gnädige Ohnmacht umfing.

Als er wieder zu sich kam, schien das Licht in einem anderen Winkel ins Zimmer zu fallen – aber sicher war er sich nicht. Es mochten drei Stunden vergangen sein oder auch nur eine Viertelstunde, er hätte es nicht sagen können. Dummerweise lag seine Armbanduhr im Bad. Und er lag immer noch auf dem Rücken wie ein hilfloser Käfer, und jede noch so vorsichtige Bewegung schmerzte.

Das Telefon klingelte mehrere Male, doch es war für ihn unmöglich, die wenigen Meter bis zu seinem Schreibtisch zurückzulegen – der Schmerz war so stark, dass ihm jedes Mal schwarz vor Augen wurde, wenn er versuchte, sich aufzurichten. Später hörte er noch den leise schrillenden Klingelton seines Mobiltelefons, der ihn jedes Mal an Hitchcocks *Bei Anruf Mord* denken ließ. Jetzt hätte er das verflixte Ding gut gebrauchen können, doch ausgerechnet in diesem Moment steckte es in der Tasche seines Sommermantels, der im Flur hing.

Er stöhnte auf. Mit ein wenig Glück hätte der Mantel noch dort liegen können, wo er ihn gestern ausgezogen hatte – über der Lehne des Sofas, eine Armlänge von ihm entfernt. Doch unglücklicherweise hatte die ordnungsliebende Marie-Hélène ihn – noch bevor sie sich am frühen Nachmittag in die Ferien verabschiedete – mit in den Flur genommen und in den Garderobenschrank gehängt. Es war zum Verzweifeln!

Als das Festnetztelefon abermals klingelte, versuchte Max, sich auf den Bauch zu rollen und über den Parkettboden ein Stück in Richtung Schreibtisch zu schieben. Wieder durchfuhr ihn dieser stechende Schmerz, und er schnappte nach Luft. Sicher hatte er sich etwas gebrochen, sein Bein hing seltsam verdreht von der Hüfte.

Eine alte Villa in Le Vésinet war der Traum vieler Menschen. Doch wenn man allein lebte und etwas passierte, konnte so ein Haus zur Falle werden. Die Gärten waren groß, die Häuser frei stehend – die Chance, von einem Nachbarn gehört zu werden, war gering – es sei denn, man spielte

Saxophon oder Trompete, was Max nicht tat, und in diesem speziellen Moment auch nicht hätte tun können, selbst wenn er eines dieser Instrumente beherrscht hätte.

Marie-Hélène würde in zehn Tagen wiederkommen, sich erst wundern, warum keine von ihren vorgekochten Speisen angerührt worden war, und schließlich seinen verrotteten Körper vor dem Bücherregal finden.

Wahrscheinlich würde sie als Erstes sagen, dass es eben doch nicht gut war, wenn ein Mann allein im Haus blieb.

Als es wenig später an der Haustür klingelte, dachte Max Marchais gegen alle Vernunft, dass die Haushälterin zurückgekehrt war, um ihren »Monsieur Proust« zu retten. Er hätte sie gebraucht wie nie zuvor in seinem Leben.

Aber kein Schlüssel drehte sich im Schloss, keine dunkle Stimme rief: »Monsieur Marchais? Sind Sie da?«

Er richtete sich auf und rief mit aller Kraft um Hilfe, doch offenbar hörte ihn niemand. Dann fiel ihm ein, dass keiner, der bei ihm klingelte, dies direkt an der Haustür tat, sondern an der Außenmauer des Vorgartens, der nicht eben klein war. Das halbhohe schmiedeeiserne Tor konnte zwar relativ einfach geöffnet werden, wenn man durch die Gitterstäbe fasste und die Klinke von innen herunterdrückte – aber wer wusste das schon?

Tja, dachte Max mit einem gewissen Fatalismus, bevor er wieder wegdämmerte. Jetzt kann mich nur noch ein Einbrecher retten.

Die Sonne stand schon tief, und die Mücken tanzten vor der großen Wohnzimmerscheibe, die ein Stück weit aufgeschoben war, als Max mit einem Mal das Geräusch eines Rasenmähers hörte. Er drehte seinen Kopf in Richtung Fenster und spähte in den Garten hinaus.

Ein Mann in grüner Arbeitskleidung zog dort seine Bahnen mit dem Rasenmäher. Noch nie hatte sich Max so gefreut, seinen Gärtner zu sehen. Sebastiano – ein Costa Ricaner, der einer Studie, derzufolge die Menschen aus Costa Rica die glücklichsten der Welt sind, alle Ehre machte – hatte einen eigenen Schlüssel zur rückwärtigen Gartentür und zu dem Schuppen ganz hinten an der Mauer, wo die Gartengeräte lagerten. Unter anderem auch der Rasenmäher.

Jahrelang hatte Max sich geweigert, einen Elektro-Rasenmäher anzuschaffen. Es war nicht aus Geiz – Marchais war immer schon ein äußerst großzügiger Mensch gewesen, selbst in Zeiten, als er kaum Geld hatte und sich als freier Journalist eben so durchschlug. Es war einfach nur so, dass er den Geruch und den laut knatternden Motor des Benziners irgendwie mochte. Es erinnerte ihn an seine Kindheit auf dem Land in der Nähe von Montpellier, wo jeden Samstag unter Getöse und Flüchen und dem erbitterten Ziehen der Seilwinde durch seinen Vater höchstpersönlich der Rasenmäher angeworfen wurde, dessen zufriedenes Tuckern das Wochenende einläutete.

Da konnte man mal sehen, dass Nostalgie zu nichts führte – im Gegenteil, in manchem Fall konnte sie sogar lebensbedrohlich sein. Nun lag er auf dem Parkett und schrie gegen das irrsinnige Geknatter an, das sich in rhythmischen Wellen entfernte und wieder näherte, während die abendliche Luft sich mit dem Geruch von frisch gemähtem Gras zu füllen begann.

Und dann, ganz plötzlich, war es still.

»Hilfe! Hilfe!«, rief Max noch einmal, so laut er konnte, Richtung Wohnzimmerscheibe. »Ich bin hier … hier in der Bibliothek!«

Er verrenkte sich den Hals und sah, wie Sebastiano stutzte und zum Haus herüberblickte. Zögernd kam er näher und warf einen verwunderten Blick auf den Terrassentisch, wo noch das Geschirr vom Morgen stand.

»*Hola? Señor Marchais? Hola? Hola?*«

Wenige Stunden später lag Max Marchais auf einem glatten dunkelgrünen OP-Tisch in der nahe gelegenen Privatklinik von Marly und glitt in die sanfte, schmerzfreie Umnachtung einer Vollnarkose. Abgesehen von einer leichten Gehirnerschütterung und einer großen Platzwunde am Hinterkopf, die gleich ambulant genäht wurde, hatte er Prellungen an Hüfte und Bein und einen komplizierten Oberschenkelhalsbruch.

»Sie haben ein Riesenglück gehabt, Monsieur Marchais. Das hätte auch ganz anders enden können. Wie alt sind Sie? Besser, wir machen gleich eine neue Hüfte«, hatte der Arzt in der Unfallchirurgie gesagt. »Sonst liegen Sie mir zu lange. Und dann – zack! – Lungenentzündung.« Er weitete vielsagend die Augen. »Früher sind die alten Leutchen reihenweise gestorben nach so einem Oberschenkelhalsbruch. Und zwar an Lungenentzündung. Aber heute ist das keine große Sache mehr. Eine neue Hüfte, und – zack! – Sie können bald schon wieder herumspazieren, Monsieur Marchais. Sollen wir jemanden verständigen? Der Mann, der Sie gefunden hat, sagte, dass Sie allein leben. Gibt es Angehörige?«

»Meine Schwester. Aber die wohnt in Montpellier«, ächzte Max, der immer noch wie benommen war von den Schmerzen. »Steht es denn so schlecht um mich?«

Der Gedanke, dass die vom Leben dauerenttäuschte Thérèse mit ihrem besserwisserischen Mann und diesem grässlich verzogenen Sohn im Krankenhaus auftauchen könnte, ließ ihn noch eine Spur blasser werden.

Monsieur Zack, der eigentlich auf den Namen Professeur Pasquale hörte, lächelte. »Aber nein! Machen Sie sich keinen Kopf, Monsieur Marchais. Das ist eine Routineoperation. Nichts Lebensdrohliches. In ein paar Stunden sind Sie wieder wie neu, das verspreche ich Ihnen.«

Nun, wie neu fühlte sich Max nun nicht gerade. Vor drei Tagen war er operiert worden, doch sein Schädel tat immer noch höllisch weh, und auch die Hüfte und das Bein schmerzten. Doch dank der Infusion, die geduldig in den dünnen Schlauch über seinem Bett tropfte und in einer Kanüle auf seinem Handrücken endete, wurde es stetig besser.

Der Krankenhausalltag war allerdings nicht gerade dazu gemacht, einen Kranken genesen zu lassen. Man hatte hier noch weniger Ruhe als an den Tagen, wenn Marie-Hélène durchs Haus wirbelte. Selbst nachts ging alle zwei Stunden die Tür auf, es wurde Blutdruck gemessen, Infusionsbeutel wurden gewechselt, an seinem Arm herumgezerrt, Blut abgenommen (das besonders oft und gern), und wenn man danach noch nicht endgültig wach war, wurde mit einer grellen Taschenlampe in das Gesicht des Patienten geleuchtet, um zu sehen, ob dieser noch lebte.

Nun, Max Marchais lebte noch, aber er schlief nicht.

Morgens um sechs erreichte die Putzkolonne sein Zimmer. Die zierlichen Frauen von der Elfenbeinküste lachten und schwatzten, während sie den Boden wischten und immer wieder gegen sein Bettgestell stießen, »Oh, bitte schön, Verzeihung, bitte!« sagten und dann in lautmalerischen Sätzen, die er nicht verstand, weiter redeten und kicherten.

Die zierlichen Damen aus Afrika hatten durchgeschlafen, da konnte man leicht gute Laune haben, dachte Max grimmig und fragte sich, wann ihm ein solches Glück wieder beschieden sein würde.

Nach der Putzkolonne kam Lernschwester Julie mit einem Lächeln, einem frugalen Frühstück und dem dünnsten Kaffee, den er jemals getrunken hatte, ins Zimmer. Beim Hinausgehen deutete sie immer auf das Schälchen mit Tabletten. »Nicht vergessen, Monsieur Marchais!« Dann kam die Stationsschwester: »Na, Monsieur Marchais, wie geht's uns denn heute? Haben wir gut geschlafen?«

»Ich weiß nicht, wie *Sie* geschlafen haben, Schwester Yvonne«, knurrte Max. »Ich für meinen Teil habe *gar nicht* geschlafen – wie sollte ich auch, man wird ja ständig davon abgehalten.«

»Na prima, dann wollen wir heute mal ein bisschen spazieren gehen, Monsieur Marchais, dann geht's uns gleich besser«, erklärte Schwester Yvonne mit einem breiten Lächeln. *»On y va?«* Ihre gute Laune schien unerschütterlich.

Hatte sie nicht zugehört? War sie taub? Oder setzte man hier vielleicht intelligente Roboter ein, die wie Frauen aussahen, aber immer dasselbe Programm abspulten?

Max warf einen misstrauischen Blick auf die Schwester mit den kurzen blonden Haaren, die jetzt die Blutdruckmanschette um seinen Arm quetschte und wie eine Wahnsinnige Luft in den Hohlraum pumpte. Sie kniff die Augen zusammen, starrte auf ihr Messgerät und pumpte noch mal. »Na, der Blutdruck scheint mir ein bisschen hoch – aber den kriegen wir schon runter.«

Sie nickte und lächelte ihr resolutes Lächeln, und Max war sich absolut sicher, dass so ein Blutdruck es nicht wagen würde, sich den Weisungen von Schwester Yvonne zu widersetzen. *Wir werden ihn schon wieder runterkriegen.* Das war bei allem enervierendem Komplizentum auch wieder beruhigend.

Er hatte es nicht glauben können, als eine kleine drahtige Physiotherapeutin ihn dann zehn Minuten später zum »Spaziergang« abholte.

»Das muss ein Missverständnis sein«, hatte er gesagt. »Ich bin ja erst vorgestern operiert worden.«

Er runzelte die Stirn, und eine steile Stirnfalte erschien zwischen seinen Brauen. Man hörte ja immer wieder, dass im Krankenhaus die Patienten verwechselt wurden. Von daher konnte er froh sein, dass man ihm tatsächlich eine neue Hüfte und nicht eine neue Herzklappe eingesetzt hatte.

»Nein, Monsieur Marchais, das ist schon ganz richtig so.« Sie blickte ihn unter ihrem kurz geschnittenen Jean-Seberg-Pony keck an und lächelte. »Heutzutage werfen wir die Patienten gleich nach der OP aus dem Bett. Wegen Ihrer Gehirnerschütterung durften Sie sich noch ein bisschen länger ausruhen.« Bildete er sich das nur ein, oder lag in ihrem Lächeln ein Hauch von Sadismus? »Nun kommen Sie, Monsieur Marchais – das schaffen wir schon.«

An dem Rollator, den sie ihm hingestellt hatte, war dann aber nur einer gegangen, nämlich er.

Kurzum – nach drei Tagen Krankenhaus sehnte sich Max Marchais nach nichts so sehr wie nach seinem eigenen Bett und nach Menschen, die nicht zum Krankenhauspersonal gehörten. Sebastiano hatte sich beim Abtransport geistesgegenwärtig den Trenchcoat seines Arbeitgebers gegriffen, in dem dankenswerterweise auch das Mobiltelefon steckte, und am Sonntagabend hatte Max dann mit den letzten Akkureserven Rosalie Laurent angerufen, die versprochen hatte, ihn zu besuchen.

Immerhin hatte »Monsieur Zack« alias Professeur Pasquale ihm in Aussicht gestellt, dass er Ende nächster Woche nach Hause könne, wenn er fleißig seine Übungen mache und die Werte stimmten.

»Wir haben immer noch ein bisschen zu hohen Blutdruck, Monsieur Marchais«, hatte er an diesem Morgen bei der Visite gesagt und besorgt über den Rand seiner kleinen Brille auf die Krankenakte geschaut, und Max hatte entgegnet: »Kein Wunder, wenn wir nachts nicht zur Ruhe kommen, *hein*?«

Er merkte, wie er anfing, allergisch zu reagieren – auf den sorglosen Umgang mit dem Wort »wir«, auf Türen, die sich alle paar Minuten öffneten, Lichtschalter, die an-, aber nie ausgemacht wurden, und vor allem auf dieses perfide, stets gegenwärtige Quietschen von Gummisohlen, die ihn umschlichen und sich bei jedem Schritt wie Spiderman-Näpfe an dem klebrigen (womit wurde hier eigentlich geputzt?) Linoleumboden festzusaugen schienen, um sich dann mit einem satten Geräusch widerstrebend zu lösen.

Napf, napf, napf. Napf, napf, napf.
Napf, napf, napf. Napf, napf, napf.

Lernschwester Julie ging geschäftig im Zimmer umher. Sie räumte gerade sein Mittagessen ab und vergewisserte sich, ob es uns geschmeckt hätte und ob wir die Tabletten schön genommen hätten. Dann stellte sie das Fenster auf Kippe, zog die Gardinen vor, damit wir einen kleinen Mittagsschlaf machen können, Monsieur Marchais, und verließ das Zimmer. Die Tür fiel leise hinter ihr ins Schloss.

Als Max müde den Kopf in sein Kissen sinken ließ und in der Hoffnung auf einen Mittagsschlummer die Augen schloss, mischte sich in die flüchtigen Traumbilder das reizende Geklapper von Damenabsätzen, die den Flur hochgingen und vor seiner Tür zum Stehen kamen.

18

»Was machen Sie denn für Geschichten, lieber Max? Wie geht es Ihnen? Was um Himmels willen haben Sie auf einer Leiter gemacht? Und was ist mit Ihrem Kopf?«

Rosalie legte das Sträußchen mit den Teerosen auf dem hellen Nachttisch ab und beugte sich mit besorgter Miene über Max Marchais. Ihr alter Freund sah ziemlich mitgenommen aus, fand sie, mit seinem Kopfverband und den dunklen Schatten unter den Augen.

Ein erfreutes Lächeln huschte über sein zerknittertes Gesicht. »Welche Frage soll ich denn nun zuerst beantworten, Mademoiselle Rosalie?«, fragte er. »Ich bin ein alter Mann, Sie überfordern mich.« Er versuchte, fröhlich zu klingen, doch seine Stimme war heiser.

»Ach Max!« Sie drückte seine knochige Hand, die auf der dünnen Bettdecke ruhte. »Sie sehen wirklich furchtbar aus. Haben Sie noch Schmerzen?«

Er schüttelte den Kopf. »Die Schmerzen sind erträglich. Ich bin heute sogar schon ein paar Schritte gegangen, dank eines freundlichen Dragoners, der sich Schwester schimpft. Nur zum Schlafen kommt man hier nicht. Ständig geht die Tür auf, und einer dieser Weißkittel kommt rein und will irgendwas. Und alle fragen einen immer dasselbe. Ich frage mich, ob die überhaupt miteinander sprechen.«

Er seufzte tief, strich die Bettdecke glatt und deutete mit dem Finger auf einen Stuhl, der in der Ecke stand. »Nehmen Sie sich einen Stuhl, Rosalie. Ich bin wirklich sehr froh, dass Sie herkommen konnten. Sie sind der erste normale Mensch, den ich seit Tagen sehe.«

Rosalie lachte. »Sie dürfen nicht so ungeduldig sein, Max. Sie sind doch erst ein paar Tage hier, und die Ärzte und Schwestern machen einfach nur ihren Job.« Sie zog sich den Stuhl neben sein Bett, setzte sich und schlug die Beine übereinander.

»Ja, ich fürchte, ich bin ein sehr ungeduldiger Patient.« Sein Blick folgte ihren Bewegungen und blieb an den zierlichen hellblauen Riemchensandalen mit dem kleinen Absatz hängen, in denen ihre Füße mit den lackierten Zehen steckten. »Hübsche Schuhe«, sagte er unvermittelt.

Rosalie zog verblüfft die Augenbrauen hoch. »Oh. Danke! Ganz normale Sommersandalen.«

»Ach … wissen Sie, man lernt das Normale sehr zu schätzen, wenn man ein paar Tage auf der anderen Seite des Flusses ist«, entgegnete er philosophisch. »Ich hoffe, ich kann bald raus aus diesem Laden.«

»Das hoffe ich auch. Sie haben mir einen ganz schönen Schrecken eingejagt. Ich hatte schon das ganze Wochenende vergeblich versucht, Sie zu erreichen, aber dass wir uns in einem Krankenhaus wiedersehen würden, damit habe ich nun wirklich nicht gerechnet.«

»Ja, ich hab das Klingeln auf allen Leitungen gehört. Dummerweise war ich nicht in der Lage, abzuheben«, scherzte er. »Was gab es denn so Dringendes?«

Mist! Rosalie biss sich auf die Unterlippe. Das war nun wirklich nicht der richtige Moment, um wieder mit dem Buch anzufangen und die Frage nach der rätselhaften Widmung zu stellen. Das musste warten, bis Max sich wieder etwas erholt hatte.

»Ach … ich hatte Ihnen einfach nur vorschlagen wollen, ob Sie nächste Woche nicht nach Paris kommen und mit mir zu Mittag zu essen möchten«, schwindelte sie. »Ich habe jetzt für drei Nachmittage eine Aushilfe im Laden, und René ist ab Ende der Woche auf einem Fortbildungsseminar in San Diego. Da dachte ich, wir könnten uns gemeinsam die Zeit vertreiben.«

Zumindest die beiden letzten Dinge entsprachen der Wahrheit. Zu schade, dass Madame Morel nicht schon am heutigen Tag hatte anfangen können. Rosalie hatte am Morgen ein Schild in die Ladentür gehängt. *Heute wegen dringender Familienangelegenheiten geschlossen*, stand darauf.

Sie lächelte. Sie wusste nicht, ob es sich um eine Familienangelegenheit im strengeren Sinne handelte, aber es fühlte sich so an. Sie starrte auf den großen Mann mit den buschigen Augenbrauen, der jetzt mit einem Mal so hilflos und hinfällig wirkte. Unter der dünnen Oberfläche lauerten stets die Zeichen der Vergänglichkeit. Wie schnell die Fassade bei einem älteren Menschen bröckelte, wenn dieser aus seiner gewohnten Umlaufbahn katapultiert wurde und nicht mehr in der Lage war, auf sich zu achten!, dachte sie. Sie sah sein dünnes Krankenhausnachthemd, sein graues Gesicht, bemerkte, dass er unrasiert war, und entdeckte im Gegenlicht ein paar graue Bartstoppeln, die sie anrührten. Seltsam, dieser alte Mann war ihr so vertraut wie ein Großvater. Und in diesem Moment sah er auch wie ein Großvater aus. Rosalie war froh, dass er noch lebte, erleichtert, dass ihm nichts Schlimmeres passiert war, und auf keinen Fall würde sie ihn jetzt mit Shermans Geschichte behelligen. Man sah ja, dass er in keiner guten Verfassung war.

»Tja, ich fürchte, aus einem Essen in Paris wird vorerst nichts, liebe Mademoiselle Rosalie, so verlockend der Gedanke auch wäre«, sagte Max, als hätte er ihre Gedanken gelesen. »Sie sehen ja selbst, was mit mir los ist. Und wenn es diese künstlichen Hüftgelenke nicht gäbe, müsste ich sogar noch wochenlang im Bett liegen.« Er deutete auf die Bettdecke, unter der sich seine Beine abzeichneten. Unten ragte sein rechter Fuß ein Stück heraus.

»Meine Güte, haben Sie sich auch noch den Zeh gebrochen?«, fragte Rosalie und deutete auf die dunkel verfärbte kleine Zehe von Max Marchais.

»Was? Nein!« Max wackelte mit den Zehen. »Ich hab ja verschiedene Baustellen, aber der kleine Zeh ist völlig in Ordnung. Der war immer schon so braun – ist ein Leberfleck.« Er grinste. »Mein dunkler Fleck, wenn Sie so wollen.«

»Sie stecken wirklich voller Überraschungen, Max«, entgegnete Rosalie und lehnte sich in ihrem Stuhl zurück. »Und nun erzählen Sie mir mal bitte, was Sie auf einer Leiter machen? Wollten Sie etwa Kirschen pflücken?«

»Kirschen pflücken?« Er zog verblüfft die Augenbrauen hoch. »Wie kommen Sie denn auf diese Idee? Nein, nein, ich stand auf meiner Bibliotheksleiter und wollte ein Buch zurückstellen … Kennen Sie Blaise Pascal, Mademoiselle Rosalie?«

Sie schüttelte den Kopf. »Nein, aber es scheint eine gefährliche Lektüre zu sein.«

Nachdem Max Marchais seine Geschichte erzählt hatte, in der die Gedanken eines Philosophen, eine alte Holzleiter, ein costa-ricanischer Gärtner und ein Benzinrasenmäher für die nötige Dramatik sorgten, übergab er Rosalie den Schlüssel zu seinem Haus in Le Vésinet mit der Bitte, ihm noch einige Dinge zu holen, die er benötigte.

»Es tut mir leid, dass ich Sie bemühen muss, Rosalie, aber Marie-Hélène ist verreist, wie Sie wissen. Sebastiano hat sie bereits informiert, und ich denke, dass sie früher als geplant zurückkommt – allein schon deswegen, weil sie immer recht behalten will –, aber wann genau, weiß ich nicht.« Er hob seufzend die Schultern. »Sebastiano hat mir zwar das Leben gerettet, wofür ich ihm unendlich dankbar bin, aber was das Packen angeht, ist er nicht sonderlich begabt. Außerdem kennt er sich im Haus überhaupt nicht aus.« Er lächelte. »Ich will nicht undankbar sein. Immerhin hat er an meinen Mantel und mein Mobiltelefon gedacht, sonst hätte ich Sie gar nicht anrufen können – das kommt davon, dass man sich heutzutage gar keine Telefonnummern mehr notiert. Ihre Nummer war glücklicherweise eingespeichert. Also – ich hoffe, es macht Ihnen nichts aus, mir ein paar Dinge zusammenzusuchen.«

Rosalie schüttelte den Kopf. »Ist überhaupt kein Problem«, meinte sie. »Ich bin mit dem Auto da – sagen Sie mir einfach, was Sie brauchen und wo ich die Sachen finde. Dann bringe ich Ihnen später alles noch vorbei. Ich kann mir schon vorstellen, dass Ihre Abfahrt mit dem Rettungswagen ziemlich überstürzt war.«

»In der Tat, das war sie, so schnell habe ich das Haus noch nie verlassen, glaube ich. Ich hab nicht mal meinen Pyjama oder einen Morgenmantel dabei – Sie sehen ja selbst, in was für einem albernen Nachthemd ich hier abgemalt bin.«

Er zog eine komische kleine Grimasse, als jetzt die Tür aufging und eine Schwester mit kurzen blonden Haaren und leise quietschenden Schuhen hereinkam, die eine Nierenschale in der Hand hielt.

»Zeit für Ihre Thrombosespritze, Monsieur Marchais«, trompetete sie. »Oh! Wir haben Besuch?« Sie warf Rosalie einen geschäftigen Blick zu, während sie die Spritze aufzog. »Der muss leider für einen Moment raus. Ihre Enkeltochter?«

»Nein, meine Freundin«, entgegnete Max und zwinkerte Rosalie zu, die aufgestanden war. »Und, Schwester Yvonne – könnten Sie die Blumen wohl ins Wasser stellen?«

Schwester Yvonne schnappte hörbar nach Luft, als Rosalie mit einem unterdrückten Lachen das Zimmer verließ.

Es war früher Nachmittag, als sie vor der Villa von Max Marchais stand und die Klinke des Gartentors hinunterdrückte. Die Sonne schien warm auf den schmalen Kiesweg, der zwischen Hortensienbüschen, Lavendel und duftendem Heliotrop hindurchführte.

Das quadratische weiße Haus mit dem roten Ziegeldach und den dunkelgrünen Fensterläden lag friedlich da, wie von Kinderhand gemalt, und als Rosalie die Haustür aufschloss, war sie in keinster Weise auf das vorbereitet, was sie dort finden würde.

19

Es hatte immer etwas Eigentümliches, wenn man in ein leeres Haus kam. Es war so still wie in einem Museum, und Rosalies Sommersandalen klackten einsam auf dem Parkett, als sie jetzt vorsichtig durch die Räume schritt und sich ein wenig umschaute. Obwohl sie schon einige Male bei Max zu Besuch gewesen war, kannte sie eigentlich nur die Bibliothek mit dem großen Kamin und den beiden riesigen Sofas und die mit rötlichen runden Steinen gepflasterte Terrasse, die gleich davor lag und auf den Garten hinausging. Die Spuren des überstürzten Aufbruchs waren noch überall zu sehen.

In der Küche mit dem milchigen Steinfußboden stand das benutzte Frühstücksgeschirr auf einem Tablett neben einer weißen Spüle. Der Gärtner musste es wohl noch hineingetragen haben, bevor er die große Wohnzimmerscheibe zugeschoben und verriegelt hatte.

Rosalie fand die Spülmaschine und räumte rasch das Geschirr ein. In der Bibliothek lag neben der hohen Holzleiter noch das Buch auf dem Boden, das der Auslöser für den Sturz gewesen war.

Sie hob es auf und legte es auf den flachen rechteckigen Couchtisch, der zwischen den beiden Sofas stand.

Die Nachmittagssonne fiel hell durch die zurückgezogenen Vorhänge. Ein Eichhörnchen saß auf der Terrasse und knabberte an etwas, bevor es, durch die Bewegung hinter der Scheibe aufgeschreckt, über die Wiese rannte und einen Baumstamm hochflitzte.

Neben einem der breiten hellen Sofas, die sich gegenüberstanden und von altmodischen safrangelben Schirmlampen mit Marmorsockel eingerahmt wurden, fand sich ein einzelner Herrenlederpantoffel. Das dazugehörige Gegenstück hatte Rosalie in der Eingangshalle gefunden, als sie fast darüberstolperte.

Sie ging an der Bücherwand vorbei und wandte sich nach rechts, wo sich die Bibliothek zu einem Arbeitszimmer öffnete, vor dessen Fenster, das ebenfalls einen Blick auf den Garten gewährte, ein Schreibtisch mit dunkelgrüner Lederbespannung befand. Neben der Schreibtischlampe stand das gerahmte Porträt einer lächelnden Frau mit freundlichen Augen. Das musste Marchais' verstorbene Frau sein. Rosalie sah sich auf dem Schreibtisch um und fand rasch das kleine Buch, um das Max sie gebeten hatte. Denis de Rougemont, *Le diable au corps.* Dann zog sie die rechte Schreibtischschublade auf, wo das Aufladegerät für das Mobiltelefon lag.

Sie warf einen Blick auf die kleine Liste, die sie eben zusammen im Krankenhaus gemacht hatten. Kulturtasche und Rasierwasser – oben im Bad, kleiner Schrank rechts. Sie schloss die Schublade und wandte sich zum Gehen. Bevor sie die Bibliothek verließ, fiel ihr noch eine alte schwarze Remington-Schreibmaschine auf, die auf einem Vertiko neben einem fünfarmigen Silberleuchter und einem runden Silbertablett mit einer Wasserkaraffe und passenden Gläsern stand. Darüber, zwischen zwei altmodischen weinroten Stehlampen, hing ein großes Ölbild, das eine südfranzösische Landschaft in Blau- und Ockertönen zeigte, wie sie Bonnard hätte malen können.

Rosalie beugte sich interessiert vor, doch sie konnte die Signatur des Künstlers nicht entziffern. Sie trat zurück und stand eine Weile ganz versunken vor dem Gemälde, welches das Buschwerk und die sanft abfallenden Felsen vor einer sommerlich glitzernden Meeresbucht so einfing, dass man fast glaubte, das Zirpen der Grillen zu hören.

Als ihr Mobiltelefon klingelte, fuhr sie zusammen wie ein Dieb. »*Oui?* Hallo?«, fragte sie und riss sich von dem Bild los.

Es war Robert Sherman, der sie aus einem Café anrief. Das Manuskript war angekommen, und er wollte sie treffen, um es ihr zu zeigen.

»Wo stecken Sie denn, Mademoiselle Laurent? Ich war schon beim Laden, aber der hatte geschlossen. Wegen dringender Familienangelegenheiten. Ist etwas passiert?« Er klang besorgt.

»Das kann man wohl sagen. Ich bin gerade im Haus von Max Marchais. Er hatte einen Unfall.«

Rasch berichtete sie Sherman von dem unglückseligen Sturz des Schriftstellers von seiner Bibliotheksleiter und schloss: »Ich hatte eigentlich vor, Max noch einmal wegen der Tigergeschichte zu befragen und wegen dieser Widmung, aber ich fürchte, das müssen wir verschieben, bis es ihm wieder besser geht. Ich möchte jetzt nicht so in ihn dringen oder ihn womöglich aufregen, das verstehen Sie doch, oder?«

»Ja … natürlich.« Seine Stimme klang enttäuscht.

»Es geht nur um ein paar Tage, Robert. Dann wissen wir mehr. Hören Sie, ich muss hier jetzt noch ein paar Sachen zusammenpacken und habe nicht so viel Zeit. Ich melde mich später, wenn ich wieder in Paris bin. Dann sehen wir uns, und Sie zeigen mir Ihr Manuskript, einverstanden?«

»Einverstanden«, sagte er.

Erst als Rosalie das Telefon wieder in ihre Tasche steckte, fiel ihr auf, dass sie Sherman zum ersten Mal Robert genannt hatte.

Eine halbe Stunde später hatte sie alle Dinge, die auf der Liste standen, beisammen. Kulturtasche, das Rasierwasser von *Aramis* (sie hatte es schließlich auf dem Nachttisch im Schlafzimmer entdeckt), ein blau-weiß gestreifter Pyjama, ein dünner dunkelblauer Morgenmantel mit kleinem Paisley-Muster, Wäsche, Strümpfe, ein Paar weiche Ledermokassins, Pantoffeln, Anziehsachen und Bücher. Was sie noch nicht gefunden hatte, war die dunkelgrüne Reisestofftasche, die Max zufolge irgendwo ganz hinten im Kleiderschrank lag. Noch einmal tauchte sie in den dreitürigen Kleiderschrank aus poliertem dunkelbraunem Holz und wühlte zwischen Schuhbeuteln und Kartons.

Schließlich gab sie es auf und ließ den Blick suchend im Zimmer umherschweifen. Wo konnte die Tasche sonst noch sein? Sie schaute in den anderen Fächern des Kleiderschranks nach, sie schaute unter das breite Bett, über das achtlos eine helle abgesteppte Überdecke mit Rosenmuster geworfen war, sie schaute in die kleine Abstellkammer, die sich neben dem Badezimmer befand und ein paar Putzsachen beherbergte. Hoffentlich musste sie nicht noch den ganzen Keller durchsuchen!

Sie warf einen Blick auf die Uhr und versuchte, Max anzurufen, doch der hatte sein Mobiltelefon ausgeschaltet. Offenbar versuchte er gerade, seinen verspäteten Mittagsschlaf zu halten. Seufzend ging sie noch einmal ins Schlafzimmer zurück. Sie überlegte, wo sie selbst eine Tasche verstauen würde, und schaute unwillkürlich nach oben auf den Kleiderschrank.

Treffer! Hinter ein paar Schuhkartons entdeckte sie zwei braune Ledergriffe, die offensichtlich zu einer Reisetasche gehörten.

Sie nahm sich einen Stuhl, der neben einer Kommode stand, über der ein großer Spiegel hing, und stellte ihn vor den Kleiderschrank. Auf Zehenspitzen hangelte sie nach den Griffen, und bei dem Versuch, die Tasche hervorzuziehen, geriet ein größerer Karton ins Rutschen und fiel zu Boden. Der Inhalt ergoss sich über das Parkett.

»*Zut alors* – so ein Mist!«, schimpfte sie, während sie wieder vom Stuhl stieg und sich daranmachte, die Papiere, Briefe, Fotos und Karten einzusammeln, die überall auf dem Fußboden verstreut lagen. Sie warf einen flüchtigen Blick auf eine alte Schwarz-Weiß-Fotografie, die Max Marchais als jungen Mann zeigte, und lächelte unwillkürlich.

Er sah wirklich verdammt gut aus, wie er da mit seinen hellen Chinos und einem weißen geknöpften Hemd so lässig vor einem Pariser Café saß und seine Zigarette zwischen Daumen und Zeigefinger hielt. Er lehnte sich in dem geflochtenen Stuhl zurück und lachte direkt in die Kamera.

Irgendetwas an dem Bild irritierte sie. Sie sah sich das Foto genauer an. War es der fehlende Bart – oder der Umstand, Max mit einer Zigarette zu sehen? Sie hatte gar nicht gewusst, dass der alte Herr früher einmal geraucht hatte.

Behutsam legte sie das Bild zu den anderen in den Karton zurück und ordnete die Briefe. Die meisten schienen von Marchais' Frau Marguerite zu stammen, auf einem der Umschläge entdeckte sie auch den Namen seiner Schwester Thérèse. Max hatte ihr gegenüber nur einmal kurz erwähnt, dass er eine Schwester in Montpellier habe, und Rosalie hatte herausgehört, dass das Verhältnis der Geschwister nicht besonders eng war. Kinderfotos von Max in kurzen Hosen, ein paar vergilbte Aufnahmen seiner Eltern, Max als junger Journalist vor der Schreibmaschine in den Redaktionsräumen einer Zeitung.

Während sie die Erinnerungen an eine vergangene Zeit, diese Fragmente gelebten Lebens, hastig wieder zurückräumte, blieb ihr Blick noch einmal an der verblassten Farbfotografie einer jungen Frau hängen. Sie trug ein rotes Sommerkleid mit weißen Tupfen und stand in irgendeinem Park unter einem großen Baum. Offenbar war sie von einem Regenschauer überrascht worden, denn ihre schulterlangen blonden Haare, in denen ein Haarreif steckte, waren nass geworden, und sie verschränkte fröstelnd die Arme über ihrem Kleid mit dem runden Halsausschnitt, während sie sich leicht nach vorn beugte und lachte. Ihr Mund war groß und rot, und für einen Augenblick glaubte Rosalie sich selbst in der jungen Frau wiederzuerkennen, die so herzhaft lachte. Das ganze Bild strahlte eine ansteckende Lebensfreude aus. Ob das Thérèse war? Sie sah eigentlich ganz nett aus. Rosalie drehte das Bild um und entdeckte ein Datum, das jemand mit Bleistift auf die Rückseite gekritzelt hatte:

Bois de Boulogne, 22. Juli 1974.

Rosalie lächelte nachdenklich, als sie das Bild der hübschen Frau in den Karton zurücklegte. Vielleicht eine Jugendfreundin von Max Marchais? *Ich war nicht immer ein alter Mann, Rosalie,* hatte er einmal zu ihr gesagt.

Man neigte in der Tat dazu, zu vergessen, dass auch alte Menschen einmal jung gewesen waren. Das schien fast so unvorstellbar wie die Gewissheit, dass man selbst auch irgendwann, bald – auf jeden

Fall schneller, als man dachte – alt sein würde. Nur bei den Menschen, die man von früher kannte, würde man wohl immer in der Lage sein, durch die Schichten all der Jahre zu blicken, die sich mit der Zeit auf Körper und Seele gelegt hatten und in den Augen den Glanz der Erwartung verblassen ließ – oder ein solch wunderbares Lachen, das ganz und gar dem Moment verschrieben war.

Rosalie schaute noch einmal prüfend über das Parkett, wo jetzt nichts mehr lag. Dann warf sie sicherheitshalber einen Blick unter das Bett und entdeckte ein Bündel Papier, dessen verrutschte Seiten von einem Gummiband gerade noch so zusammengehalten wurden. Sie legte sich auf den Bauch und zog die Seiten mühsam hervor.

Es war ein altes Manuskript, oder besser gesagt der Durchschlag eines alten Manuskripts, auf dem die blassblauen Buchstaben einer mechanischen Schreibmaschine zarte Vertiefungen ins Papier gedrückt hatten.

Rosalie richtete sich auf und hielt das pergamentartige Bündel in ihren Händen. Vorsichtig strich sie die Seiten glatt und schob dann das rote, schon etwas poröse Gummiband behutsam zur Seite, um es nicht zu zerreißen.

Sie spürte, wie ihr Herzschlag unregelmäßiger klopfte, als sie auf das Deckblatt schaute. Und dann verwirrten sich ihre Gedanken derart, dass sie am Ende gar nichts mehr dachte.

Eine Weile saß sie so da, auf dem Holzfußboden des Schlafzimmers, das die Nachmittagssonne in ein warmes Licht tauchte, und starrte auf die blassblauen Lettern, die sich auf dem vergilbten Papier abzeichneten.

»Der blaue Tiger« stand auf der dünnen, etwas vergilbten Seite. Und darunter: *»Für R.«*

20

Paris begann ihm zu gefallen. Es hatte etwas ungeheuer Belebendes, durch die kleinen Straßen von Saint-Germain zu schlendern, die sich – ganz anders als in Manhattan – unvermittelt nach rechts oder links schlängelten und vorbeiführten an unzähligen Geschäften und Lädchen, Cafés und Bistros. Alles war so bunt und abwechslungsreich, um nicht zu sagen von einer alarmierenden Fröhlichkeit, die vor allem eines war: dem Leben zugewandt. Ja, Robert Sherman fühlte sich besonders lebendig an diesem sonnigen Dienstag.

Vielleicht lag das an dem inspirierenden Gespräch, welches er tags zuvor mit dem Dekan der Englischen Fakultät geführt hatte. Der zierliche kleine Mann, dessen Hände ständig in Bewegung zu sein schienen, hatte ihm zu verstehen gegeben, dass er sich nichts Schöneres vorstellen könnte, als dass Sherman hier im kommenden Semester als Gastprofessor seine Shakespeare-Vorlesungen halten würde.

»Seit Ihren Veröffentlichungen zum *Sommernachtstraum* 'aben Sie misch am 'aken, Mister Sherman«, hatte Professeur Lepage in seinem drolligen Englisch gesagt. »*Non, non*, Sie müssen nischt so bescheiden abwinken, Monsieur. Wir alle brennen darauf, Sie zu 'ören. Isch 'offe doch, Sie sagen uns zu?« Und als er Shermans zögernde Miene bemerkte, hatte er noch hinzugefügt. »Machen Sie sisch keine Sorgen, wir 'elfen Ihnen selbstverständlisch mit der Wohnung.«

Vielleicht war die Ursache der plötzlichen Energie, die Robert erfasst hatte wie eine frische Brise, aber auch schlicht und ergreifend dem Umstand zu verdanken, dass er zum ersten Mal seit seiner Ankunft in Paris hervorragend geschlafen hatte. Und vielleicht war er am Ende auch einfach nur dem Charme der Stadt an der Seine erlegen, die, wie seine Mutter gesagt hatte, immer eine gute Idee war. Ja, Paris hatte ihn »am 'aken«.

Robert lächelte vergnügt, als er in aller Ruhe und ohne Hast sein Frühstück in dem lauschigen Innenhof des Hotels einnahm, während er im Halbschatten saß und den *Figaro* studierte.

Der *Café crème* – belebend. Das knusprige Baguette, das er sich dick mit Erdbeerkonfitüre bestrich – belebend. Der zarte Rosenduft, der durch den Innenhof des *Les Marronniers* strich – belebend. Das reizende Lächeln der Rezeptionistin – belebend.

Als er sich mit seinem Manuskript, das an diesem Morgen im Hotel eingetroffen war, auf den

Weg zur Papeterie *Luna Luna* machte, gestand er sich zu seiner Überraschung ein, dass auch die Aussicht, die hübsche und etwas kratzbürstige Ladenbesitzerin mit dem langen braunen Zopf wiederzusehen, irgendwie belebend war.

Seltsamerweise hatte der Laden geschlossen – wegen dringender Familienangelegenheiten –, und als er Mademoiselle Laurent auf dem Mobiltelefon erreichte, stellte sich heraus, dass dieser zwielichtige Schriftsteller jetzt zu allem Überfluss auch noch von einer Leiter gestürzt war und im Krankenhaus lag. Sie war gerade bei ihm zu Hause gewesen, um ein paar Sachen zusammenzupacken, und schien extrem besorgt.

So furchtbar war ein Oberschenkelhalsbruch ja nun auch wieder nicht. Was fand sie nur an diesem alten Mann, der nicht einmal mit ihr verwandt und aller Wahrscheinlichkeit nach ein Lügner war? Robert verspürte einen Anflug von Eifersucht. Dass die Ermittlungen – hatte er wirklich *Ermittlungen* gedacht? – nun ins Stocken gerieten, ärgerte ihn. Er hätte kein Problem damit gehabt, diesem Marchais das Manuskript seiner Mutter um die Ohren zu hauen, und dann würde man ja sehen.

Robert schlenderte weiter, ohne rechtes Ziel, bog in die quirlige Rue de Buci, wo sich ein Bistro ans nächste reihte und die Menschen plaudernd und essend draußen in der Sonne saßen. Er kam an Boulangerien, Gemüseläden und Ständen mit Austern und gebratenen Hähnchen vorbei und merkte, wie er selbst wieder hungrig wurde. Schließlich kaufte er sich bei einem Traiteur ein Baguette mit Thunfisch, Salat und weich gekochten Kartoffelscheiben. Eine interessante Kombination, aber es schmeckte vorzüglich.

Dann warf er einen Blick auf die Uhr. Mademoiselle Laurent hatte versprochen, sich zu melden, wenn sie wieder aus Le Vésinet zurück war, aber das konnte noch eine Weile dauern.

Er zog seinen Stadtplan hervor und beschloss, einen Spaziergang zu *Shakespeare and Company* zu machen, dem legendären amerikanische Buchladen am linken Seine-Ufer, in dem einst Sylvia Beach die Schriftsteller der *Lost Generation* beherbergt hatte, und den es heute noch gab – wenngleich der Besitzer (immerhin auch ein Amerikaner!) gewechselt hatte und man von der Rue de l'Odéon in die Rue de Bûcherie umgezogen war. Und auch heute noch, so hatte Robert es zumindest gelesen, fanden junge Literaten oder Möchtegernschriftsteller hier eine Matratze zum Schlafen, wenn sie bereit waren, ein paar Stunden in der Buchhandlung zu helfen.

Erstaunlicherweise und völlig anachronistisch hatte sich der Geist von *Shakespeare and Company* über all die Jahrzehnte gehalten – auch wenn nicht damit zu rechnen war, dass es jemals wieder einen derartigen Auflauf von großen Schriftstellern geben würde wie damals, in dieser goldenen Zeit, als sich T. S. Eliot, Ezra Pound und Ernest Hemingway die Türklinke in die Hand gaben. Manches ließ sich eben nicht wiederholen, und doch war es gut, dass es diese Dinge gegeben hatte.

Als Robert jetzt die Rue Saint-André-des-Arts entlangging, musste er an Hemingways Worte denken, der einmal gesagt hatte, dass man, wenn man das große Glück gehabt hätte, als junger Mensch in Paris zu leben, ein Stück dieser Stadt immer im Herzen tragen würde. Robert hatte zwar nie in Paris gelebt – und wenn man es genau nahm: Was war Paris gegen New York?! –, doch immerhin war er in seiner Kindheit einmal hierhergekommen, was für einen Amerikaner nun auch nicht so selbstverständlich war. Und vielleicht trug ja auch er ein kleines Stück Paris in der Hosentasche.

Beschwingt marschierte Robert ein Stück den Boulevard Saint-Michel entlang und bog dann rechts in die Rue de la Bûcherie ein. Wenige Schritte später stand er vor der kleinen Buchhandlung, vor der eine altmodische Holzbank und ein paar kleine Tische und Eisenstühle im Schatten eines Baumes aufgestellt waren, und schaute durch die dunkelgrün gestrichenen Sprossenfenster.

Die unglaubliche Bücherfülle, die sich seinen Blicken bot, war beeindruckend und löste ein angenehm vertrautes Gefühl in ihm aus. Er spazierte durch die geöffnete Tür und freute sich darauf, in der Buchhandlung ein wenig herumzustöbern.

Das war leichter gesagt als getan.

Der kleine Laden mit den engen Gängen, die sich zwischen deckenhohen Regalen und Bücherwänden vor altem Mauerwerk hindurchschlängelten, war voll, als gäbe es etwas umsonst. Und das gab es ja irgendwie auch.

Die Magie dieser eben sehr besonderen Buchhandlung, die sich alten und neuen Büchern verschrieben hatte, die große Schriftsteller gefördert und beherbergt hatte, war immer noch da, wenn man denn genug Phantasie besaß, sie in sich aufzunehmen. Ob das allen Leuten, die sich hier drängten, gelang, war fraglich, doch es hatte zumindest den Anschein, dass jeder etwas von dem Glanz jener Tage mit nach Hause nehmen wollte – und wenn es nur eine *Shakepeare and Company*-Tragetasche aus Stoff war oder ein abgestempeltes Taschenbuch.

Robert quetschte sich an drei kichernden japanischen Mädchen vorbei. Sie hielten englische Bücher in den Händen und gaben vor, darin zu lesen, während ein älterer Japaner mit dicker Hornbrille sie dabei fotografierte – ungeachtet der Hinweisschilder, dass man im Laden nicht fotografieren sollte. Doch keiner monierte die Untat, und auch der gut gelaunte und etwas übernächtigte Student, der hinter der Kasse saß und einen unverkennbar britischen Akzent hatte – offenbar eine der Aushilfen, die hier ihr Nachtlager bekamen –, ging mit großer Sorglosigkeit über diesen Fauxpas hinweg.

Robert arbeitete sich zum hinteren Teil des Ladens vor und entdeckte eine schmale Holztreppe, die nach oben führte. Aus einem der Räume in der ersten Etage drang Klaviermusik. Einzelne Töne verklangen ineinander und setzten sich zu Claude Debussys *L'après-midi d'un faun* zusammen. Robert ließ die herunterkommenden Besucher passieren. Dann stieg er neugierig nach oben und wandte sich nach rechts dem Raum zu, aus dem die leicht scheppernde Klaviermusik kam. Eine ältere Frau mit kinnlangem aschblondem Haar und schmalen Schultern saß mit dem Rücken zur Tür vor einem alten Klavier und ließ sich von den Menschen, die suchend im Zimmer umherblickten, ein paar Schritte in bald diese, bald jene Richtung machten, um dann wieder zu verschwinden, nicht im Geringsten stören. Sie hatte etwas von der verwegenen Nonchalance einer Djuna Barnes, fand Robert, als er leise wieder den Raum mit der hämmernden Pianistin verließ.

Direkt gegenüber der Treppe gab es noch zwei hintereinanderliegende Zimmer mit antiquarischen Büchern. Alte Tische mit alten Schreibmaschinen standen herum, dazwischen verschlissene Sofas. An den Wänden hingen verblasste Fotografien von dem einstigen Besitzer mit seiner kleinen blonden Tochter. In den Nischen lagen Matratzen, über die man verblichene Decken geworfen hatte, die vielleicht einmal rot gewesen waren.

Keiner hatte hier den Ehrgeiz, mit der Zeit zu gehen. Die angenehme Unaufgeregtheit, die in den Räumen herrschte, schien sich auch auf die Menschen zu übertragen, die sich, wie Robert lächelnd feststellte, etwas rücksichtsvoller voranschoben als sonst und etwas vorsichtiger bewegten.

Erst als er wieder zur Treppe zurückging und sich noch einmal umsah, entdeckte er den Spruch, der in großen schwarzen Lettern in Englisch über dem Türbalken stand.

»BE NOT INHOSPITABLE TO STRANGERS LEST THEY BE ANGELS IN DISGUISE«, stand dort. »Sei nett zu Fremden. Sie könnten verkleidete Engel sein.«

Mit einem Mal fühlte Robert sich überaus willkommen. In der Buchhandlung. Und in Paris.

Versonnen stieg er die Treppe wieder hinunter und wandte sich einem Regal im rückwärtigen Teil des Ladens zu, in dem Theaterstücke zu finden waren.

Er hielt gerade nach einer Ausgabe von Shakespeares *Der Widerspenstigen Zähmung* Ausschau, als sein Mobiltelefon klingelte.

Es war Rosalie Laurent. Sie klang sehr aufgeregt. Und sie hatte sensationelle Neuigkeiten.

21

Paris flog an ihm vorbei. Nach dem dunklen Tunnel, der kein Ende zu nehmen schien, tauchten in Nanterre ein paar wahrhaft hässliche Hochhäuser auf, dazwischen graue Betonmauern, die mit Graffiti besprüht waren – der rührende Versuch, der Trostlosigkeit der Pariser Vororte zu trotzen. Erst auf dem letzten Stück wurde die Landschaft allmählich grüner, man sah verwunschene Gärten mit alten Häusern, die sich an die Gleise schmiegten, welche nach Saint-Germain-en-Laye führten.

Robert Sherman saß in einem Wagen der RER mit Ziel Le Vésinet Centre und schaute zum Fenster hinaus. Auf dem Schoß hielt er seine lederne Umhängetasche mit dem Manuskript und vergewisserte sich einem zwanghaften Impuls folgend immer wieder, dass der Umschlag, in dem die Seiten steckten, noch da war. Nicht auszudenken, wenn er das Manuskript jetzt verlieren würde, jetzt, da Rosalie Laurent das Gegenstück gefunden hatte. Oder besser gesagt den Durchschlag.

»Ich verstehe das nicht«, hatte sie immer wieder gesagt, als sie ihm mit aufgeregter Stimme und sichtlich durcheinander von ihrem Fund berichtet hatte. »Max hat mich also tatsächlich belogen. Aber bevor ich ihn damit konfrontiere, möchte ich erst, dass wir die Manuskripte vergleichen. Vielleicht hat die ganze Sache ja doch noch einen anderen Hintergrund.«

Es war wirklich rührend, wie sie den alten Halunken immer noch in Schutz nahm. Nach einigem Überlegen waren sie zu dem Schluss gekommen, dass es das Beste wäre, wenn Robert den Zug nach Le Vésinet nahm – die Fahrt dauerte nur knapp dreißig Minuten –, während Rosalie ins Krankenhaus fahren und Marchais die gewünschten Sachen bringen würde, um dann wieder nach Le Vésinet zurückzukehren.

Der Hausschlüssel war ein Problem. Sie konnte ihn ja schlecht behalten, ohne einen Grund zu nennen. Und sie weigerte sich vehement, den Alten jetzt schon zur Rede zu stellen.

»Ach, wissen Sie was? Ich werde einfach die Terrassentür ein Stückchen auflassen«, meinte sie schließlich. »Man kann die große Scheibe ganz leicht zur Seite schieben, und von der Gartenseite her können wir unbemerkt ins Haus gelangen.«

Obwohl Robert nie daran gezweifelt hatte, dass er im Recht war, spürte er die Aufregung seinen Magen hochkriechen wie eine Schnecke, als er wenig später in Le Vésinet ausstieg und Rosalie

Laurent in ihrem hellen Kleid auf dem Bahnsteig stehen sah. Sie war blasser als sonst, und ihre tiefblauen Augen hatten einen schwer zu deutenden Ausdruck. Sie reichte ihm zögernd die Hand.

»Mein Auto steht da drüben«, sagte sie.

Schweigend fuhren sie durch die stillen Straßen der kleinen Stadt. Nach dem aufgeregten Telefonat am Nachmittag hing plötzlich eine seltsame Befangenheit in der Luft. Rosalie blickte eisern nach vorn und nagte auf ihrer Unterlippe herum. Der Innenraum des Autos bot nicht viel Platz für einen großen Mann mit langen Beinen, und Robert spürte die Nervosität der stummen Fahrerin wie kleine Nadelstiche. Als Rosalie einen Gang hochschaltete, berührte ihre Hand kurz sein Knie, und sie entschuldigte sich hastig. Er schüttelte den Kopf. »Ist ja nichts passiert«, sagte er und lächelte, um die angespannte Atmosphäre zu durchbrechen.

Die Sonne stand schon tief, als sie sich an Büschen und Sträuchern vorbei durch den Garten der alten Villa mit dem roten Ziegeldach schlichen, um zur hinteren Terrassentür zu gelangen. Rosalie vergewisserte sich mit einen Blick zurück, dass es keine ungebetenen Beobachter gab, dann stemmte sie sich mit aller Kraft gegen den Rahmen der

Schiebetür, und die große Glasscheibe glitt lautlos Seite.

»Wir müssen leise sein«, mahnte sie völlig überflüssigerweise.

»Keine Sorge, ich habe nicht vor, ein Trompetensolo zu geben«, erwiderte Robert mit gedämpfter Stimme.

Sie fuhren beide zusammen, als plötzlich die Melodie von *Fly me to the moon* die abendliche Stille zerriss.

Rosalie fuhr herum. »Was ist *das?*«, zischte sie.

»*Fly me to the moon*«, entgegnete Robert automatisch.

»*Comment?!*« Sie sah ihn an, als hätte er nicht mehr alle Tassen im Schrank, während die Melodie unaufhörlich weiterdudelte. »Stellen Sie endlich Ihr Handy aus, Mann! Sie alarmieren noch die ganze Nachbarschaft!«

»Ja, sicher. Sofort.« Er griff in seine Hosentasche und drückte in der Hektik auf die Annahmetaste.

»Robert?« Rachels helle Stimme drang metallisch aus dem Mobiltelefon, das er in Hüfthöhe in seiner Hand hielt. »Hallo … Robert … hörst du mich?«

Er hob das Telefon und presste es gegen seine Lippen. »Ich kann jetzt nicht, Rachel, ganz schlechter Zeitpunkt«, murmelte er. »Ich ruf dich später zurück.«

»Was ist los mit dir, Robert – du klingst, als ob du in einem Beichtstuhl wärst. Warum flüsterst du so?«

Er spürte Rosalies ärgerlichen Blick und hob beschwichtigend die Hand.

»Wir sind gerade dabei, in ein Haus einzubrechen«, hauchte er mit aller Kraft in den Hörer. »Es geht um das Manuskript. Ich muss Schluss machen, Rachel, tut mir leid.«

»Was?!« Rachel schien die Fassung zu verlieren. »Ihr brecht in ein Haus ein? Sag mal, bist du jetzt völlig übergeschnappt? Und wer ist *wir*? Robert? *Robert?!*«

Ungeachtet der Protestschreie auf der anderen Seite des Atlantiks drückte Robert das Gespräch weg, während er von Rosalie nach drinnen in die Bibliothek gezogen wurde.

»Geschafft«, sagte sie erleichtert und schob rasch die Tür zu. »*Mon Dieu*, wer war denn diese hysterische Person?«

»Ach … das war nur … Rachel. Eine Bekannte!«, sagte er schnell und fragte sich im selben Moment ein wenig schuldbewusst, warum er seine Freundin verleugnete. Andererseits – war es nicht Rachel gewesen, die ihm angedroht hatte, ihn zu verlassen, wenn er den Job in Paris annehmen würde? Ihre Beziehung war, wenn man so wollte, also in der Schwebe, und eine Freundin, die vielleicht bald eine Exfreundin war, konnte man ebenso gut auch als Bekannte bezeichnen, überlegte er etwas spitzfindig.

»Robert?«

Rosalie hatte ihn offenbar etwas gefragt.

»Äh … ja?«

»Das Manuskript!«

Hastig öffnete er seine Umhängetasche und zog den braunen Umschlag hervor. »Hier«, er hielt ihr die Blätter hin. »Rachel … also die Frau, die gerade angerufen hat, hat es mir geschickt.«

Sie warf einen Blick darauf, blätterte ein wenig durch die Seiten und schüttelte dann den Kopf. »Das gibt's ja nicht«, sagte sie. »Warten Sie hier unten, ich bin sofort wieder da!«

Robert ließ sich in eines der beiden Sofas sinken und hörte, wie Rosalie eine Treppe hinauflief.

Wenig später kam sie zurück und hielt selbst einen Stapel Blätter in den Händen. Außer Atem setzte sie sich neben ihn auf das Sofa.

»Bitte«, sagte sie, holte tief Luft und legte ihr Manuskript neben seins auf den Couchtisch. »Wie es aussieht, sind die beiden Fassungen völlig identisch.«

Robert beugte sich vor und studierte aufgeregt die einzelnen Seiten. »Ohne Zweifel«, sagte er dann und nahm zwei Blätter zum Vergleich in die Hand. »Derselbe Zeilenfall, sogar dieselbe Type. Und sehen Sie mal hier«, er deutete auf einige Stellen im Text, »das kleine ›o‹ hat immer den gleichen Schmutzfleck oben links in der Rundung.« Er sah sie an. »Und wo genau, sagten Sie, haben Sie das Manuskript gefunden?«

»Oben im Schlafzimmer«, erklärte Rosalie mit geröteten Wangen. »Mir ist ein Karton vom Kleiderschrank heruntergerutscht, mit alten Fotos und Briefen, und da war unter anderem auch das Manuskript drin.« Sie faltete die Hände und legte sie an den Mund. »Ich verstehe das immer noch nicht«, sagte sie dann. »Wieso ist Ihre Mutter im Besitz eines Manuskripts von Max Marchais?«

Robert zuckte die Achseln und sah sie belehrend an. »Nun, die Frage muss doch wohl eher lauten: Wieso ist Marchais im Besitz des Manuskripts meiner Mutter?« Er bemerkte, wie Rosalie unbehaglich an ihrem Zopf herumspielte. »Ich will Ihnen ja nicht zu nahe treten, Mademoiselle Laurent, aber es ist doch ganz offensichtlich, was das Original und was der Durchschlag ist.«

Sie nickte und räusperte sich. »Ich fürchte, Sie haben recht.« Dann warf sie ihm einen Blick von der Seite zu, und ihre Augen funkelten. »Das gefällt Ihnen sicher, was?«

Er verzog den Mund zu einem Grinsen. »Natürlich gefällt mir das. Ich bin der Sohn eines berühmten Rechtsanwalts, schon vergessen?« Er sah, wie sie versuchte, ein Lächeln zu unterdrücken, und freute sich, dass er sie zum Lachen gebracht hatte. Dann wurde seine Miene wieder nachdenklich. »Nein, ganz im Ernst – ums Rechthaben geht es mir gar nicht. Jedenfalls nicht nur. Natürlich ist es in jedem Fall verwerflich, dass der alte Marchais die Geschichte meiner Mutter als seine ausgegeben hat. Ob Ihnen das nun gefällt oder nicht«, bekräftigte er, als Rosalie den Kopf energisch schüttelte. »Aber ich beginne mich natürlich auch zu fragen, was die Geschichte hinter der Geschichte ist. Wie ist Marchais an den Durchschlag gekommen? Kannte er meine Mutter? New York liegt ja nicht eben um die Ecke.«

»Haben Sie mir nicht erzählt, dass Ihre Mutter französische Verwandte hat? Und dass sie früher auch mal in Paris gewesen ist?«

»Mag sein, aber das war lange vor meiner Geburt. Da gab es die Geschichte vom blauen Tiger noch gar nicht. Schließlich hat Mama sie sich für mich ausgedacht.«

Sie schwiegen beide einen Moment, jeder in seine eigenen Gedanken versunken, und bemerkten gar nicht, dass der Himmel vor der großen

Wohnzimmerscheibe sich allmählich in unterschiedlichen Lavendeltönen zu verfärben begann.

Plötzlich sagte Rosalie in die Stille hinein: »Finden Sie es nicht ungewöhnlich, dass Ihre Mutter die ganze Geschichte auf Französisch aufgeschrieben hat?«

Er sah sie überrascht an. »Nein, durchaus nicht. Sie sprach ja fließend Französisch. Im Gegenteil, als ich das Manuskript in ihrem Nachlass fand, hatte ich eher das Gefühl, dass es mich noch einmal an Paris erinnern sollte. Sie hatte ja dafür gesorgt, dass ich die Geschichte auch auf Französisch lesen konnte, nicht wahr?« Er lächelte ein wenig schief und fuhr sich dann mit einer unwirschen Handbewegung durchs Haar.

Rosalie war aufgestanden und zu dem Vertiko neben der Tür hinübergegangen, auf dem zwei dunkelrote Schirmlampen standen. Sie machte Licht.

»Und wenn wir die ganze Sache einfach auf sich beruhen lassen?«, fragte sie und strich zögernd über die Tastatur der alten schwarzen Schreibmaschine, die ebenfalls auf dem Vertiko stand. »Um ehrlich zu sein, Robert, ich habe ein sehr merkwürdiges Gefühl. Vielleicht wecken wir schlafende Hunde. Vielleicht rufen wir Gespenster …«

»So ein Unsinn«, unterbrach er sie und setzte sich auf. »Das können Sie nicht im Ernst von mir verlangen, Rosalie. Nein, ich muss die Wahrheit herausfinden, das bin ich meiner Mutter schuldig. Tut mir leid für Sie, aber wenn Sie nicht mit Marchais reden, werde ich es tun.«

Sie ließ die Schultern hängen. »Warum hat er nie erwähnt, dass es eine alte Geschichte ist?«, sagte sie unglücklich. »Es klang immer so, als wäre ihm gerade erst die Idee gekommen.«

Robert drückte sich mit beiden Händen aus den weichen Polstern hoch und ging zu ihr hinüber. »Sie können ja nichts dafür, Rosalie. Aber bei aller Sympathie für Ihren alten Freund und Autor müssen Sie doch auch mich verstehen.«

Sie nickte kaum merklich und stand in Gedanken versunken da, während ihre Finger immer wieder über die alte Remington strichen, so als ob diese wie Aladins Wunderlampe einen Dschinn hervorbringen könnte, der einem alle Wünsche erfüllte. Dann drehte sie sich um und ging mit entschlossenen Schritten zu dem Schreibtisch hinüber, der neben der Bibliothek vor einem Fenster stand. Sie nahm sich ein leeres Blatt von einem Papierstapel und kam wieder zurück.

»Warten Sie mal«, sagte sie und spannte den Bogen in die alte Schreibmaschine ein. Robert sah ihr einigermaßen überrascht zu, als sie jetzt begann, mit zwei Fingern einen kleinen Text in die Maschine zu hacken. Sie warf einen prüfenden Blick auf die Zeilen und rollte das Blatt, das in der Schreibmaschine steckte, mit einem kleinen triumphierenden Schrei ein wenig nach oben.

»Ich wusste es«, sagte sie erleichtert, nickte ein paar Mal und deutete dann auf das Blatt Papier, auf dem er die ersten Sätze der Tigergeschichte erkannte.

»Ja – und was soll das jetzt?«, fragte er verblüfft. »Wollen Sie noch eine dritte Fassung des blauen Tigers erstellen?«

»Schauen Sie genau hin«, erklärte sie aufgeregt. »Was sehen Sie?« Ihre Augen glänzten.

Die Kleine war ein bisschen überspannt, aber gut! Robert seufzte ergeben, nahm das Blatt in die Hand und warf einen zweiten Blick darauf. Eine Runde Rätselraten, warum nicht? Es war eh schon alles kompliziert genug.

Also, Robert, dachte er bei sich, was siehst du? Konzentration bitte! Er verspürte den Impuls, zu lachen.

Einen Moment später runzelte er die Stirn. Wieder und wieder glitt sein Blick über die wenigen Zeilen, die sich in blassem Blau von dem weißen Papier abhoben.

»Jetzt sehen Sie es auch, nicht wahr?« Rosalie war neben ihn getreten.

Robert nickte. »Ja, jetzt sehe ich es«, wiederholte er verblüfft.

Er sah alles: die alte Type, das blaue Farbband, den Buchstaben ›o‹, der oben links einen Schmutzfleck hatte.

Der Text, den er in Händen hielt, glich dem Manuskript seiner Mutter aufs Haar. Oder um es anders auszudrücken: Die Geschichte vom blauen Tiger war auf der alten Remington geschrieben worden, vor der er gerade stand. Er schüttelte langsam den Kopf, als ihm klar wurde, was das bedeutete.

Rosalie zog die Augenbrauen hoch und spitzte den Mund. »Das erschüttert Ihre Theorie aber ganz gewaltig, was, Robert?«, fragte sie schließlich.

»Aber … das Original … befand sich doch in Mount Kisco …«, wandte er ein.

»Ich bitte Sie!« Rosalies Augen funkelten empört. »Sie wollen doch wohl nicht ernsthaft behaupten, dass Max Marchais Ihrer Mutter nicht nur die Geschichte gestohlen hat, sondern die Schreibmaschine gleich mit dazu? *C'est ridicule!*«

Robert schwieg. Er hatte völlig den Überblick verloren.

»Das ist Max Marchais' alte Remington. Daran gibt es nichts zu deuten. Ich habe sie sogar auf einem der alten Fotos gesehen. Wer auch immer die Geschichte geschrieben hat – fest steht jedenfalls: Sie wurde auf *dieser* Schreibmaschine geschrieben. Und das kann doch nur bedeuten …«

Sie verstummte ein wenig hilflos.

Robert versuchte, ihren Satz zu Ende zu bringen. Was, ja, was konnte das bedeuten? Seine Mutter hatte diese Geschichte für ihn aufgeschrieben, als er ein kleiner Junge war – auf einer Schreibmaschine, die zu diesem Zeitpunkt in Paris stand und einem Franzosen gehörte? Lächerlich! Er dachte angestrengt nach. Und wenn die Geschichte doch nicht von seiner Mutter war, sondern von Marchais, der immerhin der Autor zahlreicher Kinderbücher war? Dennoch … diese Geschichte schien so sehr für ihn, Robert, gemacht zu sein, und seine Mutter hatte immer gesagt, dass diese Erzählung nur für sie beide sei. Sie hatte das Märchen vom blauen Tiger genauso geliebt wie er. Warum hätte sie ihn denn belügen sollen?

Andererseits – hatte seine Mutter jemals explizit gesagt, dass die Geschichte von ihr war? Dass sie sie *erfunden* hatte? Er überlegte und konnte sich nicht daran erinnern, wohl aber an ihre Worte, dass sie ihm die Geschichte schenke. Und mal ganz abgesehen von der Frage der Urheberschaft, die immer weiter in den Hintergrund rückte, war die eigentliche und weit interessantere Frage doch, wie es sein konnte, dass dieser Marchais und seine Mutter das gleiche Manuskript besaßen, wenn sie sich nie begegnet waren. Waren sie sich nie begegnet?

Er spürte Rosalies Blick auf sich ruhen und blickte auf.

»Ich überlege immer noch, was das ›R‹ bedeutet«, sagte sie nachdenklich.

Er verstand nicht gleich. »Wie?«

»Na, die Widmung! Ich hatte gedacht, das ›R‹ stünde für Rosalie. Sie haben gedacht, es stünde für Robert. So, wie die Dinge liegen, kann eigentlich beides nicht sein, oder?«

Er presste die Lippen aufeinander und nickte. Sie hatte recht, sie hatte völlig recht. Die Widmung galt nicht ihm, auch wenn es sein Herz mit Wehmut erfüllte.

Da spürte er eine leichte Berührung. Rosalie hatte ihre Hand auf seinen Arm gelegt, und ihre Augen schienen ihm größer als je zuvor.

»Robert«, sagte sie. »Wie hieß eigentlich Ihre Mutter?«

Es dauerte einen Moment, bis er den Sinn der Frage erfasste. Dann schlug er sich mit der Hand vor die Stirn.

»Ruth«, sagte er. »Meine Mutter hieß Ruth.«

22

Es war immer wieder erstaunlich, mit welch blinder Sorglosigkeit man das Naheliegende übersehen konnte, dachte Rosalie, als sie Robert Sherman neben sich erbleichen sah. Obwohl sie schon so oft über die Widmung gesprochen und versucht hatten, das rätselhafte Initial einer Person zuzuordnen, war ihm offensichtlich nicht ein Mal in den Sinn gekommen, dass auch der Vorname seiner Mutter mit dem Buchstaben ›R‹ begann.

Robert war so perplex, dass er für einen Moment gar nichts mehr sagte. Und als er schließlich etwas sagen wollte, hörten sie das Geräusch.

Es klang wie ein Schlüssel, der in einem Schloss umgedreht wurde. Sekunden später öffnete sich die Haustür und fiel mit einem leisen Klacken wieder zu.

Schwere Schritte durchquerten die Eingangshalle. Geraschel. Ein Garderobenschrank wurde geöffnet, Kleiderbügel schlugen gegeneinander.

Sie standen wie festgefroren vor dem Vertiko und sahen sich an. Die Schritte näherten sich der Bibliothek, und Rosalie spürte, wie ihr Herz zu rasen begann. Wer war da im Flur? Für einen aberwitzigen Augenblick hielt sie es nicht für ausgeschlossen, dass es Max sein könnte, der zurückgekehrt war und sie hier auf frischer Tat ertappte. Dann hörte sie ein Schnaufen und das Gemurmel einer tiefen, aber eindeutig weiblichen Stimme. Die Schritte gingen an der Tür zum Wohnzimmer vorbei und erreichten die Küche, wo irgendetwas abgestellt wurde.

Panisch fasste sie nach Roberts Hand.

»Los!«, hauchte sie. »Nach oben!«

Während es aus der Küche klapperte, rissen sie hastig die beiden Manuskripte an sich und schlichen sich aus der Bibliothek und über die Treppe, die aus der Eingangshalle nach oben führte. »Hier entlang!« Sie zog Robert ins Schlafzimmer, wo immer noch der Karton mit den Briefen und Bildern auf dem Fußboden stand. Schweigend lauschten sie auf die leisen Geräusche, die von unten zu ihnen hochdrangen.

Wer kam abends in das Haus von Max Marchais, überlegte Rosalie. Eine Nachbarin? Der Gärtner? Soweit sie wusste, hatte nur die Haushälterin einen Schlüssel, und die war weit weg in der Provence bei ihrer Tochter.

»Warten wir einen Moment. Wer immer es ist, er wird sicher gleich wieder gehen«, flüsterte sie Robert zu. Er nickte und umklammerte immer noch die beiden Manuskripte.

»Ich verstehe nicht, warum ich nicht selbst auf die Idee gekommen bin«, sagte er leise. »Das ›R‹ steht für Ruth. Ruth Sherman. Wie konnte ich nur so blöd sein?«

»Sie haben eben den Wald vor lauter Bäumen nicht gesehen«, flüsterte sie zurück. »So was passiert. Außerdem haben Sie Ihre Mutter ja sicher nicht Ruth genannt.«

Er nickte und legte dann den Zeigefinger an seine Lippen. »Verdammt, sie kommt die Treppe hoch!«

Mit konzentriertem Blick lauschten sie auf das Ächzen des Holzes, das unter den Schritten einer gewichtigen Person nachgab. Rosalie sah sich um. In dem übersichtlichen Schlafzimmer gab es keine großen Möglichkeiten, sich zu verstecken, und die kleine Rumpelkammer neben dem Badezimmer würden sie nicht mehr ungesehen erreichen können. »Unters Bett!«, zischte sie und zog den verblüfften Sherman nach unten auf den Boden.

Als die Tür zum Schlafzimmer sich öffnete und Madame Bonnier – es war die Haushälterin, wie Rosalie nun unschwer erkannte – schnaufend hereinkam, waren sie verschwunden. Versteckt unter einem großen alten Holzbett, dessen staubig-dunkler Schlupfwinkel sie gnädig verschluckt hatte. Mit angehaltenem Atem und so eng aneinandergeschmiegt, dass nur noch ein Manuskriptblatt zwischen sie gepasst hätte, sahen sie sich in die Augen wie zwei Verschwörer und lauschten auf den Herzschlag des jeweils anderen, den sie zu vernehmen glaubten, in diesem endlos scheinenden Moment der Reglosigkeit, der Gefahr und Intimität zugleich barg. Sie lauschten auf die Schritte der Haushälterin und sahen deren flache Sandalen und kräftige Waden vor dem Bett auf und ab wandern, während Marie-Hélène Bonnier schimpfend begann, die Laken und Decken glattzuziehen und die Zierkissen aufzuschütteln und am Kopfende aufzutürmen.

Rosalie blickte direkt in die azurblauen Augen Robert Shermans, die beunruhigend nah vor ihr schwebten, wie übrigens auch sein Mund, und wunderte sich einmal mehr (und der Situation völlig unangemessen) über die außergewöhnliche Augenfarbe dieses Mannes, die ihr schon aufgefallen war, als Robert das erste Mal vor der Auslage ihres Ladens auftauchte. Sie schluckte und spürte ein Kribbeln wie von tausend Ameisen.

Sie wäre sicherlich ziemlich erstaunt gewesen, wenn sie gewusst hätte, dass der Mann aus New York, der sich im tiefsten Winkel ihres Verstecks in völliger Wortlosigkeit an sie drückte, gerade etwas sehr Ähnliches dachte – nämlich dass er noch nie in solch mitternachtblaue Augen geschaut hatte wie die von Rosalie Laurent.

So war es denn auch nicht weiter verwunderlich, dass keiner von ihnen das summende Vibrieren einzuordnen wusste, das plötzlich zwischen ihnen zu hören war.

Auch Madame Bonnier hatte es gehört, denn die Sandalen, die sich schon vom Bett entfernt hatten, hielten plötzlich inne und boten Rosalie einen Blick direkt in die rosigen Kniekehlen der Haushälterin. Madame Bonnier lauschte angespannt, selbst ihre Kniekehlen schienen zu lauschen, während der stetig sich wiederholende, brummende Ton in die Stille drang wie das Summen einer besonders fetten Fliege.

Rosalie sog unhörbar die Luft ein und starrte Robert vorwurfsvoll an. Ihr Mund formte lautlos das Wort »Idiot«, während er mit schuldbewusster Miene stumm um Vergebung bat, weil es sein Mobiltelefon war, das er zwar auf lautlos geschaltet, aber dummerweise eben nicht ganz ausgemacht hatte. Sie begriff, dass es für ihn unmöglich war, das Telefon aus der Tasche hervorzuziehen, ohne noch mehr unnötigen Krach zu verursachen.

Glücklicherweise lag es außerhalb der Vorstellungskraft von Marie-Hélène Bonnier, dass es Menschen gab, die sich unter dem wunderbaren Grange-Bett von Monsieur Marchais hätten aufhalten können.

Sie stapfte zur Nachttischlampe, betrachtete diese eingehend, ruckelte daran herum und knipste den Schalter ein paar Mal aus und an.

»Verdammte Elektrik! Gut, dass ich schon heute Abend gekommen bin, um nach dem Rechten zusehen«, murmelte sie, als der Brummton schließlich verstummte. »Überall im Haus brennt Licht, und Kartons liegen auf dem Boden, alles versinkt im Chaos.« Sie schüttelte missbilligend den Kopf und knipste die Lampe aus. »Wenigstens die Lichter hätte dieser Gärtner ausmachen können!«

Sie bückte sich, um den Karton mit den Bildern und Briefen aufzuheben, und für einen furchtbaren Augenblick war sich Rosalie absolut sicher, dass die Haushälterin ihr Versteck unter dem Bett entdecken würde.

Sie hielt den Atem an.

Doch Madame Bonnier hatte Besseres zu tun. Sie musste Ordnung schaffen. Die Haushälterin holte sich eine Trittleiter aus der Abstellkammer, nahm den Karton und stellte ihn ächzend wieder dorthin, wo er hingehörte. Auf den Kleiderschrank.

Als sie im Bad verschwand und anfing, das Waschbecken mit Scheuerpulver einzustäuben, verließen sie wie auf ein geheimes Kommando ihr Versteck und liefen auf Strümpfen die Treppe hinunter, die Schuhe in der Hand.

»Moment – meine Tasche ist noch in der Bibliothek«, flüsterte Robert leise, als Rosalie sich auf die Haustür zubewegte.

»*Bon.* Verschwinden wir durch den Garten.« Sie schlichen sich in die Bibliothek, an der Bücherwand und den beiden Sofas vorbei, schoben die schwere Glastür zur Seite und machten sie von außen wieder zu.

Als sie Sekunden später durch den Garten liefen wie Bonnie und Clyde nach einem geglückten Coup und zwischen den Hortensienbüschen verschwanden, überfiel Rosalie das übermächtige Bedürfnis zu lachen.

»*Verdammte Elektrik!*«, stieß sie ausgelassen hervor und stützte sich nach Atem ringend mit der Hand gegen den Baumstamm eines Kirschbaums, der vor der alten Mauer aufragte, die den Garten begrenzte. Robert ließ sich nach vorn fallen, die Hände auf den Oberschenkeln, während er in ihr unterdrücktes Lachen einfiel.

Und dann, Rosalie hätte später gar nicht mehr genau sagen können, wie es eigentlich dazu kam, küsste er sie.

An diesem Abend schrieb sie in ihr blaues Notizbuch:

Der schlimmste Moment des Tages:
Roberts verdammtes Mobiltelefon fängt an zu brummen,
als Madame Bonnier vor dem Bett steht, unter dem wir
uns verstecken. Ich hab mir vor Aufregung fast in die
Hose gemacht. Nicht auszudenken, wenn sie uns ent-
deckt hätte!

Der schönste Moment des Tages:
Ein abendlicher Kuss unter einem Kirschbaum, der uns
beide einigermaßen verwirrt zurücklässt.
  »Verzeihung, aber ich konnte nicht anders«, sagt
Robert. Und ich sage, während mein Herz einen Salto
rückwärts schlägt: »Ist schon gut, das war sicher die gan-
ze Anspannung.« Und lache, als ob dieser Kuss nichts
gewesen wäre.
  Während der Autofahrt reden wir nur noch über un-
sere Entdeckung und rätseln herum, was sie bedeuten
könnte. Ich rede und rede, um mein Herzklopfen zu
übertönen. Dann macht Robert eine blöde Bemerkung,
und wir schweigen. Die Stille wird peinlich, fast unange-
nehm. Hastiger Abschied vor dem Hotel. Kein weiterer
Kuss. Ich bin erleichtert. Seltsamerweise auch ein biss-
chen enttäuscht.
  René war noch wach, als ich nach Hause kam. Er
hat nichts bemerkt, und es ist ja auch nichts geschehen.
Ein Ausrutscher. C'est tout!

23

Irgendetwas war geschehen.

Und damit meinte Robert Sherman nicht die überraschenden Dinge, die ihm passiert waren, seit er vor gut einer Woche in einem Schaufenster in der Rue du Dragon eine bemerkenswerte Entdeckung gemacht hatte. Eine, wie sich inzwischen herausgestellt hatte, ziemlich verwirrende Entdeckung, die ihn etwas aus der Bahn geworfen und das eigentliche Ziel seiner Reise (Klarheit über seine berufliche und private Zukunft) in den Hintergrund hatte treten lassen.

Er meinte etwas anderes: Dieser überstürzte, unerwartete, völlig unvernünftige Kuss in einem verwunschenen Garten in Le Vésinet ging ihm nicht mehr aus dem Kopf.

Als er am frühen Morgen die Rue de l'Université entlangging, um zum Musée d'Orsay zu gelangen, wo er sich die Impressionisten anschauen wollte, rollten die Bilder des Vorabends heran wie die Wellen auf einem Gemälde von Sorolla. Wieder und wieder sah er Rosalie in ihrem taillierten blauen Sommerkleid vor sich, wie sie lachend und außer Atem mit erhitzten Wangen unter dem

Kirschbaum stand, der seine Zweige ausbreitete wie ein Dach. Die Luft duftete nach Lavendel, und die Dämmerung hatte sich über dem Garten ausgebreitet, dessen Büsche und Sträucher mit dem dunkler werdenden Himmel verschwammen. Ihr Haar hatte sich gelöst, und auch ihr Lachen hatte etwas herrlich Gelöstes, und für einen berauschenden Moment, der weder Tag noch Stunde kannte, war die Frau mit dem schönen Lachen für Robert das begehrenswerteste Geschöpf auf Erden.

Sie war zu überrascht gewesen, um sich zu wehren. Er hatte sie überrumpelt, und sie hatte sich eingelassen auf diesen ungestümen Kuss, der tausend Lichtpartikel durch seinen Körper schleuderte und so süß schmeckte wie eine Walderdbeere.

Unwillkürlich strich er sich mit der Zunge über den Mund und rieb die Lippen kurz gegeneinander, als ob das den Geschmack des Kusses zurückbringen könnte, der ihm inzwischen ganz unwirklich vorkam, fast so, als hätte er ihn nur geträumt. Aber er hatte nicht geträumt. Es war passiert, und dann war plötzlich alles misslungen.

Robert vergrub die Hände in die Hosentaschen und stapfte mit zusammengezogenen Augenbrauen die schmale Straße entlang.

Es war ihr wohl eher unangenehm gewesen, da musste er sich nichts vormachen. Nachdem der Augenblick verflogen war, hatte er gespürt, wie sie sich verlegen von ihm zurückzog. *Es war sicher die ganze Anspannung*, hatte sie gesagt und dann gelacht, als ob nichts gewesen wäre.

Sein Kuss war offenbar nicht gerade überwältigend gewesen, und sie hatte die peinliche Situation netterweise überspielt, damit er sich nicht vorkam wie ein Idiot.

Er seufzte tief. Andererseits … als sie so still und reglos unter diesem Bett gelegen hatten wie in dem Kokon einer Raupe … war da nicht etwas in ihren Augen gewesen? Hatte er in ihrem unverwandten Blick nicht eine plötzliche Zugeneigtheit gelesen? War da nicht unerwartet eine Nähe entstanden, die ihn den harten Parkettboden und die Angst, entdeckt zu werden, völlig vergessen ließ?

Hatte er sich das alles wirklich nur eingebildet? War es dem besonderen Moment geschuldet? Er wusste gar nichts mehr.

Er wusste nur, dass er ewig so unter dem Bett hätte weiter liegen können. Doch dann hatte sich sein Mobiltelefon bemerkbar gemacht, und das leise Vibrieren hatte in seinen Ohren geklungen wie die Posaunen von Jericho. Um ein Haar wären sie aufgeflogen.

Er schmunzelte, als er an die schwerfälligen Schritte der aufgeschreckten Haushälterin dachte und wie sie immer wieder misstrauisch an der Nachttischlampe gerüttelt hatte.

Die Rückfahrt nach Paris war eigenartig gewesen. Kaum saßen sie in dem kleinen Auto, hatte Rosalie geredet wie ein Wasserfall, sie hatte ihn mit Fragen regelrecht bombardiert (*Und Sie sind sich sicher, dass Ihre Mutter den Namen Max Marchais niemals erwähnt hat? Vielleicht war er doch einmal in Mount Kisco und hat Ihre Mutter besucht? Aber sie müssen sich gekannt haben, wo er ihr die Geschichte doch ganz offensichtlich gewidmet hat!*), war ungeachtet des Kusses beim Sie geblieben und hatte unentwegt neue Szenarien entworfen, die von Max Marchais als verschollenem Bruder seiner Mutter reichten bis hin zu Max Marchais als ihrem heimlichen Geliebten.

Robert hatte sich plötzlich sehr unwohl gefühlt und war immer mehr verstummt. Diese ganzen Entdeckungen und die Fragen, die sie aufwarfen, überforderten ihn. Es wäre einfacher gewesen, einen alternden französischen, etwas arroganten Schriftsteller wegen eines Plagiats zu verklagen. Aber dann hatte Rosalie das Manuskript bei Marchais gefunden und die Schreibmaschine entdeckt, und mit einem Mal war nichts mehr einfach. Seitdem klar war – oder klar zu sein schien –, dass seine Mutter die Geschichte vom blauen Tiger nicht für Robert erfunden hatte, sondern dass ihr diese – wie man vermuten konnte – von einem Franzosen (ausgerechnet!) gewidmet worden war, den sie niemals erwähnt hatte (jedenfalls nicht ihm gegenüber), hatte er selbst schon eine gewisse Unruhe verspürt. Aber eine konkrete Überlegung hatte er nicht angestellt, oder, wenn er ehrlich war, vielleicht auch nicht anstellen wollen.

Schließlich ging es um *seine* Mutter und um *seine* Gefühle, und was immer der Hintergrund dieser seltsamen Geschichte war – sie würde ihn stärker betreffen als die unbekümmert fabulierende Frau hinterm Steuer, die ihn zugleich verärgerte und verwirrte.

Schließlich war es ihm zu bunt geworden.

»Ihre Spekulationen sind ja alle ganz nett, Rosalie, aber sie bringen uns keinen Schritt weiter. Wir sollten jetzt endlich mit Max Marchais selbst sprechen«, war er ihr barsch ins Wort gefallen. »Er wird schon nicht gleich tot umfallen, wenn wir ihm ein paar Fragen stellen.«

»Oh, gut. *Schon* gut. Verzeihen Sie, dass ich versucht habe, Ihnen zu helfen«, hatte sie erwidert. »Also schön, dann halte ich jetzt wohl besser meinen Mund.«

Sie hatte beleidigt geschwiegen, obwohl er gleich versichert hatte, es sei nicht so gemeint gewesen, und schließlich hatte sich eine bedrückende Stille in dem engen Gehäuse des Wagens ausgebreitet.

Als sie ihn dann vor dem Hotel absetzte, hatte er es nicht gewagt, sie noch einmal anzurühren. Sie hatten sich mit einem raschen Kopfnicken voneinander verabschiedet, und Rosalie hatte versprochen, ihn anzurufen, sobald Max Marchais in der Verfassung wäre, dass man ihm gewisse Fragen stellen konnte.

»Man sollte wenigstens warten, bis er wieder zu Hause ist«, hatte sie gesagt, und Robert hatte innerlich aufgeseufzt. »Vielleicht können wir ihn dann ja gemeinsam besuchen, das würde sicher vieles vereinfachen, was meinen Sie?« Sie hatte ihn angesehen und zögernd gelächelt.

»Solange wir nicht wieder unter einem staubigen Bett liegen müssen, ist mir alles recht«, hatte er gesagt, in dem missglückten Versuch, witzig zu sein. Im selben Moment hätte er sich ohrfeigen können für diese saudumme Bemerkung.

Sie war eingeschnappt wie eine Auster. Natürlich. Unglücklich betrachtete er ihr blasses Gesicht, das keine Regung zeigte.

»Na, dann … Ich muss los«, hatte sie schließlich mit einem seltsamen kleinen Lächeln gesagt und angelegentlich an ihrem Gurt herumgenestelt. »René wartet sicher schon auf mich.«

René! Der Stich hatte getroffen.

Missmutig stieß Robert ein kleines Steinchen zur Seite, das in die ewig fließenden Wasser der Pariser Rinnsteine rollte. Er hatte überhaupt nicht mehr daran gedacht, dass Rosalie einen Freund hatte – diesen Bodyguard, der nur allzu gerne bereit war, sie mit seinen großen Fäusten zu verteidigen. Robert lächelte schief und dachte an seine erste und hoffentlich auch letzte Begegnung mit dem französischen Hünen, der ihn schon einmal hatte zusammenschlagen wollen, weil er angeblich seine Freundin belästigt hatte. Ein Fitnesstrainer, nun ja. (*Er ist Diplomsportler und Yogalehrer*, hatte Rosalie ihm damals im *Marly* ernsthaft erklärt. *Er hat sogar schon mal für eine berühmte französische Schauspielerin als Personal Trainer gearbeitet*.) Und wenn schon. Zugegeben, dieser Typ war dank seiner Körpergröße und mit seinen samtigen braunen Augen sicherlich ein Mann, der von Frauen nicht übersehen wurde. Okay, er sah nicht schlecht aus. Aber was hatte er sonst zu bieten, dachte Robert mit einer gewissen trotzigen Arroganz. Was Rosalie mit dem pragmatischen René verband, konnte er sich nicht so recht vorstellen, und er *wollte* es sich auch lieber nicht vorstellen – eine Seelenverwandtschaft hatte er jedenfalls nicht entdecken können. Dass die beiden nicht zusammenpassten, war jedenfalls sonnenklar, dachte er.

Und dann dachte er seltsamerweise an Rachel.

Die vernünftige, effiziente, durchsetzungsstarke, stets wie aus dem Ei gepellte, wunderschöne Rachel. Sie war es gewesen, die noch einmal angerufen hatte, als er zusammen mit Rosalie unter dem Bett gelegen hatte. Im wirklich ungünstigsten Moment. Sie hatte keine Nachricht hinterlassen, und daran erkannte er, dass sie ziemlich verärgert war. Er würde sie am Nachmittag anrufen, beschloss er. Dann war es Vormittag in New York.

Wenn er ihr die Sache mit den Manuskripten erzählte und ihr erklärte, dass er sich in ein fremdes Haus geschlichen hatte, um einem Geheimnis auf die Spur zu kommen, das immerhin ihn selbst betraf, würde sie ihm sicher nachsehen, dass er sie am Telefon abgewürgt hatte. Davon, dass er mit Rosalie Laurent unter einem Bett gelegen hatte, als Rachel es das zweite Mal probiert hatte, würde er besser nichts erzählen. Und auch den Kuss würde er nicht erwähnen. Die ganze Sache war auch so schon kompliziert genug.

Er beschleunigte seine Schritte und erreichte den Quai d'Orsay. Während er sich in die Menschenschlange vor dem Museum einreihte und geduldig Stück für Stück vorrückte, tauchte vor seinem geistigen Auge wieder die lachende Rosalie auf, die unter dem Baum stand wie Shakespeares Titania. Er bemühte sich, das Bild zu verscheuchen und an etwas anderes zu denken, aber er konnte nicht umhin, sich die Frage zu stellen, ob er Rachel jemals so ausgelassen hatte lachen sehen wie diese launenhafte, ihm stets widersprechende, eigenwillige und – ja, er musste es zugeben – auch über die Maßen bezaubernde Person, mit der ihn, wenn man es genau betrachtete, leider nur die Erzählung von einem blauen Tiger verband.

War das nun wenig oder viel? Oder vielleicht sogar alles? *Wie kann das Glück so schicksalhaft doch walten*, schoss es ihm durch den Kopf. Wurde das hier sein ganz persönlicher Sommernachtstraum?

Der Umstand, dass ausgerechnet diese junge französische Grafikerin seine Lieblingsgeschichte illustriert und er sie dadurch überhaupt erst kennengelernt hatte, erschien ihm auf einmal schicksalhaft.

Und hatte – während sie noch gemeinsam versuchten, das Geheimnis einer alten Geschichte aufzudecken – nicht längst eine neue Geschichte begonnen, die viel aufregender war?

Ganz in Gedanken trat er an den Schalter in der Eingangshalle des Museums und löste seine Eintrittskarte.

Als er die Brieftasche zurücksteckte, stieß er auf das in rot-weiß gestreiftes Leinen eingebundene Buch, das er am Vortag bei *Shakespeare and Company* gekauft und dann ganz vergessen hatte. *Der Widerspenstigen Zähmung*. Das Buch steckte immer noch in seiner Umhängetasche.

Er hatte es Rosalie zum geeigneten Zeitpunkt mit einer launigen Bemerkung überreichen wollen. Doch dieser schien irgendwie nicht kommen zu wollen. Robert seufzte. Im Moment standen die Zeichen, wie es aussah, nicht sehr günstig für Petruchio.

24

Nach über zwei Wochen im Krankenhaus war Max Marchais unendlich froh, wieder zu Hause zu sein. Er war so dankbar, dass er sogar die Vorhaltungen von Marie-Hélène Bonnier mit einem Lächeln über sich ergehen ließ.

»Mit offenen Lederschlappen auf einer Leiter, also wirklich, Monsieur Marchais! Wie unvorsichtig! Sie hätten sich das Genick brechen können!«

»Sie haben recht, wie immer, Marie-Hélène«, erwiderte Max und schnitt sich vergnügt ein Stück von dem knusprig gebratenen *Confit de canard* ab, den Madame Bonnier ihm auf einem Salatbett zubereitet hatte. »Wirklich köstlich, die Ente, die macht keiner besser als Sie.« Er dachte an die geschmacksfreie Schonkost, die er im Krankenhaus bekommen hatte, und kaute genüsslich auf dem schmackhaften, zarten Fleisch der Entenbrust herum, die seine Haushälterin, wie er wusste, frisch auf dem Markt in LeVésinet gekauft hatte. »Einfach göttlich!« Er schluckte den Bissen hinunter und nahm einen großen Schluck Saint-Émilion aus dem bauchigen Glas.

Madame Bonnier wurde rot vor Stolz. Solche Lobeshymnen bekam sie von ihrem Arbeitgeber selten zu hören. »Na ja, ich weiß doch, dass das Ihr Lieblingsgericht ist, Monsieur Marchais. Und wir freuen uns natürlich alle, dass Sie wieder hier sind.«

Einigermaßen verlegen zog sich Madame Bonnier in die Küche zurück, während Max sich belustigt fragte, wer eigentlich *alle* waren? Es war ja nicht gerade so, dass er Heerscharen von Leuten kannte, die ihn schmerzlich vermisst hatten, alter Grantler, der er war.

Es hatte ihn gerührt, dass Marie-Hélène es sich nicht hatte nehmen lassen, schon vor der Zeit von ihrem Besuch bei Tochter und Enkeltochter zurückzukehren, um sich hier im Haus um alles zu kümmern und ein paar dringend erforderliche Umbauarbeiten zu überwachen. Jetzt, wo es mal drauf ankäme, würde sie ihn doch nicht im Stich lassen, hatte sie gesagt. Und auf den Gärtner sei kein Verlass, der habe alle Lichter im Haus brennen lassen, und sogar die Schiebetür im Wohnzimmer sei nicht richtig zugemacht worden. Wie leicht hätte da jemand einbrechen können!

Das war etwas seltsam, da Sebastiano Stein und Bein schwor, er habe alle Türen und natürlich auch die große Schiebetür im Wohnzimmer fest verschlossen. Nun, es mochte sein, dass er es in der ganzen Aufregung doch vergessen hatte, jedenfalls würde Max ihm ewig dankbar sein, und das nicht nur, weil er den Garten tadellos in Schuss hielt. Sebastiano war es auch gewesen, der ihn von der Klinik abgeholt und nach Hause gefahren hatte.

»Das hätte Clément doch auch machen können«, hatte Madame Bonnier ein wenig beleidigt gesagt. Clément war ihr Mann, und Max hatte lächelnd und etwas erstaunt den kleinen Wettstreit zur Kenntnis genommen, der offenbar zwischen Haushälterin und Gärtner entbrannt war.

Als er nach Hause kam, fand er einen Blumenstrauß vor, den Rosalie Laurent ihm hatte schicken lassen. Wie aufmerksam! Sie freue sich sehr, ihn bald in Le Vésinet zu besuchen, hatte auf der liebenswerten selbst gezeichneten Karte gestanden, mit der sie ihm gute Besserung wünschte.

Rosalie hatte ihn noch zwei weitere Male im Krankenhaus besucht und jedes Mal geduldig gewartet, bis die energische Krankengymnastin, die ihn jeden Tag (man wusste nie genau, wann) heimsuchte, mit ihren Übungen fertig gewesen war.

Sie hatte einen lavendelfarbenen Karton mit kleinen Törtchen von *Ladurée* mitgebracht und ihm erzählt, dass sie mit den Illustrationen für das Märchenbuch gut vorankäme und die Aushilfe im Laden sich als Glücksfall erwiesen hätte. Auch von ihrem Freund René hatte sie erzählt, der sich offenbar im sonnigen Kalifornien äußerst wohlfühlte und von dem Seminar und der Mentalität der Leute dort (alle sehr sportlich, alle sehr gesundheitsbewusst) vollkommen begeistert war.

Doch waren Max die forschenden Blicke nicht entgangen, die Rosalie ihm bisweilen zuwarf, wenn sie glaubte, dass er es nicht bemerkte.

»Ist irgendetwas? Oder sehe ich so schrecklich aus?«, hatte er schließlich gefragt, und sie hatte verlegen den Kopf geschüttelt und gelacht. »Nein, nein, was soll denn sein? Ich bin einfach nur froh, dass es Ihnen schon wieder so gut geht.«

Trotzdem hatte er gespürt, dass irgendetwas nicht stimmte. Rosalie schien ihm nachdenklicher als sonst, in sich gekehrter. Als würde sie auf etwas warten.

Nun ja, vielleicht vermisste sie auch einfach ihren Freund, sagte er sich. Er selbst war es ja inzwischen gewohnt, allein zu leben, und schätzte durchaus die Annehmlichkeiten, die es mit sich brachte, wenn man auf niemanden Rücksicht nehmen musste. Doch in letzter Zeit hatte er mit zunehmender Irritation festgestellt, dass auch er in seinem Leben etwas vermisste.

Als er in seinem Krankenzimmer lag, hatte er genügend Zeit gehabt, nachzudenken. Vor ein paar Jahren noch war ihm seine Ruhe heilig gewesen, er fühlte sich schnell von Leuten belästigt oder gelangweilt und hatte immer gedacht, dass er sich niemals einsam fühlen würde, weil es immer Bücher geben würde, die ihn interessierten und die er lesen konnte.

Doch wenn die Menschen, die einem etwas bedeuteten, fehlten, verloren merkwürdigerweise auch die Bücher an Bedeutung. Tief in seinem Inneren und bei aller Arroganz, die er manchmal an den Tag legen konnte, bedauerte Max es, keine Familie zu haben. Und damit meinte er nicht seine ewig jammernde Schwester in Montpellier, die tatsächlich im Krankenhaus angerufen hatte, weil Madame Bonnier sie über seinen Kopf hinweg von dem Unfall in Kenntnis gesetzt hatte. *(Es ist doch schließlich Ihre Schwester, Monsieur!)* Wie zu erwarten, war es ein eher unerfreuliches Gespräch gewesen. Thérèse hatte sich zunächst (anstandshalber) nach seinem Befinden erkundigt, und dann hatte sie nichts Besseres zu tun gehabt, als ihm zu erzählen, dass ein Nachbar, irgendein klappriger alter Greis, den er gar nicht kannte, erst neulich noch an den Folgen eines Oberschenkelhalsbruchs gestorben war.

Das war typisch für seine Schwester, die, egal, was einem selbst widerfuhr, immer mit einer noch schlimmeren Geschichte aufwarten konnte. Nach der Gruselgeschichte von dem Nachbarn hatte sie sich beklagt, dass er nie nach Montpellier kam, um sie zu besuchen. Und die ganze übrige Zeit hatte sie genutzt, um ausführlich von dem *entsetzlichen* Wasserrohrbruch zu erzählen, den sie im Frühjahr gehabt hatten. »Du kannst dir nicht vorstellen, was das am Ende gekostet hat, und die blöde Versicherung hat nichts gezahlt, weil die Rohre angeblich in einem so miserablen Zustand waren.«

Wer weiß, vielleicht spekulierte man in Montpellier schon auf sein Erbe. Aber da hatten sie sich geschnitten!

Nein, Familie war nicht zwangsläufig etwas Positives, hatte Max gedacht, als er nach einer weiteren Viertelstunde entnervt den Hörer aufgelegt hatte. Und doch – manchmal ertappte er sich bei der Vorstellung, dass das Alter sicherlich sehr viel leichter zu ertragen war, wenn es jemanden gab, mit dem man erwartungsvoll nach vorn blicken konnte – in der Gewissheit, dass es weiterging und dass etwas bleiben würde.

Wieder einmal hatte er gedacht, was für ein großes Glück es doch gewesen war, dass er dem Drängen seines Verlegers nachgegeben hatte.

Ohne den *Blauen Tiger* wäre er Rosalie Laurent sicherlich nie begegnet, die für ihn ein bisschen an die Stelle einer Tochter getreten war. Abgesehen davon, dass er niemals den kleinen Postkartenladen in der Rue du Dragon betreten hätte, wenn Montsignac nicht so darauf bestanden hätte.

Der gute Montsignac! In den wichtigen Momenten seines Lebens, ob sie nun gut oder schlecht waren, war er immer da gewesen. Und auch diesmal hatte er ihn im Krankenhaus besucht.

Ohne Vorankündigung, wie es seine Art war, hatte er eines Vormittags plötzlich im Zimmer gestanden in einem blütenweißen Hemd, das sich wie stets gefährlich über seinem Bauch spannte.

»Na, Sie lassen sich aber auch immer etwas Neues einfallen, um nicht ans Telefon gehen zu müssen, was?«, polterte er. Dann hatte er sich zu ihm gesetzt, Schwester Yvonne mit einer herrischen Geste hinausgewunken, und nachdem diese auf quietschenden Sohlen und mit misstrauischem Blick den Raum verlassen hatte, hatte er in aller Seelenruhe ein Fläschchen Pastis aus der Tasche gezogen. »Tun Sie das ja nie wieder, Marchais, mein alter Freund! Wie können Sie mich so erschrecken? Auf Ihnen ruhen doch die Hoffnungen des ganzen Verlags.« Er schüttete den Pastis in zwei Wassergläser, und sie stießen an. »*Santé!*«

»Ich dachte mir schon, dass Sie nur kommen, wenn Sie etwas von mir wollen«, hatte Max gefrotzelt und versucht, seine Rührung zu verbergen. »Wenn Sie wieder etwas im Schilde führen, Montsignac, vergessen Sie es sofort! Ich schreibe keine Zeile mehr für den Verlag, eher lasse ich mich noch mal von der Leiter fallen.«

»Nun ja, das sehen wir dann. Alles zu seiner Zeit, würde ich sagen. Erst einmal müssen Sie jetzt schön Ihre Übungen machen mit dieser … *reizenden* Krankenschwester«, Montsignac deutete auf die Tür und schmunzelte, »damit Sie bald wieder auf den Beinen sind, *n'est-ce pas?*« Seine Augen glitzerten belustigt. »Aber so eine kleine Weihnachtsgeschichte, illustriert von Ihrer Freundin Rosalie Laurent – das schreiben Sie doch zwischen Suppe und Pudding.«

»Nicht, wenn beides so grässlich schmeckt wie in diesem Spital.«

»Sie sind verwöhnt, mein lieber Marchais – ich wünschte, meine Frau würde so gut kochen wie Ihre Madame Bonnier. Dummerweise liest sie lieber.«

Sie hatten gelacht, und nun war er tatsächlich seit einigen Tagen wieder zu Hause und löffelte gerade die reichhaltige *Crème brûlée*, die ihm Marie-Hélène eben im Esszimmer serviert hatte. Mit einem zufriedenen Seufzer wischte Max sich mit seiner Stoffserviette über den Mund und ging anschließend, gestützt auf seine beiden Krücken und mit vorsichtigen kleinen Schritten, in die Bibliothek hinüber. Es war ein Wunder, dass er sich nach der Operation schon wieder so gut vorwärtsbewegen konnte. Das Wort Fortschritt bekam mit einem Mal eine ganz neue Dimension. Selbst Professeur Pasquale war überrascht gewesen, wie gut sich »die Hüfte von Zimmer 28« machte, und hatte sich auf Max' stetiges Drängen hin schließlich darauf eingelassen, dass man die Rehabilitationsphase, die nach dem Klinikaufenthalt nötig wurde, auch ambulant durchführen konnte.

Jeden Tag fuhr Max nun also mit dem Taxi in der Nähe der Klinik zu einem Physiotherapeuten, der die erforderliche Krankengymnastik mit ihm machte. Etwas umständlich vielleicht, aber doch ungleich besser, als irgendwo in einer Reha zu hocken und Depressionen zu bekommen. Professeur Pasquale hatte ihm noch geraten, sämtliche Stolperfallen aus dem Haus zu entfernen, Haltegriffe und Sitzbänke im Bad anbringen zu lassen und Leitern für eine Weile zu meiden.

Max stellte die Krücken beiseite, ließ sich ächzend in seinen Schreibtischstuhl fallen und schaute in den Garten hinaus, der in der Mittagssonne friedlich dalag. Dann nahm er den Hörer ab und wählte Rosalie Laurents Nummer.

Sie war gerade im Laden und hatte Kundschaft, doch ihre Freude über seinen Anruf war nicht zu überhören. Es wurde ein kurzes Telefonat, aber es dauerte doch lange genug, um das Wichtigste zu tun: Rosalie für den Samstag zum Kaffee nach Le Vésinet einzuladen.

»Wie schön, dass Sie wieder zu Hause sind, Max, ich komme sehr gerne«, hatte sie gesagt. »Soll ich etwas mitbringen?«

»Das ist nicht nötig, Marie-Hélène wird uns eine *Tarte tatin* backen. Bringen Sie einfach sich selbst mit.«

Lächelnd legte Max den Hörer auf und saß noch eine Weile gedankenverloren an seinem Schreibtisch. Am Ende des Telefonats hatte Rosalie gesagt, dass sie gern noch etwas mit ihm besprechen wolle, wenn sie nach Le Vésinet käme. Was sollte das sein?

Max überlegte kurz und merkte dann, wie ihn eine angenehme Müdigkeit erfasste. Seit dem Krankenhausaufenthalt hatte er sich angewöhnt, einen kleinen Mittagsschlaf zu halten. Und hier in der friedlichen Stille der alten Villa störte ihn glücklicherweise auch niemand dabei. Er griff nach seinen Stöcken und erhob sich umständlich aus dem Sessel. Wahrscheinlich hatte Montsignac Rosalie wegen dieser Weihnachtsgeschichte angespitzt, und sie sollte ihn nun dazu überreden. Dieser alte Fuchs!

Kopfschüttelnd ging er zur Tür. Als er an dem alten Vertiko vorbeikam und einen wohlgefälligen Blick auf sein Lieblingsgemälde warf, das eine heitere südfranzösische Landschaft am Meer zeigte, bemerkte er plötzlich etwas, das ihn stutzen ließ.

In der alten schwarzen Remington, die er seit Jahrzehnten schon nicht mehr benutzte und mehr aus nostalgischen Gründen aufbewahrte, steckte ein Bogen Papier.

Verwundert drehte Max an dem seitlichen Rädchen und zog das Blatt aus der Rolle. Was er sah, versetzte ihn in eine merkwürdige Unruhe. Die blassblauen Zeilen erschienen ihm wie eine Botschaft aus der Vergangenheit. Konnte es so etwas geben?

Sein Herz klopfte schneller, und er fühlte sich wie ein Zeitreisender, der in rasendem Tempo durch den leeren Raum fiel.

Auf dem Blatt, das er in der Hand hielt, standen die ersten Sätze der Geschichte vom blauen Tiger. Geschrieben vor fast vierzig Jahren. Auf dieser alten Remington.

25

»Manchmal passieren eben Dinge im Leben, mit denen man überhaupt nicht gerechnet hat«, hatte er ihr erklärt, als sie wie jeden Freitag über Skype miteinander telefonierten, und seine Stimme war ein wenig schuldbewusst, aber auch sehr bestimmt gewesen, so wie die zeitversetzten Bilder seines Gesichts, das unter kalifornischer Sonne eine goldbraune Färbung angenommen hatte. »Ich dachte, ich sag's dir lieber gleich«, fügte er freimütig hinzu und lächelte sie in seiner jungenhaften Art vom Bildschirm an. »Ich hoffe, wir können Freunde bleiben.«

In der Tat hatte Rosalie mit vielem gerechnet. Jedoch sicher nicht damit, dass René über Skype ihre Beziehung beenden würde. So etwas war ihr überhaupt noch nicht passiert. Trotzdem hätte sie es kommen sehen müssen, und wenn sie nicht so sehr von den Ereignissen und gefühlsmäßigen Verwirrungen ihres eigenen Lebens vereinnahmt gewesen wäre, hätte sie die Zeichen sicher früher erkannt.

Fast drei Wochen waren vergangen, seit sie ihren Freund in Paris zum Flughafen gebracht hatte. Von Anfang an hatte sie den Eindruck gehabt, dass

René sich auf seinem Seminar in San Diego pudelwohl fühlte – immer wenn sie mit ihm sprach, war ihr dieser etwas altmodische Ausdruck in den Sinn gekommen. Bei jedem seiner Anrufe hatte sich die Stimme ihres Freundes vor Begeisterung überschlagen. Zack Whiteman – ein Gott. Die Seminarteilnehmer – aufgeschlossen, locker und mit dem richtigen Spirit. Die langen, goldfarbenen Strände – unglaublich. Das Klima – phantastisch. Alles war perfekt, das hatte sie schon begriffen.

»Der neueste Trend ist jetzt *Roga*«, hatte René erzählt. »Das Beste, was du für deinen Körper tun kannst.«

»*Roga?*«, hatte sie misstrauisch wiederholt, während sie mit ihrer Kaffeetasse im Bett saß und gehofft hatte, dass sie niemals einen Sport würde ausüben müssen, der schon anstrengend klang, wenn man ihn nur aussprach. »Was soll das sein?«

»Eine Mischung aus *Running* und *Yoga*«, hatte er erklärt. »Ich zeig's dir, wenn ich wieder da bin.«

Sie hatte gelacht und »Oh, bitte nicht« gedacht. Als er ihr dann von der blonden Langstreckenläuferin erzählt hatte, mit der er in aller Frühe seinen »Nüchternlauf« absolvierte, um sich anschließend eine Papaya mit Limettensaft mit ihr zu teilen, hatte sie dies unter »sportlicher Begeisterung« verbucht und nicht weiter beachtet.

In den folgenden Telefonaten war der Name Anabel Miller noch ein paar Mal gefallen, dann war die Langstreckenläuferin ganz plötzlich aus den Gesprächen verschwunden. Jedoch, wie es aussah, nicht aus dem Leben ihres *Roga*-treibenden Freundes.

Sie hatte ein paar Tage gar nichts mehr gehört, und als sie tags zuvor wieder telefonierten und René sich sichtlich verlegen auf dem Bildschirm ihres Computers materialisierte, hatte Rosalie ihm angesehen, dass er etwas auf dem Herzen hatte. Seine Dauerbegeisterung war einer gewissen Verlegenheit gewichen, und seine braunen Augen blickten etwas verunsichert in die Kamera.

»Können wir reden?«, hatte er gefragt.

»Natürlich. Wir reden doch schon«, hatte sie gesagt und nichts begriffen.

»*Alors* ... also ... ich weiß gar nicht so recht, wie ich es dir sagen soll ... puh!« Er kratzte sich am Hinterkopf. »Ist gar nicht so einfach. Du bist ... eine so wunderbare Frau, Rosalie ... auch wenn du deutlich zu viele Croissants isst.« Er grinste verlegen. »Aber was soll's, du kannst es dir ja leisten, bist eben ein guter Verbrenner ...«

»Äh ... ja?« Rosalie beugte sich verblüfft vor und versuchte, dem Gestammel ihres Freundes einen Sinn zu entnehmen.

»Tja … ich meine, es hat nichts mit dir zu tun, und ich möchte dich auf keinen Fall vor den Kopf stoßen, dazu bist du mir zu wichtig … und auch wenn wir vielleicht, also … äh … wie soll ich sagen, von unseren Interessen her eigentlich nicht so ganz zusammenpassen«, hatte er herumgedruckst, »ich fand es immer sehr schön mit dir …«

Da endlich war der Groschen bei ihr gefallen.

»Die Langstreckenläuferin«, hatte sie gesagt, und er hatte erleichtert genickt, weil es nun heraus war.

Und dann hatte er diesen Satz gesagt, von den Dingen, die einem manchmal im Leben passieren, auch wenn man gar nicht damit rechnet.

Merkwürdigerweise hatte es gar nicht wehgetan. Nicht sehr jedenfalls. Natürlich war ihr etwas sonderbar zumute gewesen, als die gemeinsamen Jahre mit René wie ein Film vor ihrem geistigen Auge vorüberzogen. Manches hätte sie nicht missen wollen, nicht einmal den einzigen gemeinsamen frühmorgendlichen Lauf durch den Jardin du Luxembourg und schon gar nicht die erste Nacht auf dem Dach ihrer kleinen Wohnung.

Rosalie lächelte, als sie daran dachte. Sie war weder am Boden zerstört noch aufgebracht über Renés Geständnis, sich Hals über Kopf in eine sportliche Blondine namens Anabel Miller verliebt zu haben, die Papayas zum Frühstück aß und mit der er nun nach Herzenslust *Roga* oder was auch immer machen konnte.

Renés Ehrlichkeit war entwaffnend, wie immer, und sie konnte ihm nicht böse sein. Überrascht, wie schnell er sich verliebt hatte, ja, das war sie schon.

Doch als sie sich nach dem Telefonat ankleidete und dann vor dem Spiegel im Bad stand und sich etwas Lippenstift auf den Mund tupfte, stellte sie überrascht fest, dass sie fast ein wenig erleichtert war. Das mochte daran liegen, dass in ihrem eigenen Leben auch einiges passiert war, mit dem sie nicht gerechnet hatte.

Robert war am letzten Dienstag überraschend im Laden vorbeigekommen, um sich nach dem »Stand der Dinge« zu erkundigen. Es war das erste Mal, dass sie sich wiedergesehen hatten – nach dem denkwürdigen Abenteuer in Le Vésinet und der verunglückten Verabschiedung vor dem Hotel. Als sie die große schlaksige Gestalt mit dem blonden Haarschopf mittags vor der Ladentür auftauchen sah, war ihr so etwas wie ein freudiger Schreck durch die Glieder gefahren.

»Störe ich?«, hatte Robert gefragt und ihr ein hoffnungsvolles Lächeln geschenkt, dem man schlecht widerstehen konnte.

»Nein … nein, natürlich nicht. Ich muss nur …«, hatte sie gestammelt und sich verlegen eine Haarsträhne aus dem Gesicht gestrichen, »… eben abkassieren.« Mit geröteten Wangen hatte sie sich ihrer Kundin zugewandt. »So … was haben wir denn da? Drei Bögen Geschenkpapier, fünf Karten, einen Rosenstempel …«

»Ach, wissen Sie was? Ich glaube, ich nehme auch noch einen dieser hübschen Briefbeschwerer, die Sie im Fenster liegen haben«, hatte die Kundin, eine rothaarige Frau in einem eleganten gelben Hemdblusenkleid – offenbar eine Italienerin –, gesagt und war auf ihren atemberaubend hohen Schuhen zum Schaufenster hinübergestöckelt. »Das da … mit der Schrift.« Sie deutete mit dem Zeigefinger in das Fenster.

»Ja, selbstverständlich, sehr gerne.« Rosalie folgte der Kundin und schob sich an Robert vorbei, der an der Ladentür lehnte. »Welchen Briefbeschwerer hätten Sie denn gern – *Paris* oder *Amour*?«

»Hm …«, die Italienerin überlegte. »*Molto bene* – die sind beide sehr schön …« Sie spitzte unschlüssig den Mund, während Rosalie die beiden ovalen Glasbeschwerer aus der Auslage holte und sie der Kundin entgegenhielt.

»Warum nehmen Sie nicht beide?«, erklang es plötzlich von der Tür, und die beiden Frauen drehten sich überrascht um. Robert Sherman stand lächelnd da und verschränkte die Arme über seinem wasserblauen Poloshirt. »Verzeihen Sie, dass ich mich einmische – aber Paris und die Liebe – das passt doch perfekt zusammen, finden Sie nicht?«

Die Italienerin lächelte geschmeichelt zurück, und es war unschwer zu erkennen, dass ihr die »Einmischung« dieses gut aussehenden Fremden durchaus gefiel. Ihr Blick verlor sich für einen Moment in seinen Augen, glitt dann über die gebräunten Arme mit den blonden Härchen, die aus dem Poloshirt ragten, die helle, etwas zu locker sitzende Tuchhose und die braunen Wildledermokassins.

Was sie sah, schien ihr sehr zu gefallen.

»*Si, Signor*, das ist eine gute Idee«, gurrte sie. »Paris ist ja auch die Stadt der Liebe, nicht wahr?« Sie lachte, bog den Hals ein wenig zurück und klimperte mit ihren dichten schwarzen Wimpern. Offenbar hielt sie Roberts Bemerkung für die Einladung zu einem Flirt. Sie nickte Rosalie kurz zu. »Packen Sie mir beides ein, bitte!« Dann schenkte sie Robert wieder ihre ungeteilte Aufmerksamkeit. »Sie sind auch nicht von hier, oder? Wo kommen Sie her … nein, lassen Sie mich raten!« Wieder dieses kehlige Lachen. »Sie sind … *Amerikaner!*«

Robert zog die Augenbrauen hoch und nickte amüsiert, während Rosalie an der Kasse stumm die Briefbeschwerer in Seidenpapier einschlug und das Geplänkel stirnrunzelnd verfolgte. Was sollte dieses alberne Gegurre? Das *Luna Luna* war doch kein Dating-Café.

»Ein Amerikaner in Paris – wie romantisch!«, rief die Italienerin entzückt aus. Dann senkte sie die Stimme. »So sind wir also beide Fremde in dieser schönen Stadt.« Sie hielt ihm ihre schlanke Hand entgegen, und es hätte Rosalie nicht verwundert, wenn sie einen Handkuss bekommen hätte. »Gabriella Spinelli. Aus Milano.«

Robert ergriff schmunzelnd ihre Hand. »Robert Sherman, New York.«

Gabriella Spinelli trat einen Schritt zurück. »Nein!«, hauchte sie und riss ihre übergroßen Augen noch weiter auf. »Doch nicht etwa von der Anwaltskanzlei *Sherman & Sons*?! Mein Onkel, Angelo Salvatore, der in New York lebt, wurde vor Jahren einmal bei einem sehr komplizierten Fall von einem Paul Sherman vertreten. Es ging um viel, viel Geld. Der beste Anwalt, den er jemals hatte, das sagt Onkel Angelo noch heute. Er war sehr zufrieden.« Sie rückte die dunkle Sonnenbrille in ihrem Haar zurecht.

Robert nickte verblüfft. »Das war mein Vater.«

»Na so was! *Madre mia!* Du meine Güte, ist das die Möglichkeit!« Gabriella lachte ekstatisch, und Rosalie verspürte mit einem Mal einen starken Drang, der rothaarigen Dame aus Mailand, deren Onkel Angelo Soprano? … nein … Salvatore … offenbar Pate bei der New Yorker Mafia war, den schlanken Hals zuzudrücken.

»*It'sa a smalle worlde*«, sagte sie mit ihrem haarsträubenden italienischen Akzent. »Glauben Sie an Zufälle, Mister Sherman?« Sie legte kokett den Kopf schief, und Robert konnte nicht umhin, lachend den Kopf zu schütteln.

Rosalie hielt den Moment für gekommen, um einzugreifen. »*Et voilà* – das macht dreiundsiebzig Euro und achtzig Cent«, sagte sie und hielt der verdutzten Gabriella eine hübsche himmelblaue Tüte mit einer weißen Schleife unter die Nase.

Die Italienerin kramte rasch und unkonzentriert ein riesiges Portemonnaie aus ihrer kanariengelben Prada-Tasche hervor, während sie sich immer wieder nach dem Amerikaner umsah, der sich nicht von seinem Platz neben dem Eingang wegrührte.

Als sie bezahlt hatte und angelegentlich vor Robert stehen blieb, um das Gespräch wieder aufzunehmen, trat Rosalie hinter sie. »*Au revoir, Madame*, es tut mir sehr leid, aber wir schließen mittags«, sagte sie, zog die Tür auf und schob die rothaarige Italienerin sanft, aber energisch in Richtung Straße.

»Oh, einen Moment noch!« Gabriella machte eine elegante Rechtsdrehung und stand wieder vor Robert. »Was für ein Glück, dass wir uns kennengelernt haben, Mister Sherman«, zwitscherte sie. »Hätten Sie Zeit für einen kleinen Kaffee? Ich würde mich sehr freuen.«

»Mister Sherman hat leider schon eine Verabredung«, erklärte Rosalie und lächelte grimmig. Sie verschränkte die Arme und versperrte der schönen Gabriella den Weg zurück. »*Bonne journée, Madame!*«

»Oh, wie schade! Sehr schade!« Die Italienerin zog bedauernd mit ihrer Tüte ab, nicht ohne Robert vorher noch eine Visitenkarte zugesteckt und einen begehrlichen Blick zugeworfen zu haben. »Rufen Sie mich an, Signor Sherman, ich bin sicher, wir haben uns viel zu erzählen.«

»*Habe* ich eine Verabredung?«, fragte Robert belustigt, nachdem Rosalie die Tür hinter Gabriella Spinelli zugeknallt hatte.

»Ja.« Sie warf ihm einen herausfordernden Blick zu. »Mit mir.«

»Oh!« Er zog die Augenbrauen hoch und lächelte amüsiert. »Das ist natürlich … *noch* besser.«

»Sehr witzig. Wenn Sie vorbeigekommen sind, um in meinem Laden mit fremden Frauen zu flirten, können Sie gleich wieder gehen«, rutschte es ihr heraus. Zu dumm! Sie biss sich auf die Lippen.

»Höre ich da die Eifersucht?«

Sie verdrehte theatralisch die Augen. »Sie überschätzen sich, lieber Freund. Ich habe Sie nur vor einem pausenlos zwitschernden italienischen Rotkehlchen bewahren wollen.«

»Ein äußerst attraktives italienisches Rotkehlchen.« Er grinste. »Tolle Beine.«

»Ach, ich wusste gar nicht, dass Sie eine Vorliebe für italienische Rotkehlchen haben«, spottete sie.

Er schüttelte den Kopf. »Sie müssen keine Angst haben, meine Liebe. Wenn ich es recht bedenke, sind mir französische Spottdrosseln doch lieber.« Er sah sie an, und seine Mundwinkel zuckten. »Also, was ist – habe ich jetzt eine Verabredung oder nicht?«

»Bei guter Führung – vielleicht.« Rosalie sah ihn vielsagend an. Sie hatte ihm die Bemerkung mit dem staubigen Bett noch nicht ganz verziehen. »Vielleicht später, wenn Madame Morel kommt – meine Aushilfe«, fügte sie hinzu. »Vorher kann ich hier nicht weg.«

»Hatten Sie nicht eben gesagt, Sie schließen?« Er tat erstaunt.

»Wenn Sie jetzt nicht sofort aufhören, dumme Fragen zu stellen, fliegen Sie raus«, sagte Rosalie. »Warum sind Sie überhaupt hier?«

»Nun, ich war gerade in der Nähe und wollte fragen, ob Sie schon etwas von Max Marchais gehört haben. Sie haben sich seit ... seit der Rückfahrt von Le Vésinet gar nicht mehr gemeldet, und ich war mir nicht sicher ...« Er schwieg einen Moment, und sie fragte sich, woran er wohl dachte. »Ich meine, Sie waren ziemlich sauer ... im Auto ...«

»Schon gut.« Sie merkte, wie sie rot wurde, und blickte zur Seite. »Max Marchais hat vor ein paar Tagen die Klinik verlassen, aber er hat noch nicht zurückgerufen. Sobald er sich meldet, gebe ich Ihnen Bescheid, und dann fahren wir nach Le Vésinet. Wie vereinbart.« Offenbar hielt er sie für eine überempfindliche Mimose, die nicht zu ihrem Wort stand, wenn sie sich beleidigt fühlte.

»Ich wollte Sie nicht verärgern, Rosalie. Ich war nur selbst ziemlich durcheinander an dem Abend. Für mich ist diese ganze Sache schließlich auch von großer persönlicher Bedeutung und nicht nur eine Art ... spannende Schatzsuche, das verstehen Sie doch sicher?«

Rosalie nickte. Natürlich verstand sie das.

Robert sah sie forschend an.

»Und meine Bemerkung, dass ich nicht mit Ihnen unter einem Bett liegen möchte, war einfach nur …«

»Blöd«, sagten sie beide gleichzeitig und lachten.

»Also, wann kommt nun diese Madame Morchel?«

»Morel. Und sie kommt um zwei Uhr. Wenn Sie mögen, können Sie mich dann abholen, und wir machen einen Spaziergang mit William Morris.«

William Morris hob den Kopf, als er seinen Namen und das Wort Spaziergang hörte, und wedelte erfreut mit dem Schwanz.

Robert beugte sich hinunter und tätschelte dem kleinen Hund vorsichtig den Kopf. »Nun ja, wer weiß«, meinte er dann, »vielleicht wird das ja der Beginn einer wunderbaren Freundschaft.«

Der Nachmittag war völlig anders verlaufen, als erwartet. Außer vielleicht für William Morris, dem es ziemlich schnuppe war, wie viele Leute mit ihm Gassi gingen.

Statt zu zweit waren sie am Ende zu dritt an der Seine entlangspaziert. Und den größten Teil der Unterhaltung hatte ihre Mutter bestritten.

Rosalie war ziemlich überrascht gewesen, als kurz vor zwei nicht nur Madame Morel den Laden betrat, sondern wenig später auch ihre Mutter, bei der sie erst kürzlich noch zum Abendessen gewesen war.

»*Bonjour, mon enfant*«, sagte sie und beanspruchte sofort die größtmögliche Aufmerksamkeit für sich. »Ja, willst du denn deine Mutter nicht mal begrüßen?« Wie immer war sie äußerst elegant gekleidet – hellgraues Kostüm, weiße Seidenbluse, Perlenkette –, und augenscheinlich kam sie gerade vom Friseur, denn ihre aschblonden Haare waren frisch gesträhnt und am Hinterkopf zu einem kunstvollen Chignon geschlungen.

Rosalie, die gerade in ein Gespräch mit Madame de Rougemont verwickelt war, die auch an diesem sommerlich warmen Tag nicht auf ihre Handschuhe verzichtet hatte und Madame Laurent an Eleganz noch ein wenig übertraf, lächelte und hielt einen Moment inne, um ihrer Mutter kurz Guten Tag zu sagen.

»Hallo, *Maman!*« Mutter und Tochter tauschten die obligatorischen Wangenküsschen aus. »Ich bin sofort für dich da. Magst du dich setzen?« Sie wies auf den Ledersessel in der Ecke.

»Ach nein, ich stehe lieber, ich habe ja grad erst Stunden beim Friseur gesessen.« Madame Laurent stieß einen kleinen, anmutigen Seufzer aus und überprüfte mit einer raschen Handbewegung ihr kunstvoll gestecktes Haar. »Kümmere dich nicht um mich, *ma petite*, ich kann warten.«

Sie ging im Laden auf und ab, und ihr Blick glitt über die dort ausgestellten Waren und blieb schließlich an Madame Morel hängen, die dabei war, ein Regal mit farbigen Karten und Briefumschlägen neu zu bestücken. »Ah, Sie müssen die neue Aushilfe sein, sehr vernünftig, dass meine Tochter sich endlich mal um Personal bemüht hat, sie arbeitet eh viel zu viel.« Sie nickte Madame Morel hoheitsvoll zu und strich leise summend weiter im Laden umher, während ihre Absätze auf dem Steinfußboden klackten.

Rosalie spürte eine gewisse Grundnervosität in sich aufsteigen. Mit halbem Ohr hörte sie Madame de Rougemont zu, die ihr umständlich ihre Wünsche für eine handgemalte Geburtstagskarte für den runden Geburtstag ihrer ältesten Freundin Charlotte darlegte. »Es muss etwas mit einer Gondel sein«, überlegte sie laut. »Charlotte liebt Venedig, und ich möchte ihr ein Wochenende in Venedig schenken. Wie finden Sie das?«

»Oh, das finde ich ganz *großartig*«, beeilte sich Rosalie zu versichern und behielt ihre Mutter im Auge, die mit auf dem Rücken verschränkten Händen und klackernden Absätzen ihre Kreise zog.

»Aber der Text auf der Karte muss … originell sein, ich möchte etwas *Originelles*.« Madame de Rougemont ließ ihre behandschuhte Hand in zierlichen Spiralen durch die Luft wedeln und zog nachdenklich die Lippen zusammen, die einen Hauch rosafarbenen Lippenstifts aufwiesen.

»Da fällt mir sicher etwas ein, Madame de Rougemont.«

Rosalie richtete sich auf in dem Versuch, das Gespräch mit der alten Dame zu einem Abschluss zu bringen.

»Nun, dann will ich Sie nicht länger aufhalten, meine Liebe.« Madame de Rougemont griff nach ihrem Handtäschchen und sah neugierig zu Cathérine Laurent hinüber. »Sie haben ja Besuch, wie ich sehe. Ihre Mutter?«, zirpte sie.

Rosalie nickte, und die alte Dame hielt das offensichtlich für ein Zeichen, sich bekannt zu machen. Sie trippelte auf die überraschte Madame Laurent zu und sagte: »Ich *liebe* den Laden Ihrer Tochter. So schöne Sachen.«

»Darf ich vorstellen, *Maman* – das ist Madame de Rougemont, eine sehr liebe Kundin. Sie wohnt auch im Siebten«, erklärte Rosalie rasch. »Meine Mutter – Madame Laurent.«

»*Enchantée.*« Cathérine Laurent neigte gemessen das Haupt. Doch bevor sie noch zu einer Antwort kam, die mit Sicherheit impliziert hätte, dass sie eine geborene de Vallois war, öffnete sich die Ladentür erneut. Es war Punkt zwei Uhr.

Robert kam herein. In der Hand hielt er einen riesigen Blumenstrauß.

»Oh – bin ich zu früh?«, fragte er, als er die Ansammlung von Damen unterschiedlichen Alters erblickte, die ihn alle interessiert anstarrten.

Eine Viertelstunde später – der Blumenstrauß, der von allen im Laden mit Bewunderung zur Kenntnis genommen worden war, hatte inzwischen seinen Platz in einer großen Vase gefunden – machten sie sich zu einem gemeinsamen Spaziergang auf: Robert, Rosalie und – *Maman*.

Cathérine Laurent hatte es sich nicht nehmen lassen, ihre Tochter und diesen interessanten Amerikaner, der offenbar über tadellose Manieren verfügte und ihrer Tochter Blumen brachte, zu begleiten.

»Ach, ich glaube, ich komme einfach ein paar Schritte mit, das Wetter ist ja so wunderbar, und ich habe heute schon *ewig* gesessen«, hatte sie ausgerufen, nachdem Rosalie ihr mit knappen Worten Robert Sherman als einen »Bekannten« vorgestellt hatte.

Madame de Rougemont hätte sicherlich auch nichts gegen einen kleinen Spaziergang einzuwenden gehabt, wenn man sie denn dazu aufgefordert hätte. Immer wieder musterte sie den großen Mann mit dem amerikanischen Akzent, der ihr irgendwie bekannt vorkam – ein Schauspieler vielleicht?

»So ein schöner Blumenstrauß«, hatte sie gesagt, als sie sich schließlich zögernd zum Gehen wandte, nicht ohne Robert Sherman noch mit einem reizenden Lächeln zu bedenken. Dann stutzte sie plötzlich und machte große Augen. »*Parbleu*, nun weiß ich, woher ich Sie kenne, Monsieur! Sie waren schon einmal hier, oder? Sie sind doch … sind Sie nicht der Rechtsanwalt, der den Postkartenständer …«

»Oh, Monsieur Sherman ist *Rechtsanwalt?*«, sagte Cathérine Laurent erfreut.

»… umgeworfen hat?«, vollendete Madame de Rougemont unbeirrt ihren Satz. »Nun, ich sehe, dass Sie Ihren Auftritt inzwischen bereuen, Monsieur.« Ihre kleine Hand wedelte in Richtung Blumenstrauß, als sie die Papeterie verließ. »Es ist immer gut, wenn ein Mann sich entschuldigen kann – der meine konnte das nie.«

»Was für ein Auftritt?«, fragte Rosalies Mutter interessiert, während Robert erstaunt die Augenbrauen hochzog und Madame Morel abwartend hinter dem Ladentisch verharrte.

Rosalie beschloss, der allgemeinen Verwirrung ein Ende zu bereiten, und nahm William Morris an die Leine.

»Gehen wir«, sagte sie und winkte Madame Morel zu, die bis zum frühen Abend über den kleinen Postkartenladen wachen würde.

Während sie in schönster Eintracht direkt am Ufer der Seine entlangspazierten und Cathérine Laurent Robert in ein Gespräch verwickelte, konnte Rosalie geradezu hören, wie es im Kopf ihrer Mutter ratterte.

Ein männlicher Bekannter, von dem sie noch nie etwas gehört hatte, Blumen, ein Streit, eine Entschuldigung, ihre Tochter sichtlich verlegen und René weit weg und aus dem Spiel.

Sie sah ein zufriedenes Lächeln um die Mundwinkel ihrer Mutter spielen. Offenbar zog *Maman* die völlig falschen Schlüsse. Dass es am Ende gar nicht mal *so* falsche Schlüsse waren, weil das Schicksal aus einer Laune heraus beschlossen hatte, im fernen San Diego eine Langstreckenläuferin ins Rennen zu schicken, die Renés Herz im Sturm erobern würde, hatte Rosalie an diesem Dienstagnachmittag natürlich noch nicht gewusst.

»Und wie haben Sie meine Tochter kennengelernt, Monsieur Sherman?«, hörte sie ihre Mutter fragen. Madame Laurent hatte einen vertraulichen

Ton angeschlagen, der absolut unangebracht war, und Rosalie fragte sich, wie lange es wohl noch dauern würde, bis sie sich bei Robert unterhakte. Meine Güte, es war wirklich peinlich, wie sie den armen Robert verhörte. Fast so, als wäre er ein potenzieller Schwiegersohn. »Sie sprechen übrigens ein fabelhaftes Französisch, wenn ich das mal so sagen darf«, fügte sie jetzt anerkennend hinzu.

»Ja … das hat Ihre Tochter auch schon festgestellt«, entgegnete Robert und zwinkerte Rosalie zu. »Also im Prinzip könnte man wohl sagen, dass wir uns über ein Buch kennengelernt haben, das wir beide … äh … sehr schätzen.«

»Ach ja, die Literatur … sie kann etwas *so* Verbindendes sein.« Madame Laurent geriet ins Schwärmen. »Ich *liebe* Bücher, wissen Sie.« Rosalie warf ihrer Mutter einen überraschten Blick zu. Was sollte das werden?

»Bleiben Sie länger in Paris, Monsieur Sherman? Dann müssen Sie unbedingt mal mit Rosalie zu mir zum Tee kommen.«

»Nun, ich …«

»Monsieur Sherman und ich arbeiten an einem gemeinsamen Projekt, *Maman*«, unterbrach Rosalie und bückte sich, um den heftig an der Leine ziehenden William Morris loszumachen. »Und das ist eigentlich auch schon alles.« Sie versuchte, die kleine Stimme in ihrem Inneren zu überhören, die spöttisch fragte, ob sie eigentlich selbst glaubte, was sie da gerade sagte.

Ihre Mutter jedenfalls schien es nicht zu glauben. »So, so«, sagte sie, ohne sich von ihrem Kurs abbringen zu lassen, und spielte an ihrer Perlenkette. »Und Sie sind also Rechtsanwalt, Monsieur Sherman?«, setzte sie ihre Befragung fort. »Ein interessanter Beruf. Sind Sie geschäftlich hier?«

Robert vergrub seine Hände in den Taschen und lächelte. »Ja und nein. Ich bin noch etwas unentschieden.«

Und dann erklärte er der zutiefst beeindruckten Madame Laurent, dass er zwar Rechtswissenschaften studiert, sich dann aber letztlich für eine geisteswissenschaftliche Laufbahn an der Universität entschieden habe und in Paris sei, weil ihm für das kommende Semester eine Gastprofessur an der Sorbonne angeboten worden sei.

»Ein Professor für Shakespeare, wie wundervoll!«, rief Madame Laurent aus. »*Hamlet, Der Widerspenstigen Zähmung, Romeo und Julia!* – ›Was Liebe kann, wagt Liebe zu versuchen‹«, deklamierte sie zu Rosalies Entsetzen, bevor sie Robert einen bedeutungsvollen Blick zuwarf. »Und da überlegen Sie noch?«

26

»Es kann losgehen«, hatte sie gesagt. »Am Samstag sind wir bei Marchais eingeladen. Das heißt −«, sie unterbrach sich und lachte leise in den Hörer. »Eigentlich bin nur *ich* eingeladen. Für Sie müssen wir uns noch etwas einfallen lassen.«

»Warum haben Sie nicht einfach gesagt, dass ich mitkomme? Was soll dieses Versteckspiel? Schließlich habe ich ein Recht darauf, zu erfahren …«

»Ja, geschenkt«, hatte sie ihn abgewürgt. »Es ist nicht gerade einfach, das alles am Telefon zu erklären. Wenn er gehört hätte, dass Sie mitkommen, hätte er den Besuch vielleicht von vornherein absagt. Max Marchais ist gerade mal ein paar Tage zu Hause, und ich kann Ihnen versichern, dass er nicht besonders scharf darauf ist, Sie kennenzulernen. Er sagte damals wörtlich, er hoffe, diesem Verrückten niemals begegnen zu müssen.«

»Das kann ich mir vorstellen. Wenn Sie ihm ähnliche Horrorgeschichten aufgetischt haben wie Ihrem Freund, wundert mich das nicht.«

»Ja, ja, lassen wir das mit meinem Freund«, entgegnete sie etwas unwirsch. »Was ich damit sagen will: Halten Sie sich einfach ein bisschen zurück, ja? Der alte Herr ist nämlich nicht so leicht zu beeindrucken wie meine Mutter.«

Bevor er noch etwas erwidern konnte, hatte sie aufgelegt. Robert schmunzelte. In der Tat war Cathérine Laurent etwas leichter zu beeindrucken als ihre bisweilen etwas spröde Tochter. Das Interesse, das die elegante Madame Laurent ihm gegenüber an den Tag gelegt hatte, war nahezu unerschöpflich gewesen, während Rosalie betont gelangweilt an ihrem Zopf herumgespielt und gar nichts mehr zur Unterhaltung beigetragen hatte. Wahrscheinlich der reine Widerspruchsgeist. Es war schon erstaunlich, wie unterschiedlich Mutter und Tochter waren – nicht nur, was ihr Äußeres betraf. Offenbar kam Rosalie mit ihren dunklen Haaren und den tiefblauen Augen mehr nach ihrem Vater.

Auch wenn Robert den nachmittäglichen Spaziergang an der Seine lieber allein mit Letzterer unternommen hätte, war er Madame Laurent und ihrem mütterlich-weitsichtigen Scharfblick doch für zwei Dinge sehr dankbar: Für sie war es überhaupt keine Frage, dass der »Shakespeare-Professor« sein Gastjahr in Paris antreten sollte. Und – was ihm noch besser gefiel – dass er der Richtige war für ihre Tochter, auch wenn diese das noch nicht ganz begriffen hatte und am Ende irgendetwas von René erzählte, mit dem sie sich für den nächsten Freitag zum Skypen verabredet hatte.

»Bleiben Sie dran, Monsieur Sherman«, hatte Cathérine Robert beim Abschied verstohlen zugeraunt. »Meine Tochter ist manchmal ein bisschen schwierig, aber sie hat ein Herz aus Gold.«

Die Frau mit dem Herz aus Gold war sichtlich nervös, als sie am Samstag gegen vier Uhr vor der weißen Villa mit den dunkelgrünen Fensterläden parkten. Und auch Robert selbst spürte, wie eine gewisse Aufregung ihn erfasste. Er hielt seine große lederne Umhängetasche auf dem Schoß, in dem die beiden Manuskripte steckten. Was würde ihn in diesem Haus erwarten? Gab es etwas, das seine Mutter ihm verschwiegen hatte?

Rosalie zog die Handbremse ein bisschen zu fest an und atmete tief durch. »So. Jetzt wird's spannend. *On y va!*«, sagte sie und nickte ihm zu. »Und wie gesagt, überlassen Sie das Reden mir.«

»Ja doch. Sie müssen das nicht alle zwei Minuten sagen.«

Sie stiegen aus und schritten durch den Vorgarten. Der Kies knirschte leise unter ihren Schuhen, die Luft war warm und roch nach Gras. Aus der Ferne hörte man das Brummen eines Rasenmähers. Ein Vogel zwitscherte. Ein ganz normaler Samstagnachmittag in Le Vésinet an einem spätsommerlichen warmen Tag im September.

Vor der dunkelgrünen Eingangstür sahen sie sich noch einmal an. Dann hob Rosalie ihre Hand und drückte auf die Messingklingel, die rechts in der Mauer eingelassen war.

Ein helles Ding-Dong ertönte im Inneren des Hauses. Kurz darauf hörte man leichte, schlurfende Schritte und das Klacken von aufgesetzten Stöcken.

Max Marchais öffnete die Tür. Sein graues Haar war zurückgekämmt, der Bart ordentlich gestutzt. Sein Gesicht kam Robert etwas schmaler vor als auf dem Autorenfoto in dem Buch. Die Augen lagen tiefer in ihren Höhlen, die Anstrengungen der letzten Wochen waren ihm anzusehen.

»Rosalie – wie schön, dass Sie gekommen sind.« Er stand, gestützt auf seine Krücken, im Eingang und schenkte ihr ein herzliches Lächeln. Dann richteten sich seine hellen Augen fragend, aber durchaus freundlich auf Robert.

»Oh, Sie haben jemanden mitgebracht?« Er trat einen Schritt zurück, um sie beide einzulassen.

»Ja. Entschuldigen Sie. Ich … Ich wusste nicht, wie ich es Ihnen am Telefon erklären sollte«, sagte Rosalie. »Das ist Robert, ein … ein Freund von mir … nun ja, mittlerweile, meine ich … und wir … wir wollten … ich muss Ihnen …«

Sie verhaspelte sich, und Robert sah, wie über das Gesicht des alten Mannes ein Lächeln huschte.

»Aber, bitte, liebe Rosalie, das ist doch kein Problem. Sie müssen nichts erklären. Ich habe ja Augen im Kopf, auch wenn die Sehkraft leider etwas nachgelassen hat.« Er musterte Robert mit sichtlichem Wohlgefallen. »Ihr Freund ist mir selbstverständlich ebenso willkommen.«

Robert sah, wie Rosalie protestieren wollte, doch der alte Herr hatte sich schon umgedreht und schritt vorsichtig an seinen Krücken in Richtung Bibliothek voran. Die große gläserne Schiebetür des Wohnzimmers war zur Seite geschoben, und auf der Terrasse sah man einen gedeckten Kaffeetisch, auf den der Schatten eines großen weißen Sonnenschirms fiel.

Marchais trat auf die Terrasse und winkte sie zu sich. »*Venez, venez*, der Kuchen reicht für uns alle. Entschuldigt, aber ich muss mich setzen. Ich bin noch etwas wacklig auf den Beinen. Rosalie hat Ihnen sicher erzählt, was für ein Missgeschick mir passiert ist.« Mit einem erleichterten Seufzer ließ Marchais sich in einem der Korbstühle nieder und lehnte die Krücken an den Tisch.

Sie folgten ihm zögernd. Robert sah Rosalie auffordernd an, aber diese zuckte nur mit den Schultern und zischte ihm etwas zu, das wohl »gleich« bedeuten sollte.

»So. Sie sind also Robert. Sind Sie Amerikaner?«, fragte Marchais arglos, nachdem Rosalie und er ebenfalls Platz genommen hatten. Er richtete seine Augen auf Robert, der ihm gegenübersaß, und dieser musste zugeben, dass der große bärtige und im Moment etwas hilflos wirkende Mann auf den ersten Blick etwas ganz Vertrauenerweckendes hatte.

Unschlüssig warf er einen raschen Blick zu Rosalie hinüber, die zwischen ihm und Marchais saß und keinen Ton sagte. Wie es aussah, musste er das Reden wohl übernehmen.

»Ja, ganz richtig«, antwortete er mit fester Stimme. »Ich bin Robert. Robert Sherman.« Meine Güte, er klang wie so ein markiger James Bond. Aufmerksam beobachtete er sein Gegenüber, dessen Gesicht keine erkennbare Regung zeigte. »Ich denke, Rosalie hat Ihnen schon einmal von mir erzählt.« Aus dem Augenwinkel nahm er wahr, wie Rosalie, die gerade die silberne Kaffeekanne in der Hand hielt, um ihnen allen einzugießen, unwillkürlich in ihrer Bewegung innehielt.

»Sherman?« Der Alte schüttelte den Kopf. Offenbar erinnerte er sich nicht. Er nahm seine

Tasse und führte sie zum Mund. Und dann setzte er sie so plötzlich ab, als hätte er sich verschluckt. »Sherman – *Sie* sind Sherman?«, wiederholte er, und eine steile Zornesfalte grub sich zwischen seine silbergrauen Augenbrauen. »Sie sind dieser impertinente Amerikaner, der mich des Plagiats beschuldigt und mich verklagen will?« Er richtete sich in seinem Korbstuhl auf und schaute Rosalie verärgert an. »Ich verstehe nicht … Was soll das bedeuten, Rosalie? Wieso bringen Sie diesen Verrückten in mein Haus? Wollen Sie mich beleidigen?«

»Moment mal! Hier ist keiner verrückt, Monsieur Marchais, und ich schon gar nicht«, unterbrach Robert. »Wir hätten da ein paar Fragen an Sie. Immerhin bin ich es, der das Originalmanus-*aaah* …« Robert griff sich mit schmerzerfüllter Miene an sein linkes Schienbein, gegen das er soeben unter dem Tisch einen heftigen Tritt bekommen hatte.

Marchais warf einen verwirrten Blick von einem zum anderen, während Robert sich sein schmerzendes Bein rieb und Rosalie feuerrot wurde.

»Ich kann alles erklären«, sagte sie.

Marchais starrte sie ungläubig an. »Wollen Sie mir am Ende erzählen, dass Sie sich mit diesem

Typen *eingelassen* haben?« Er schüttelte fassungslos den Kopf.

»Nein ... ja.« Rosalie wechselte erstaunlich schnell die Gesichtsfarbe. »Es ist alles anders, als es scheint«, sagte sie kryptisch.

»Und wie ist es dann?«, fragte Marchais.

Wie um sich für die lange Erklärung, die nun folgen würde, zu stärken, nahm Rosalie hastig einen großen Schluck von dem *Café crème*. Dann stellte sie die hübsche Tasse mit dem feinen Blumenmuster entschlossen auf den Unterteller.

»Monsieur Sherman mag in seiner Art manchmal etwas anmaßend sein – verrückt ist er jedoch keineswegs«, begann sie. »Er sucht nur nach der Wahrheit, weil ihn die Geschichte vom blauen Tiger in sehr ... nun ja ... persönlicher Weise betrifft.« Sie räusperte sich. »Und was diese ganze Geschichte angeht, so sind wir auf einige ... äh ... mehr als rätselhafte Zusammenhänge gestoßen.«

»*Wir?* Haben Sie sich jetzt mit diesem amerikanischen Ignoranten zusammengetan, um mir etwas nachzuweisen?« Max Marchais sog empört die Luft ein und bedachte Robert mit einem herablassenden Blick.

Dieser Marchais konnte ganz schön arrogant sein, fand Robert. Ein typischer Franzose halt. Die hielten sich grundsätzlich für etwas Besseres. Warum, wusste keiner.

Es fiel ihm schwer, nicht dazwischenzugehen, doch Rosalie warf ihm einen beschwichtigenden Blick zu.

»Zweifeln Sie jetzt etwa auch daran, dass ich diese Geschichte verfasst habe, Rosalie?« Marchais lachte enttäuscht auf.

Sie schüttelte den Kopf. »Keineswegs. Ich bin mir sogar absolut sicher, dass Sie sie geschrieben haben.« Sie deutete mit dem Kopf in Richtung Bibliothek. »Auf der alten Remington, die drinnen auf Ihrem Vertiko steht, nicht wahr?«

Marchais kniff die Augen zusammen und zog die Stirn in Falten. Man sah, wie es in ihm arbeitete. Schließlich schaute er Rosalie mit einem Ausdruck des Unwillens an.

»*Sie* waren das! Sie haben diesen Text auf meiner Schreibmaschine geschrieben? Ich verstehe nicht, was das alles soll! Was für ein dummes Spiel spielen Sie mit mir? Ich möchte eine Erklärung. Sofort!« Er schlug mit der flachen Hand auf den Tisch.

Sie hatten an alles gedacht, als sie Marchais' Haus so überstürzt verlassen hatten auf der Flucht vor Madame Bonnier – aber das Blatt hatten sie vergessen, schoss es Robert durch den Kopf. Marchais hatte sicher nicht schlecht gestaunt, als er es entdeckte.

»Ich muss Ihnen etwas gestehen, Max«, sagte Rosalie. »An dem Tag, als ich Ihnen die Sachen gebracht habe, bin ich anschließend noch mal hierher zurückgekommen, weil ich etwas gefunden hatte, was ich Robert zeigen musste. Wir waren bei Ihnen im Haus, Max. Wir sind durch die Terrassentür reingekommen.«

Und dann erzählte sie in nicht ganz chronologischer Reihenfolge von den Ereignissen der letzten drei Wochen.

Wie Robert nach seinem Auftritt im Laden noch einmal zurückgekommen war. Wie er ihr von seiner Mutter erzählt hatte und davon, dass sie ihm als Kind die Geschichte vom blauen Tiger jeden Abend erzählt hatte. Von dem maschinengeschriebenen Manuskript, in dessen Besitz er war. Von dem Karton, der vom Schrank gerutscht war, und wie sie plötzlich diesen Durchschlag gefunden hatte. Wie sie mit einem Mal begriffen hatte, dass die Widmung nicht für sie, Rosalie, bestimmt gewesen sein konnte (an dieser Stelle wurde Marchais ein wenig rot), wie sie Robert angerufen hatte und sie später in der Bibliothek die beiden Manuskripte miteinander verglichen hatten, die völlig identisch waren, und wie sie dann auf die Idee mit der Schreibmaschine gekommen war. »Dabei haben wir festgestellt, dass die Geschichte auf dieser alten Remington geschrieben worden ist.«

Rosalie nickte Robert zu, und er holte die beiden Manuskripte aus seiner Tasche und legte sie nebeneinander auf den Tisch. Dann richtete sie ihren Blick auf Marchais, der konzentriert in seinem Korbstuhl saß und immer schweigsamer geworden war.

»Warum haben Sie nie gesagt, dass diese Geschichte bereits vor vielen Jahren geschrieben wurde? Warum haben Sie mich glauben lassen, diese Widmung sei für mich, Max? Es hat ja eine Weile gedauert, aber als Robert mir schließlich sagte, wie seine Mutter heißt, habe ich endlich begriffen, für wen die Geschichte eigentlich gedacht war.«

Marchais starrte unverwandt auf die beiden Manuskripte, ohne zu antworten. Dann wandte er sich an Robert.

»Und wie heißt Ihre Mutter, wenn ich fragen darf?« Seine Stimme klang brüchig.

»Ruth«, entgegnete er. »Meine Mutter hieß Ruth. Ruth Sherman, geborene Trudeau. Und ich habe das Originalmanuskript in ihrem Nachlass gefunden.«

»In ihrem … *Nachlass*?« Der alte Mann blickte ihn ganz betroffen an. »Heißt das, sie lebt nicht mehr?«

Robert nickte und spürte wieder diese Enge im Hals, die ihn noch immer erfasste, wenn er vom Tod seiner Mutter sprach. »Sie ist in diesem Frühjahr gestorben. Anfang Mai. Wenige Tage nach meinem achtunddreißigsten Geburtstag. Sie hatte Krebs. Es ging alles ganz schnell.« Er schluckte, und ein trauriges Lächeln glitt über sein Gesicht. »Wie das so geht im Leben. Sie wollte immer noch mal mit mir nach Paris. Auf den Eiffelturm. Wissen Sie, ich bin einmal mit ihr dort gewesen, als kleiner Junge. Und dann war es plötzlich zu spät.«

Marchais wurde blass. Er schwieg eine Weile, während sich sein Blick verlor. Seine Augen, die im Licht der Sonne mit einem Mal fast gläsern wirkten, richteten sich auf einen Punkt, der ganz weit hinten im Garten zu liegen schien. Hinter den Hortensienbüschen noch, hinter der alten Steinmauer, hinter der kleinen Stadt Le Vésinet, und vielleicht sogar noch viel weiter weg. Unendlich weit weg.

»Ruth«, wiederholte er dann. »Ruth Trudeau.«

Er legte den gekrümmten Zeigefinger gegen den Mund und nickte einige Male.

Robert spürte, wie sein Herz rascher zu schlagen begann.

»Sie kannten sie also?«, fragte Rosalie vorsichtig. »Wir fragen uns nämlich schon die ganze Zeit, wie es sein kann, dass Roberts Mutter Sie nie erwähnt hat und ihr doch die Geschichte vom blauen Tiger so überaus wichtig war. Wieso hatte sie überhaupt diese Geschichte? Was ist damals passiert, Max?«

Marchais antwortete nicht.

Ein paar Minuten saßen sie schweigend um den runden Tisch, auf dem immer noch unangetastet die goldgelbe *Tarte tatin* stand. Es war, als ob jemand die Zeit angehalten hätte.

Als Max Marchais sich räusperte, blickten sie auf.

»Man sagt«, begann er, »dass in jeder noch so kleinen Episode unseres Lebens alles enthalten ist – das, was wir hinter uns gelassen haben, und das, was noch vor uns liegt. Wenn Sie mich also fragen, was damals passiert ist, dann kann ich Ihnen sagen: Alles. Und … nichts.«

Er sah Robert in die Augen, dessen Blick zu flackern begann. »Ja. Ich kannte Ihre Mutter. Ich liebte sie sogar. Wie sehr, habe ich erst später begriffen.« Er griff nach der Kaffeetasse, und seine große Hand, die von Leberflecken überzogen war, zitterte unübersehbar. »Ich hatte gleich ein ungutes Gefühl, als ich den blauen Tiger wieder aufleben ließ. Glauben Sie mir aber bitte, dass auch mir diese Geschichte sehr viel bedeutet. Mag sein, dass es ein Fehler war, sie aus dem alten Karton zu befreien. Vielleicht war es aber auch die beste Idee meines Lebens. Denn sonst säßen Sie beide jetzt nicht hier, nicht wahr?«

Marchais schien sich wieder etwas gefangen zu haben. Sein Blick ruhte einen Augenblick voller Wärme auf Rosalie und blieb dann an Robert hängen.

»Ruths Sohn«, sagte er kopfschüttelnd. »Ich hätte niemals gedacht, dass ich noch einmal etwas von Ruth Trudeau hören würde. Und nun lerne ich ihren Sohn kennen, der zufällig in Paris das Buch vom blauen Tiger findet und auf seinem Recht beharrt.« Er lächelte. »In einer Sache haben Sie nämlich wirklich recht, Robert. Es ist in der Tat nicht meine Geschichte.«

Robert und Rosalie blickten sich verblüfft an.

»Wenn man es genau nimmt, hätte ich sie niemals veröffentlichen dürfen. Ich habe sie damals in Paris einer jungen Frau geschenkt – Ihrer Mutter. Das ist lange her, sehr lange, und doch scheint es mir manchmal, als wäre es gestern gewesen.«

27

An diesem Nachmittag begab sich Max Marchais auf eine Zeitreise. Sie führte ihn zurück in das Paris der Siebzigerjahre. Zu einem jungen Mann, der in den Cafés herumhing, zu viele Zigaretten rauchte und sich als freier Redakteur bei einer Tageszeitung sein Geld verdiente. Und zu einer jungen Amerikanerin mit blondem Haar und funkelnden grünen Augen, die von ihren Eltern in den Sommerferien nach Paris geschickt worden war und über einen hoffnungslos schlechten Orientierungssinn verfügte.

Max war selbst überrascht über den Ansturm der Bilder, der seine Netzhaut mit einem Mal überflutete. So gefangen war er in seiner eigenen Geschichte, dass er die Blicke der beiden jungen Menschen, die ihm gebannt zuhörten, kaum bemerkte.

»Ich lernte Ruth kennen, weil sie sich verlaufen hatte«, sagte er. »Ich saß in einem Café unweit der Rue Augereau, wo ich damals in einer Zweizimmerwohnung im vierten Stock hauste. Sie war wirklich ziemlich klein, verglichen mit dieser prächtigen Villa hier«, er hob seine Hand und deutete lächelnd auf das Haus, das sich hinter ihm erhob, »aber meine Güte, was haben wir dort gefeiert! Ich hatte oft Freunde da, manchmal auch ein Mädchen, und wenn man morgens aufwachte und aus dem Fenster blickte, sah man als Erstes den Eiffelturm, der ein paar Straßen weiter in den Himmel ragte. Das hatte ich später nie mehr – diesen unglaublichen Blick.«

Er lehnte sich gedankenverloren zurück. »Entschuldigt, ich schweife ab – wenn man einmal anfängt, die Vergangenheit heraufzubeschwören, kommen all diese Erinnerungen hoch …«

»Sie wollten gerade erzählen, wie Sie meine Mutter kennengelernt haben, Monsieur Marchais«, sagte Robert.

»Richtig.« Wieder sah er Ruth vor sich, wie sie in einem roten Kleid mit anmutigen Schritten die Straße entlangkam. »An diesem heißen Sommertag sah ich Ihre Mutter zum ersten Mal. Sie trug ein rotes Kleid mit kleinen weißen Tupfen. Sie hielt einen Reiseführer in der Hand, blieb alle paar Schritte stehen, drehte das Buch mit dem Stadtplan in alle möglichen Richtungen und hielt Ausschau nach Straßenschildern. Als sie das dritte Mal an dem Café vorbeikam, wo ich gerade saß und ein Buch las, stand ich auf und fragte sie, ob ich ihr helfen könne. Sie seufzte erleichtert und blickte mich aus ihren grünen Augen an, die ein wenig schräg gestellt waren wie bei einer Katze und ihrem feinen herzförmigen Gesicht etwas sehr Apartes verliehen. ›Ich glaube, ich habe mich völlig verlaufen‹, sagte sie und lachte. Ihr Lachen war … wundervoll. So optimistisch und lebensfroh, und ich erlag ihm sofort. ›Ich möchte mir den Eiffelturm anschauen – er liegt doch in dieser Richtung, nicht wahr?‹ Sie schaute noch einmal in den Reiseführer und zeigte dann entschlossen in die falsche Richtung. ›Aber nein, Mademoiselle, Sie müssen genau in die entgegengesetzte Richtung gehen, es ist gar nicht weit von hier‹, erwiderte ich. Und dann klappte ich mein Buch zu. ›Wissen Sie was? Ich zeige Ihnen den Weg – sonst kommen Sie womöglich nie dort an.‹«

Max lächelte. »So fing alles an. In den folgenden vier Wochen begleitete ich Ruth durch die Straßen von Paris, wann immer es mir möglich war. Ich zeigte ihr die Stadt – und alle Kunstmuseen.« Er schüttelte schmunzelnd den Kopf. »*Mon Dieu*, ich kann mich nicht daran erinnern, jemals jemanden getroffen zu haben, der so süchtig nach Museen war. Am Ende hatte ich Museen gesehen, von denen ich gar nicht mal wusste, dass es sie in meiner Stadt gab. Ruth liebte Bilder. Vor allem die Impressionisten hatten es ihr angetan. Monet,

Manet, Bonnard, Cézanne. Wir waren oft im Jeu de Paume, wo damals noch die ganzen Gemälde hingen. Sie konnte stundenlang vor einem Bild sitzen und es betrachten, ohne ein Wort zu sagen. Irgendwann wandte sie den Kopf und sah einen lächelnd an. ›Wahnsinnig schön, nicht?‹, sagte sie dann. ›Was für ein Glück muss es sein, so etwas zu schaffen!‹ Ich nickte dann und dachte, was für ein Glück es war, einfach neben ihr zu sitzen, manchmal wie absichtslos ihren Arm zu streifen oder ihre Hand zu nehmen und den Duft einzuatmen, der von ihr ausging.«

Er wandte sich Robert und Rosalie zu. »Ich weiß nicht, ob es ein bestimmtes Parfüm war, aber sie roch immer nach Mirabellen. Könnt ihr euch das vorstellen? Wie Mirabellenmarmelade. Es war unbeschreiblich, betörend irgendwie. Ich habe später nie wieder ein Mädchen getroffen, das nach Mirabellen roch.« Er seufzte. »*Tempi passati*. Manches ist eben unwiederbringlich. Umso kostbarer ist die Erinnerung.« Er spürte, wie sein Hals trocken wurde, und räusperte sich. »Es war eine zarte Romanze, die mit ein paar Küssen auskam, und doch war alles so ungleich intensiver als vieles, was ich später erlebte. Was für ein großes Glück ich empfand, wenn ich in ihr reizendes Gesicht blickte oder am Wochenende Hand in Hand mit ihr durch die Jardins de Bagatelle streifte, die sie allen anderen Parks von Paris vorzog.«

Er bemerkte, dass Rosalie Robert einen bedeutsamen Blick zuwarf, und die flüchtige Frage, in welcher Beziehung diese beiden jungen Menschen denn nun eigentlich zueinander standen, streifte seine Gedanken. »Man kann sich das heute vielleicht gar nicht mehr vorstellen, aber es war sogar ein Glück für mich, in einem Café zu sitzen und einfach auf sie zu warten.«

Sein Blick fiel plötzlich auf die unberührten Teller, die immer noch vor ihnen standen. »Aber bitte, nehmt euch doch ein Stück von dem Apfelkuchen. Ich bin ein schlechter Gastgeber.«

Rosalie schnitt die *Tarte tatin* an und verteilte sie auf die Teller. Sie probierten den Kuchen, dessen karamellisierte Apfelschnitze glatt und glänzend auf dem Blätterteig ruhten, während Max selbst sein Stück mit einer kleinen silbernen Gabel zerteilte und diese schließlich zerstreut zur Seite legte, ohne etwas von dem Kuchen gegessen zu haben.

»Ist es nicht seltsam, dass man manchmal ein solch großes Glück empfinden kann, auch wenn man weiß, dass die Sache eigentlich aussichtslos ist?«, meinte er nachdenklich. Er sah zu Robert hinüber, der sich vor Aufregung bereits das letzte

Stück Kuchen in den Mund schob und ihn fragend anstarrte. »Ja, aussichtslos. Denn die Liebe zwischen Ihrer Mutter und mir war eine unmögliche Liebe. Sie war auf wenige Wochen begrenzt, und wir wussten es beide. Von Anfang an. Bereits an jenem ersten Tag, als ich Ruth zum Eiffelturm begleitete und sie anschließend fragte, ob sie ein Glas Wein mit mir trinken würde, erzählte sie mir, dass sie einen Verlobten hätte, der in Amerika auf sie wartete. Offenbar ein wirklich netter Mann, sympathisch, aus einer guten Familie, ein erfolgreicher Rechtsanwalt, der sie auf Händen trug. Und dass sie am Ende des Sommers heiraten würden. ›Ich bin leider schon vergeben‹, erklärte sie lächelnd, ›da ist nichts zu machen.‹ ›Aber jetzt bist du hier, in Paris‹, entgegnete ich und schob den Gedanken an irgendeinen Verlobten jenseits des Atlantiks weit von mir. Wir wussten, dass es irgendwann aufhören musste. Und ich hielt trotzdem ihre Hand, und ich sagte trotzdem ›Komm, einen Kuss‹, als wir eines Abends auf einem *Bateau Mouche* die Seine entlangglitten und der Eiffelturm vor uns aufragte, so nah, als könnte man ihn umarmen.« Er stieß einen glücklichen Seufzer aus. »Und sie küsste mich trotzdem, und wir verliebten uns ineinander und feierten den Augenblick, als ob er niemals enden würde.«

»Aber dann endete er doch«, sagte Robert.

Max schwieg und dachte daran, wie Ruth im strömenden Regen mit dem Taxi zum Flughafen gefahren war. Sie hatte nicht gewollt, dass er sie begleitete.

»Ich habe immer gesagt, dass ich zurückmuss«, hatte sie am Morgen der Abreise gesagt, als sie mit blassem Gesicht vor ihm stand.

»Ich weiß.« Sein Herz hatte sich zusammengezogen, als wäre es mit Eiswasser übergossen worden.

Sie nagte an ihrer Unterlippe und konnte sein Schweigen kaum ertragen.

»Wir könnten uns ja ab und zu schreiben«, sagte sie und sah ihm bittend in die Augen. *Mach es uns nicht so schwer*, schien ihr Blick zu sagen.

»Ja, natürlich, klar«, hatte er geantwortet, und sie hatten sich um ein Lächeln bemüht und doch beide gewusst, dass es keine Briefe geben würde.

Es war ein unendlich trauriger Moment. Schließlich hatte sie ihm sehr zärtlich über die Wange gestrichen und ihn zum letzten Mal angeschaut. »Ich werde dich nie vergessen, *mon petit tigre*«, sagte sie. »Das verspreche ich.« Und dann war sie gegangen und hatte die Tür unendlich leise hinter sich zugezogen.

Max lächelte wehmütig und bemerkte dann, wie Robert ihn ansah, weil er immer noch nicht geantwortet hatte.

»Ja, der Augenblick endete«, sagte er schlicht. »Ruth verschwand aus meinem Leben, wie sie gekommen war – mit bezaubernder Leichtigkeit, und ich blieb mit den beiden traurigsten Worten zurück, die ich seither kenne: *nie wieder*. Ich ließ sie ziehen, weil ich mir über die Tragweite des Verlusts nicht im Klaren war. Weil ich glaubte, alles wäre unabänderlich. Ich war noch jung damals, ich wusste nicht viel. Ich dachte, die Sache wäre aussichtslos. Vielleicht hätte ich um sie kämpfen sollen. Sicher sogar. Erst wenn etwas unwiederbringlich verloren ist, erkennt man bisweilen, was es einem bedeutet hat.«

Er sah, wie Robert nickte, bevor er sagte: »Dann heiratete sie Paul, meinen Vater. Und sie hat sich nie mehr bei Ihnen gemeldet?«

Max schüttelte den Kopf. »Ich habe nie wieder etwas von ihr gehört. Bis zum heutigen Tag«, schloss er. »Aber wenn ich heute an diesen Sommer denke, dann weiß ich, dass es die schönsten Wochen meines Lebens waren. Die Leichtigkeit jener Tage war unbeschreiblich.« Er lächelte. »Es waren die Farbkleckse in meinem Leben. Das allerdings habe ich schon damals begriffen.«

Ein langes Schweigen folgte. Die Sonne lag wie ein roter Ball auf der alten Steinmauer, die am Ende des Gartens als dunkler Schatten aufragte. Max spürte, dass seine Hüfte zu schmerzen begann, aber er ignorierte es. Immer wieder blickte er zu dem jungen Mann, der die Hände stumm vor dem Gesicht gefaltet hatte und über das Dreieck seiner Finger hinwegstarrte. Es war Robert anzusehen, dass er versuchte, das soeben Gehörte für sich einzuordnen.

»Meine Mutter hat mir nie etwas erzählt«, sagte er schließlich. »Ich hatte immer den Eindruck, dass meine Eltern sehr glücklich miteinander waren. Sie führten eine gute Ehe, nie gab es ein böses Wort, und sie haben viel gelacht.«

Max nickte. »Das haben sie bestimmt. Man kann im Leben sehr unterschiedliche Arten von Liebe erfahren, und ich bin mir sicher, dass das Herz Ihrer Mutter groß genug war, um mehrere Menschen glücklich zu machen. Ihr Vater war ein beneidenswerter Mann, Robert.«

»Aber was ist jetzt mit der Geschichte? Wann haben Sie ihr die Geschichte gegeben?«, fragte Rosalie.

»Ach ja, meine kleine Geschichte – es war im Übrigen die erste, die ich überhaupt jemals schrieb –, ich gab sie ihr an einem der letzten Tage, als wir zu einem Picknick in die Jardins de Bagatelle hinausgefahren waren. Es war ein herrlicher Tag, die Luft roch nach Regen, und wir waren vorher ziemlich nass geworden, weil es ein kleines Sommergewitter gegeben hatte. Doch die Sonne trocknete unsere Kleider rasch.«

Max erinnerte sich noch gut, wie sie auf einer karierten Decke auf der Wiese gelegen hatten. Unter einem alten Baum, der auf einer Anhöhe stand, unweit der Grotte der vier Winde. Ruth hatte die Stelle ausgesucht und gemeint, dass sie perfekt sei für ein Picknick.

»Ruth besaß eine Sofortbildkamera, das war damals sehr in Mode, und ich machte ein Foto von ihr, das sie mir anschließend schenkte – ich glaube, ich habe es heute noch.«

»Ja, das haben Sie, ich glaube, ich habe es in dem Karton gesehen«, warf Rosalie ein.

»An diesem Nachmittag schenkte ich ihr die Erzählung vom blauen Tiger«, fuhr Max fort. »Ich hatte das Original binden lassen und für mich selbst einen Durchschlag behalten. Ursprünglich stand auf dem Deckblatt: *»Für Ruth, die ich niemals vergessen werde.«* Doch dann kam mir der Gedanke, dass diese Widmung sehr verräterisch war. Also tauschte ich das erste Blatt aus und schrieb lediglich: ›*Für R.*‹« Max rieb sich verlegen den Bart, als er jetzt zu Rosalie hinüberschaute. »Das hat ja dann auch zu einigen Missverständnissen geführt.«

Er sah, wie Rosalie lächelte, und hoffte, dass sie ihm die kleine Lüge verziehen hatte, die seiner Eitelkeit entsprungen war. Natürlich hatte er nicht zugeben wollen, dass er auf eine alte Geschichte hatte zurückgreifen müssen, weil ihm nichts Rechtes eingefallen war. Und darüber hinaus hatte es ihm geschmeichelt, wie sehr sie sich über die vermeintlich an sie gerichtete Widmung freute.

»Aber wenn es eine neue Geschichte gewesen wäre, hätte ich sie Ihnen selbstverständlich sehr gern gewidmet, meine liebe Rosalie. Ich muss Ihnen nämlich auch etwas gestehen.«

»So?«, fragte sie.

»Die Art, wie Sie lachen, hat mich sofort an Ruth erinnert.«

»Ach ja?« Sie lachte.

Robert rutschte unruhig auf seinem Kissen herum, und es war unschwer zu erkennen, dass ihm noch etwas auf dem Herzen lag.

»Also handelt die Geschichte, die meine Mutter mir immer erzählt hat, in Wirklichkeit von Ihnen und ihr?«

Max nickte. »Das erkennt natürlich nur, wer es weiß. Ruth war das Mädchen Héloïse mit dem goldenen Haar, das an ihren blauen Tiger glaubt –

den Wolkentiger.« Er lächelte. »Und der Tiger, das war ich. Sie nannte mich damals manchmal *mon petit tigre*, das hat mir gut gefallen.«

»Und das Land, das so weit weg ist, dass man nicht mal mit dem Flugzeug dorthin kommt … sondern nur mit der Sehnsucht …«, begann Robert.

»War unser Land«, beendete Max den Satz. »Ich hoffte, dass Ruth mich auf diese Weise nicht vergessen würde, und wie ich jetzt sehe, hat sie dies auch nicht getan.«

Er nickte, und in seinen Augen lag ein eigentümlicher Glanz. Dass auch der Nachtflug über Paris einen tieferen Sinn bekommen hatte, verschwieg er.

Eine Nacht waren sie geflogen. Eine magische, beglückende, märchenhafte Nacht, die für ein ganzes Leben reichen musste und in der sie sich trunken voneinander lösten in einer Morgendämmerung, die bereits den bitteren Geschmack des Abschieds trug.

Sie hatte ihr Versprechen gehalten. Ein zaghaftes Lächeln glitt über sein Gesicht. »Ich hoffe, Robert, Sie sind mir nicht böse, wenn ich mich darüber freue, dass Ruth mich nicht vergessen hat. So, wie ich mich natürlich ebenso freue, ihren Sohn kennenzulernen. Ihre Mutter hat mir viel bedeutet.«

»Kann ich das Foto mal sehen? Das von meiner Mutter, meine ich?«

»Natürlich. Wenn Rosalie so nett ist, den Karton von meinem Kleiderschrank herunterzuholen? Ich bin für solche Kletterei leider noch nicht ganz gerüstet.«

Während Rosalie aufstand und nach oben ins Schlafzimmer ging, ruhten Max' Blicke mitfühlend auf dem jungen Mann, der seine Hände ineinander verschränkt hatte und die Finger immer wieder abspreizte und gegen seine Handrücken presste. Es war sicher nicht einfach, auf diese Weise von der Vergangenheit überrascht zu werden. Zumal von einer Vergangenheit, auf die man selbst keinen Einfluss gehabt hatte.

»Warum hat sie mir nie etwas erzählt?«, meinte er schließlich. »Ich war kein Kind mehr, und das alles ist so lange her. Ich hätte das doch verstanden.«

»Grübeln Sie nicht zu viel, mein Junge. Ihre Mutter hat sicherlich das Richtige getan, das weiß ich einfach. Sie war eine wunderbare Frau – schon damals –, und sie muss Sie sehr geliebt haben. Sonst wären Sie nicht der, der Sie heute sind.«

Er sah, wie Robert dankbar nickte. »Ja, vielleicht haben Sie recht«, sagte er, und seine Miene hellte sich auf.

Wenige Augenblicke später kam Rosalie zurück.

»Ist es das hier?« Sie legte die verblasste Farbaufnahme einer jungen Frau auf den Tisch, und die beiden Männer beugten sich darüber.

»Ja«, sagte Max. »Das ist das Foto aus den Jardins de Bagatelle.«

Robert zog die Fotografie näher zu sich heran und nickte.

»Ja«, sagte dann auch er. »Das ist Mama, unverkennbar.« Sein Blick ruhte auf der jungen Frau, die unter einem Baum stand und in die Kamera lachte. »Meine Güte, dieses Lachen«, sagte er und wischte sich über die Augen. »Das Lachen hat sie nie verloren.«

Die Sonne ging bereits unter, als Max Marchais seine Gäste verabschiedete. Robert hatte den Wunsch geäußert, die Stelle, wo das Bild seiner Mutter gemacht worden war, zu sehen, und so hatten sie verabredet, am nächsten Tag gemeinsam in den Bois de Boulogne zu fahren.

»Den Baum zu finden ist nicht das Problem«, hatte Max erklärt. »Ich hoffe nur, ich komme überhaupt dorthin mit diesen blöden Dingern.« Er wies auf seine Krücken.

»Ach was, Sie schaffen das schon! Notfalls schieben wir Sie, man kann dort sicherlich Rollstühle ausleihen«, hatte Rosalie gemeint, und das Lachen, das folgte, hatte etwas sehr Befreiendes.

Dann waren sie mit Rosalies kleinem Auto davongefahren. Max hatte noch eine Weile in der Tür gestanden und ihnen nachgesehen. Das Leben ging weiter. Es ging immer weiter. Ein Feuer, das in einer endlosen Staffel von Läufer zu Läufer weitergegeben wurde, bis es seine Bestimmung erreichte.

Er humpelte auf die Terrasse zurück und setzte sich wieder in seinen Korbstuhl. Die Kühle des Abends senkte sich über den Garten. Nachdenklich betrachtete Max das verblasste Farbfoto, das immer noch auf dem Tisch lag.

Er lehnte sich im Sessel zurück und schloss für einen Moment die Augen. Er sah zwei junge, übermütige Menschen an einem sonnigen Tag im Bois de Bologne. Sie hatten sich unter einer alten Kastanie auf einer karierten Wolldecke ausgestreckt und scherzten. Die Decke kratzte, aber nur ein wenig. Ruth trug ihr rotes Kleid mit den weißen Tupfen, das er so mochte, und ihr lachender Mund war fast so rot wie ihr Kleid. Das Licht fiel durch die Blätter und malte kleine flirrende Kringel auf die Decke und auf ihre nackten Beine. Sie hatte ihre Sandalen abgestreift. Ein Vogel zwitscherte. Der Himmel war blauer als blau. Eine weiße Wolke segelte gemächlich vorbei.

Es war ein herrlicher Sommertag, und es war nicht vorstellbar, dass er jemals enden würde in seiner ganzen Vollkommenheit. Man konnte die Leichtigkeit, die über allem lag, fast mit Händen greifen. Und plötzlich fühlte auch Max sein Herz ganz leicht werden. So leicht, als könnte es fliegen.

Er öffnete die Augen und spürte, wie eine lang vergessene Liebe zum Leben ihn erfasste. Ja, er liebte dieses Leben, das manchmal so viel war und manchmal weniger als nichts. Aber es war alles, was man hatte.

Er nahm das Foto in die Hand. Dann drehte er es um und sah die mit Bleistift geschriebene Notiz auf der Rückseite: *Bois de Boulogne, 22. Juli 1974.*

Lange Zeit saß er noch so da und starrte in die Dämmerung. Und ein Gedanke, der ihn am Nachmittag gestreift hatte wie die zärtliche Hand einer jungen Frau, wurde mit einem Mal übermächtig.

28

»Musstest du mir so vors Schienbein treten?«, fragte Robert, als sie die kleine Straße entlangfuhren, die sie von der alten Villa wegführte. »Ist das das Fingerspitzengefühl, von dem du immer sprichst?« Er zog das Hosenbein hoch und begutachtete einen blauen Fleck von beachtlicher Größe.

»Ich dachte, ein Amerikaner kennt keinen Schmerz«, erwiderte Rosalie.

»Indianer, Indianer«, korrigierte Robert. »Ich bin nur so ein wehleidiger Yankee.«

»Außerdem warst du ja nicht anders zu stoppen. Ich wollte lediglich verhindern, dass ihr euch die Köpfe einschlagt.« Rosalie lächelte. Das Du ging ihr plötzlich ganz leicht über die Lippen. Noch während sie zusammen das Geschirr abgeräumt und in die Küche getragen hatten, waren sie ohne große Worte zum Du gewechselt. Nach diesem einschneidenden Nachmittag, nach allem, was sie zusammen erlebt hatten, wäre es auch seltsam gewesen, sich noch weiter zu siezen.

Robert grinste. »Dein Max Marchais ist gar nicht so übel. Eigentlich ist er sogar recht nett. Trotzdem eigenartig, wenn man plötzlich einem alten Mann gegenübersteht, der … na ja … der mal in die eigene Mutter verliebt war.« Er zuckte etwas ratlos mit den Schultern.

»Zumal, wenn die eigene Mutter dies mit keinem Wort jemals erwähnt hat«, fügte Rosalie hinzu. »Andererseits war sie damals natürlich schon mit Paul verlobt, vielleicht war es ihr einfach unangenehm. Oder die ganze Sache fühlte sich ganz unwirklich an, als sie wieder in Amerika in ihrem gewohnten Umfeld war.«

»So unwirklich, dass sie mir später jeden Abend die Geschichte erzählte, die er für sie geschrieben hatte?«

»Nun, das ist doch irgendwie sehr romantisch. Ich meine, jeder würde am Ende doch gerne auf eine so außergewöhnliche Geschichte zurückblicken. Und vielleicht lag der besondere Zauber ja gerade darin, dass ihre Liebe sich niemals erfüllte«, überlegte Rosalie. »Außerdem ist *Der blaue Tiger* einfach eine sehr schöne Geschichte. Jedenfalls hat sie mich tief berührt, als ich sie zum ersten Mal las. Auch wenn ich das Geheimnis nicht kannte.« Sie überlegte weiter. »Und so traurig die ganze Sache für Max damals auch gewesen sein muss – in gewisser Weise hat er durch deine Mutter angefangen mit dem Schreiben. Mit dem Schreiben *richtiger* Geschichten, meine ich. Ruth war sozusagen seine Muse.« Sie warf einen raschen Blick zu Robert. »Max hat noch viele andere großartige Bücher geschrieben. Du solltest sie mal lesen. Ich habe sie als Kind regelrecht verschlungen.«

»Hm«, machte Robert. Seine Augen waren halb geschlossen. Entweder war er zu müde, um zu antworten, oder er hing seinen eigenen Gedanken nach. Auf jeden Fall schien er plötzlich weit weg zu sein, und Rosalie beschloss, ihn nicht zu stören.

Als sie jetzt den Wagen in den Tunnel von Nanterre lenkte, spürte sie, wie der letzte Rest der Anspannung von ihr abfiel.

Sie war froh und erleichtert, dass die nicht ganz einfache Begegnung zwischen den beiden Männern so gut verlaufen war. Gott sei Dank hatte die ganze Angelegenheit sehr freundschaftlich geendet. Max, den die Erinnerungen und die traurige Tatsache, dass Ruth bereits tot war, ziemlich mitgenommen hatten, war nach dem ersten hitzigen Schlagabtausch ehrlich erfreut gewesen, Ruths Sohn kennenzulernen. Er hatte sie zum Abschied beide umarmt.

Rosalie musste zugeben, dass es sie auch traurig gestimmt hätte, wenn Max und Robert sich überhaupt nicht hätten leiden können. Schließlich, stellte sie verwundert fest, liegen sie mir ja beide am Herzen.

Sie setzte den Blinker, bog auf die Schnellstraße und dachte mit Schrecken an die feindselige Stimmung, die anfangs geherrscht hatte. Wie die beiden sich gegenübergesessen hatten und einer dem anderen mit zornigem Gesicht und blitzenden Augen die Arroganz der Franzosen und die Ignoranz der Amerikaner vorgeworfen hatte! Für einen Moment hatte sie schon gedacht, dass der aufgebrachte Hausherr sie hinauswerfen würde, noch bevor irgendetwas geklärt werden konnte. Doch am Ende des Tages hatte sie den Eindruck gewonnen, dass es gegenseitige Anteilnahme und eine von Sympathie getragene Aufrichtigkeit waren, die Max und Robert einander entgegenbrachten. Sonst hätte Robert sicher nicht den Vorschlag gemacht, sich für den nächsten Tag zu verabreden.

Sie war gespannt auf diesen Ausflug in den Bois de Boulogne, wo sie auf den Spuren von Mrs. Sherman wandeln würden, oder besser gesagt auf den Spuren von Miss Ruth Trudeau, die die beiden so unterschiedlichen Männer auf schicksalhafte Weise verband.

Wieder blickte sie zu Robert hinüber, der immer noch schweigend neben ihr saß. Diese nächtlichen Fahrten mit dem »Shakespeare-Professor« wurden allmählich zur lieben Gewohnheit, dachte Rosalie. Doch diesmal war es keine unbehagliche Stille, die sie voneinander trennte, wie bei ihrer letzten Rückfahrt von Le Vésinet, sondern ein vertrautes und zugleich ein wenig erschöpftes Schweigen.

Alle Missverständnisse und Streitigkeiten, alle Geheimnisse und Spekulationen waren an diesem Nachmittag in der Villa eines alten Kinderbuchautors gemündet, der ihnen seine Geschichte erzählt hatte. Die Geschichte einer längst vergangenen Liebe, die beglückend und unendlich traurig war.

Rosalie lehnte sich gegen die Kopfstütze des Wagens zurück und rollte den Kopf hin und her. Das Auto glitt mit gleichmäßigem Brummen durch die Dunkelheit. Während die kalten Lichter des Tunnels in gleichmäßigem Rhythmus an ihr vorbeizogen und sie in regelmäßigen Abständen für den Bruchteil von Sekunden blendeten, ließ sie noch einmal die Erzählung vom blauen Tiger Revue passieren und versuchte, in den einzelnen Sätzen weitere Hinweise zu entdecken. Obwohl sie das Buch selbst illustriert hatte und es nahezu auswendig kannte, wäre sie nie auf die Idee gekommen, dass die Helden dieser märchenhaften Fabel in Wirklichkeit zwei Liebende waren, die nicht zueinander hatten kommen können und denen am Ende nur die Sehnsucht blieb – und die Erinnerung.

Sie fuhr aus dem Tunnel hinaus und gelangte kurze Zeit später an den Kreisverkehr, der auf die Champs-Élysées führte. Sie fädelte sich ein und sah den hellen Obelisk auf der Place de la Concorde, der am Ende der breiten Allee wie ein mahnender Finger in den Himmel ragte.

Die Suche war zu Ende, das Rätsel gelöst. Doch wie ging es nun weiter? Ging es denn überhaupt weiter? Rosalie ertappte sich bei dem Gedanken, ob der morgige Tag auch das Ende ihrer Geschichte bedeuten würde.

An einer roten Ampel warf sie einen Blick zu Robert hinüber, der jetzt die Augen wieder geöffnet hatte und nachdenklich zum Fenster hinaussah, und studierte aufmerksam seine Miene. Was ihm wohl durch den Kopf ging? Die Wahrheit über seine Mutter musste ihn ziemlich aufgewühlt haben. Rosalie sah, wie er die Stirn runzelte und immer wieder die Kiefer anspannte. Sie hätte ihn gern in den Arm genommen. Sie hätte gern etwas gesagt, das der Situation angemessen war. Leider fiel ihr nichts ein.

»Ist schon merkwürdig, was einem im Leben alles passieren kann, nicht wahr?«, meinte sie schließlich. »Ist sicher komisch für dich.« Ohne zu überlegen, griff sie nach seiner Hand und drückte sie.

»Schon gut, so schlimm ist es nun auch wieder nicht«, entgegnete er und hielt ihre Hand in der seinen. Sie fühlte sich fest und warm an. Wie sein Kuss damals im Garten.

»Es ist überhaupt nicht schlimm, nur … anders«, fuhr er fort. »Es wirft auf so vieles ein neues Licht.« Seine Finger umfingen die ihren, als ob ihre Hände eine eigene Sprache gefunden hätten. »Jetzt erscheint es mir beinahe so, als habe meine Mutter mir einen Hinweis geben wollen – mit der Geschichte vom blauen Tiger und mit dem, was sie immer über Paris gesagt hat.«

»Was hat denn deine Mutter über Paris gesagt?«

»Dass es eine gute Idee ist?« Er grinste wieder Willen.

»Du kannst das Fragezeichen ruhig weglassen«, entgegnete Rosalie lächelnd. »Weißt du, es ist nämlich so: Paris *ist* immer eine gute Idee.« Sie zog bedauernd ihre Hand weg und schaltete in den zweiten Gang herunter, als sie jetzt vom Boulevard Saint-Germain in eine kleine Seitenstraße einbog und suchend durch die Windschutzscheibe schaute. »Es sei denn, man braucht einen Parkplatz.«

Diesmal hatte Rosalie ihn nicht vor dem Hotel abgesetzt. Nachdem sie es – entgegen seiner Prognosen – geschafft hatte, sich derart in eine winzige Parklücke zu quetschen, dass kein Zentimeter Zwischenraum mehr blieb, selbstverständlich nicht, ohne beim Einparken die Autos davor und dahinter mehrfach zu touchieren (*Aber wozu sind denn Stoßstangen sonst da?*, hatte sie erstaunt gefragt), waren sie ausgestiegen, und er hatte sie in die Rue du Dragon begleitet. Hinter der Ladentür hörten sie William Morris kurz bellen, dann erfreut winseln.

»Möchtest du noch auf ein Glas Wein mit hochkommen?«, fragte Rosalie, als sie aufschloss. Sie versuchte, es möglichst beiläufig klingen zu lassen. »Oder hast du Angst vor meinem kleinen Hund?«

Robert schüttelte den Kopf. »Nein, nein. William Morris und ich sind doch inzwischen ziemlich beste Freunde.« Er verzog den Mund zu einem schiefen Lächeln. »Aber was ist mit deinem persönlichen Leibwächter? Nicht, dass der mich gleich wieder zum Faustkampf fordert.«

René! Rosalie spürte, wie sie rot wurde, und hoffte, dass man es in der schwachen Beleuchtung auf der Straße nicht sah. In all der Aufregung hatte sie gar nicht mehr an ihren Freund gedacht, der ja – glücklicherweise und wie ihr sofort wieder einfiel – gar nicht mehr ihr Freund war!

Sie lächelte wie eine Sphinx. »Mein persönlicher Leibwächter hat offenbar in San Diego eine Langstreckenläuferin gefunden, die er jetzt beschützen will«, erwiderte sie knapp.

»Ach … was?!« Robert zog die Augenbrauen hoch und lächelte wie ein Kater vor dem Rahmtopf. »Wie das?«

Sie ließ ihn ohne Antwort stehen, und er folgte ihr über die Wendeltreppe in die kleine Wohnung. Oben sah er sich neugierig um und blieb einen Moment vor dem großen Tisch stehen, um ein paar Zeichnungen zu betrachten, die dort lagen.

»Setz dich.« Sie knipste die Stehlampe an und wies auf den Sessel neben ihrem Bett. »Ich hole uns eben aus der Küche ein Glas Wein.« Sie streifte ihre Sandalen ab, während er seine Umhängetasche auf den Sessel fallen ließ, im Zimmer umherwanderte und schließlich vor der gerahmten Fotografie ihres Vaters stehen blieb, die an der Wand neben dem Schreibtisch hing.

»Dein Vater?«, fragte er.

Sie nickte.

»Das sieht man gleich.« Er studierte das Foto. »Die braunen Haare, die Stirnpartie mit den ausgeprägten Augenbrauen, der breite Mund. Er sieht sympathisch aus.« Robert drehte sich zu ihr um und fuhr sich mit der Hand durchs Haar. »Ich komme eher nach meiner Mutter.«

»Ach ja …« Rosalie lächelte. »Das *goldene* Haar!« Sie musste wieder an das verblasste Farbfoto von Ruth denken. Dann machte sie einen Vorstoß.

»Und von wem hast du diese unglaublichen blauen Augen?«

»Oh, vielen Dank.« Er grinste und versuchte, seine Verlegenheit mit einem Scherz zu überspielen. »Ein historischer Moment.«

»Wie?«

»Ich glaube, das ist das erste Kompliment, das ich von einer gewissen Rosalie Laurent bekomme.«

»Könnte das daran liegen, dass ein gewisser Robert Sherman mir bisher wenig Anlass zu Komplimenten gegeben hat?«, konterte sie. »Aber ich wette, an Komplimenten herrscht kein Mangel. Ich bin sicher nicht die erste Frau, der deine blauen Augen aufgefallen sind.«

Sie erinnerte sich noch genau daran, wie er damals vor dem Schaufenster gestanden hatte und dass die Farbe seiner Augen sie schlichtweg umgehauen hatte.

»Ach … also … na ja …« Er machte eine wegwerfende Handbewegung und heuchelte Bescheidenheit. »Halb so wild. So an die hundert werden's wohl gewesen sein.«

»Komplimente – oder Frauen?«

Er lächelte amüsiert. »Komplimente natürlich. Ich bin ja schließlich kein Casanova. Aber um deine Frage zu beantworten – meine Augen habe ich weder meinem Vater noch meiner Mutter zu verdanken, sondern meinem Großvater mütterlicherseits, den ich leider nie kennengelernt habe. Jedenfalls war unsere ganze Familie völlig aus dem Häuschen wegen dieses«, er hob die Finger und malte zwei Anführungszeichen in die Luft, »›niedlichen blonden Shermans mit den blauen Augen‹.« Er lachte, und Rosalie versuchte für einen Moment, sich den großen Mann in dem blau-weiß gestreiften Hemd als kleinen Jungen vorzustellen.

»Ich glaube, meine Tante hatte schon eine Schauspielerkarriere für mich ins Auge gefasst. So als Robert Redford für Arme.« Er zwinkerte. »Aber so schön bin ich nun auch wieder nicht.«

»Ach, weißt du …« Rosalie legte den Kopf schief. »Schönheit ist ja nicht alles. Ich würde sagen, für einen Literaturprofessor reicht's.«

Als sie wenige Minuten später mit zwei großen, übervollen Rotweingläsern zurückkam, stand Robert immer noch mitten im Zimmer und schaute sich um.

Sie drückte ihm ein Glas in die Hand und prostete ihm zu.

»Worauf trinken wir denn?«, fragte er, und der rote Wein schaukelte verheißungsvoll in seinem Glas.

»Wie wäre es mit: auf das Ende unserer gemeinsamen Suche?«, schlug sie vor.

»Ja, trinken wir auf das Ende unserer Suche«, wiederholte er, aber so, wie er es sagte, war nicht auszuschließen, dass er etwas ganz anderes damit meinte. »Und darauf, dass wir nach einem etwas verunglückten Start nun doch noch gute Freunde geworden sind«, fügte er hinzu.

Sie tranken beide einen großen Schluck. Rosalie spürte die Wirkung des Rotweins sofort. Kein Wunder, außer einem winzigen Stück der *Tarte tatin* hatte sie seit Mittag nichts mehr gegessen. Wie hatte er das gemeint – mit den »guten Freunden«?

»Sind wir das denn jetzt … gute Freunde?« Hastig nahm sie einen weiteren großen Schluck und spürte die beruhigende Wärme, die ihre Glieder durchströmte.

Robert leerte sein Glas bis zur Hälfte und schaute sie über den Rand hinweg an. »Vielleicht«, sagte er langsam, »sind wir mehr als das.«

Rosalie lächelte nervös und merkte, wie ein leichter Schwindel sie erfasste. Sie sah Robert zu, wie er sein Glas jetzt auf dem kleinen runden Tisch neben dem Sessel abstellte.

»Hierhin verschwindest du also, wenn du nicht unten im Laden bist«, stellte er fest. »Sehr gemütlich.« Sein Blick blieb unwillkürlich an dem französischen Bett hängen, über das ein blau-weiß gemusterter Granfoulard gebreitet war, auf dem Kissen in allen möglichen Größen und Blautönen verteilt waren.

»Ja. Mein kleines Versteck vor der Welt.« Rosalie stieß das Fenster auf, das zum Dach führte. »*Et voilà* – hier ist mein zweites Zimmer.« Sie ließ ihr Weinglas auf dem halb hohen Bücherregal neben dem Fenster zurück und schaute nach draußen in die Nacht. Eine Wolke hatte sich vor die Sichel des Mondes geschoben, und mit viel Phantasie hätte man einen Tiger darin erkennen können. Sie blieb am Fenster stehen, atmete die kühle Luft tief ein und hatte mit einem Mal das übermächtige Bedürfnis, eine Zigarette zu rauchen.

Robert war hinter sie getreten, und sie spürte, wie ihr Nacken zu kribbeln begann. An diesem Tag hatte sie ihre Haare mit einer großen Schildpattspange auf dem Hinterkopf gebändigt.

»Wirklich sehr, sehr hübsch«, sagte er leise, und Rosalie war sich nicht sicher, ob er wirklich ihren kleinen Dachgarten meinte, auf dem in wunderbarstem Durcheinander blühende Topfpflanzen und Sträucher die Blicke der umliegenden Häuser aussperrten. Sie spürte seinen Atem an ihrem Hals und merkte, wie ihr ein kleiner angenehmer Schauder den Rücken hinunterlief.

»Und es riecht so gut – wie in einem verwunschenen Garten.« Er strich ihr eine einzelne Haarsträhne aus dem Nacken, und seine Lippen streiften so unmerklich ihre Haut, dass sie fast glaubte, sich die Berührung bloß eingebildet zu haben.

»Das ist … sicher … der Heliotrop … da drüben.«

Mit klopfendem Herzen deutete sie auf einen großen Strauch mit winzigen dunkelvioletten Blütenblättern, dessen feiner Vanilleduft zu ihnen herüberwehte.

»Das glaube ich nicht«, sagte er leise.

»Was?« Sie drehte sich zögernd um. Roberts Augen ruhten mit zärtlichem Blick auf ihr.

»Es riecht nach Walderdbeeren«, murmelte er und vergrub sein Gesicht in ihrem Haar. »Nach Walderdbeeren und frischem Regen. Ich würde diesen Geruch unter tausenden wiedererkennen.«

Und dann nahm er sehr sanft ihr Gesicht in beide Hände und küsste sie.

An diesem Abend schrieb Rosalie nichts in ihr kleines blaues Notizbuch.

Sie hatte Besseres zu tun.

29

Entgegen ihrer Gewohntheit wachte Rosalie sehr früh am Morgen auf. Es war Sonntag, es war halb sechs, und ihr linker Arm war eingeschlafen. Der Grund dafür war ein amerikanischer Literaturprofessor, der selig schlummernd mit seinem ganzen Gewicht darauf lag und nicht gewusst hatte, was *Je te kiffe* bedeutet.

Offenbar war sein Französisch doch etwas veraltet. Rosalie lächelte und versuchte, den Arm unter Robert wegzuziehen, ohne ihn aufzuwecken. Sie streckte verschlafen ihre Glieder und seufzte glücklich.

Ihr ursprünglicher Plan, Robert auf die Dachterrasse zu locken, um ein Glas Wein zu trinken, eine Zigarette zu rauchen und den Mond anzuschauen, war grandios gescheitert.

Irgendjemand anderes hatte die Regie übernommen und ihr bewiesen, dass das Leben manchmal – ganz selten zwar, aber es kam dennoch vor – romantischer sein konnte als alles, was man sich ausgemalt hatte.

Robert hatte sie geküsst, und danach waren sie nicht mehr auf das Dach gekommen.

Nach diesem Kuss, der nicht aufhörte, weil weder Robert noch Rosalie auf die absurde Idee gekommen wäre, mit etwas so Wunderbarem jemals aufhören zu wollen, hatten sie sich schließlich der Not gehorchend dann doch voneinander gelöst und mit einem tiefem Atemzug wieder Sauerstoff in ihre Lungen gelassen.

Die Haarspange war aufgegangen und zu Boden gefallen – wie so vieles andere Überflüssige auch, das von ihnen abfiel, als sie trunken sich haltend und umarmend die wenigen Schritte zu Rosalies Bett getaumelt waren. Lachend und flüsternd, sich mit Fingern und Worten liebkosend sanken sie in die blauen Kissen wie in ein rauschendes Meer der Freude, wo nicht mehr und nicht weniger zu hören war als das Schlagen ihrer Herzen.

»Je te kiffe«, hatte sie irgendwann später gesagt und war ihm übermütig durchs Haar gefahren. Sie lagen einander zugewandt auf dem zerwühlten Granfoulard, so dicht beieinander wie vor fast drei Wochen unter dem staubigen Bett in Le Vésinet.

»Du willst *kiffen*?« Er hatte sie erstaunt angesehen, und Rosalie musste leise vor sich hin kichern, als sie jetzt wieder an sein verblüfftes Gesicht dachte. *»For heaven's sake* – ihr französischen Frauen seid wirklich sehr speziell.«

»Idiot«, hatte sie gesagt. »Das bedeutet doch nur, dass ich dich mag.«

»Oh, sie *mag* mich«, hatte er entgegnet. Und dann hatte er sie mit einer raschen Bewegung zu sich herangezogen und heftig geküsst. »Du *magst* mich?« Er legte sich auf sie und küsste sie wieder. »Und was noch?«

Sie hatte gelacht, dann gelächelt, dann sah sie ihn einfach nur an. »Ich liebe dich«, hatte sie gesagt, und er hatte zufrieden genickt und mit dem Finger die Linie ihrer Augenbrauen, ihrer Nase, ihres Mundes nachgezogen.

»Das ist gut, das ist sehr gut«, hatte er gemurmelt. »Weil es ist so, meine Kleine: Ich liebe dich nämlich auch.«

Er ließ sich wieder zurückfallen und verschränkte die Arme hinter dem Kopf. »Meine Güte«, sagte er. »Der Tag war ja schon aufregend genug. Aber verglichen mit der Nacht …« Er ließ das Ende des Satzes offen und starrte versonnen gegen die Decke, während sie sich in seine Armbeuge schmiegte.

»Okay«, meinte sie zufrieden. »Wir kiffen nicht – aber wie wäre es mit einer Zigarette?« Im Geiste leistete sie Abbitte bei René, aber eine Zigarette würde sie schon nicht gleich umbringen.

»Ich will's mir eigentlich gerade abgewöhnen«, sagte Robert.

»Oh, das ist gut. Ich auch«, erklärte sie.

»Mit anderen Worten: Eine Zigarette zum Abgewöhnen.«

»Genau.«

Sie hatten sich einen vielsagenden Blick zugeworfen, und dann war Rosalie schnell aus dem Bett gestiegen: »Bevor es sich einer von uns doch wieder anders überlegt.«

Als sie ihm Feuer gab und er einen tiefen Zug nahm und sich dann lächelnd in sein Kissen zurückfallen ließ, den rechten Arm lässig über die angezogenen Knie gelegt, die Zigarette zwischen Daumen und Zeigefinger, hatte sie einen Moment gestutzt. Es war wie ein *Déjà-vu*.

»Was ist?«, hatte er gefragt.

»Nichts. Ich glaube, ich kenne dich aus einem anderen Leben.« Rosalie hatte den Kopf geschüttelt und einigermaßen verwirrt gelächelt. Sie hätte selbst nicht sagen können, was es war, das sie gerade so seltsam berührt hatte.

Als sie jetzt auf bloßen Füßen in ihrem kurzen Nachthemd aus dem Bad zurückkam und mit liebevollem Blick den schlafenden Mann betrachtete, der mit zerzaustem Schopf quer über dem Bett lag und sich gleichermaßen in Bettlaken und Granfoulard verwickelt hatte, aus denen nur sein rechtes Bein herausragte, wusste sie es plötzlich.

»Das gibt's ja nicht!«, flüsterte sie und war mit einem Mal hellwach. Mit großen Augen beugte sie sich über Roberts rechten Fuß, der mit dem Außenrist nach oben auf der Decke gebettet war. Sie runzelte die Stirn.

Wenn man es nicht besser gewusst hätte, hätte man meinen können, dass sich der Schläfer bei einem heftigen Liebesgerangel seinen Zeh irgendwo angeschlagen hatte. Doch wenn man genauer hinsah, erkannte man, dass es kein blauer Fleck oder Bluterguss war.

Auf Robert Shermans rechter kleiner Zehe war ein sehr auffälliger großer dunkelbrauner Fleck zu sehen. Rosalie erinnerte sich, einen solchen Leberfleck vor Kurzem schon einmal an einem Männerfuß gesehen zu haben.

Sie hob den Blick und atmete durch, und dann stürzte in wahrhaft atemberaubendem Tempo eine Kaskade an Bildern auf sie ein: die hellen blauen Augen, das freundliche Katerlächeln, die steile Zornesfalte, die kräftigen Hände mit den langen Fingern, die Art, arrogant die Augenbrauen hochzuziehen.

Die Wahrheit war die ganze Zeit da gewesen. Warum hatte sie sie nicht eher gesehen?

Mit einem Mal war Rosalie klar, dass das, was sie damals auf dem alten Foto von Marchais irritiert hatte, nicht die Tatsache war, dass Max eine Zigarette rauchte oder keinen Bart trug. Es war die unverkennbare Ähnlichkeit mit Robert, seinem Sohn.

Nach der Entdeckung des verräterischen Leberflecks in den frühen Morgenstunden hatte Rosalie sich erst einmal einen *Café crème* gemacht. Über eine Stunde saß sie mit angezogenen Beinen auf dem blau gestrichenen Holzstuhl in ihrer Küche und überlegte. War es wirklich richtig, Robert die Wahrheit zu sagen? Für Rosalie gab es keinen Zweifel daran, dass Max Marchais sein Vater war. Doch natürlich kannte man die näheren Umstände nicht. Was war damals wirklich passiert? Max schien nicht zu wissen, dass er einen Sohn hatte, und Ruth, die einzige Person, die Robert hätte fragen können, war leider schon tot.

Doch letztlich war Paul Sherman, in dem Robert seinen Vater sah, ebenso tot wie Ruth. Hätte Paul noch gelebt, wäre es vielleicht besser gewesen, die ganze Angelegenheit auf sich beruhen zu lassen, denn dann hätte die Wahrheit unter Umständen eine zerstörerische Kraft entfaltet, die mehr geschadet als genutzt hätte. Doch so, wie die Dinge jetzt lagen, fand ein junger Mann, der keine Eltern mehr hatte, seinen Vater. Und ein alter Mann, der keine Kinder zu haben glaubte, seinen Sohn.

Und so hatte sie Robert die Wahrheit, zusammen mit einem kleinen Frühstück, so behutsam wie möglich nahegebracht.

Robert war aus allen Wolken gefallen. »So ein Unsinn – das *kann* überhaupt nicht sein. *Paul* ist mein Vater.« Er hatte vehement den Kopf geschüttelt. Doch je länger er Rosalie zuhörte, desto nachdenklicher war er geworden.

»Die Ähnlichkeit zwischen euch ist nicht zu leugnen«, schloss sie. »Wenn Max jünger wäre und keinen Bart tragen würde, wäre es mir wahrscheinlich schon viel eher aufgefallen.« Sie musste daran denken, auf welche Weise sie die beiden Männer kennengelernt hatte, und schmunzelte. »Ich würde sagen, ihr habt sogar dieselbe Disposition für das Umwerfen von Postkartenständern.«

»Aber Max hat doch gesagt, es wäre nichts passiert«, protestierte Robert hilflos.

Rosalie setzte sich zu ihm auf das Bett. »Du hast nicht genau zugehört, *mon amour*. Er hat gesagt, es sei *alles* und nichts passiert. Vielleicht waren es am Ende dann doch mehr als ein paar Küsse. Vielleicht hatten sie ja doch eine Nacht zusammen – eine magische Nacht, in der sie gemeinsam über Paris flogen.« Sie dachte an die Geschichte.

»Und weiter?«

Rosalie zupfte an ihrer Unterlippe und überlegte. »Tja. Wie geht es weiter? Ruth fährt nach New York, wo ihr Verlobter Paul sehnsüchtig auf sie wartet und die Nacht mit ihr verbringt. Sie heiraten, Ruth ist schwanger, alle sind begeistert, und vielleicht ist sie am Anfang selbst davon überzeugt, dass das Kind von Paul ist, doch dann erkennt sie gewisse Ähnlichkeiten.«

»Wie zum Beispiel die blauen Augen.«

Rosalie nickte. »Sehr richtig. Oder diesen Leberfleck. Oder so vieles andere. Alle anderen sehen das, was sie sehen wollen. Doch es ist zu spät. Das Kind ist bereits da, und Paul ist überglücklich, dass er einen Sohn hat. Ruth will ihre Ehe nicht aufs Spiel setzen. Sie lebt ihr neues Leben. Und es ist ein gutes Leben. Ein erfülltes Leben. Also schweigt sie. Bis zum Schluss. Sie konnte ja nicht damit rechnen, dass Marchais die Geschichte jemals veröffentlichen würde und dass du die Zusammenhänge entdeckst.«

Robert schien zu schwanken. »Du meinst also, sie hat es die ganze Zeit gewusst?«, fragte er schließlich.

Rosalie nickte. »Es war ein Geheimnis, das sie mit niemandem teilen konnte. Nicht mit Max.

Nicht einmal mit dir. Aus Rücksicht auf deinen Vater. Auf euch alle.«

Eine Weile hatte Robert schweigend dagesessen und seinen Kopf in den Händen vergraben.

»Ich muss mit Marchais sprechen«, sagte er schließlich und sah sie mit ernstem Blick an. »Ich fürchte fast, du hast recht mit deinen Vermutungen.«

Sie legte den Arm um ihn. »Ich finde, du solltest heute Nachmittag allein in den Bois de Boulogne fahren und dich mit Max aussprechen. Ich nehme an, dass er die Wahrheit genauso wenig gekannt hat wie du. Aber gemeinsam könnt ihr ihr vielleicht ein Stück näher kommen.«

Robert nickte. Dann schien ihm etwas einzufallen. Er presste die Lippen aufeinander, bevor er stockend sagte: »Da ist noch etwas. Damals, es muss etwa ein halbes Jahr gewesen sein, nachdem mein Vater starb, sind wir zusammen nach Paris gefahren, Mama und ich. Ich war gerade zwölf, und ich erinnere mich noch genau an diese freudige Unruhe, die meine Mutter plötzlich erfasst hatte. Sie war so aufgeregt. So, als ob in dieser Stadt etwas ganz Besonderes passieren könnte. Aber es ist nichts passiert.« Er schüttelte gedankenverloren den Kopf. »Jedenfalls nichts, von dem ich wüsste. Und am Ende unserer Reise wirkte sie so traurig. Das hat mich damals als Kind sehr beunruhigt.«

Robert zuckte die Achseln und starrte zum Fenster hinaus, ohne irgendetwas wahrzunehmen. »Warum ist sie nach dem Tod meines Vaters mit mir nach Paris gefahren? Wollte sie noch einmal an den Schauplatz ihrer alten Liebe zurück? Hatte sie vor, mit Max Kontakt aufzunehmen? Ist die Sache dann aus irgendeinem Grund gescheitert?« Er seufzte ratlos. »So viele Fragen. Ob ich jemals eine Antwort darauf bekommen werde?«

»Du wirst das schon schaffen. Grüß Max schön mir«, sagte Rosalie, als sie am frühen Nachmittag auf dem Boulevard Saint-Germain vor der berühmten *Brasserie Lipp* stehen blieben. Sie hatte Robert, dem nun doch etwas mulmig zumute war, noch das kurze Stück bis zum Taxistand begleitet. Von hier aus würde er sich allein auf den Weg machen müssen. In dem Café mit den weißen Sonnenschirmen unweit des hohen schmiedeeisernen Eingangstors, hinter dem die Jardins de Bagatelle anfingen, würde es ein Gespräch zwischen zwei Männern geben, bei dem sie nichts verloren hatte.

Sie hoffte, dass Robert die Nerven behielt und Max die Wahrheit gut aufnehmen würde. Und sie war sich sicher, dass die beiden Männer sich viel zu erzählen hatten.

Ein paar Taxen standen vor der *Brasserie Lipp* mit der orangefarbenen Markise, auf der schmalen überdachten Terrasse waren alle Plätze besetzt. Hand in Hand gingen sie ganz nach vorn zum ersten Wagen.

»Als ich nach Paris kam, dachte ich, mein größtes Problem sei, ob ich diese Stelle an der Universität annehme«, meinte Robert, als er die Wagentür aufmachte. »Und jetzt wird auf einmal mein ganzes Leben umgeschrieben.«

»Nein, so ist es doch gar nicht, Robert.« Rosalie zog ihn noch einmal in ihre Arme und blickte ihm fest in die Augen. »Das, was gewesen ist, wird dir immer bleiben. Es kommt nur etwas Neues hinzu. Paul war ein wunderbarer Vater für dich, und du wirst immer sein Sohn bleiben. Aber dass du jetzt, wo deine Eltern beide tot sind, deinen leiblichen Vater gefunden hast, ist ein Geschenk, welches das Leben dir macht.«

Er zog die Stirn in Falten und sah sie mit einem Ausdruck komischer Verzweiflung an. »Du hättest mir als Geschenk schon gereicht.«

Sie lächelte. »Mag sein. Dennoch glaube ich, dass nichts ohne Grund geschieht. Und Max Marchais ist ja nicht gerade jemand, dessen man sich

schämen müsste. Er ist ein berühmter Schriftsteller, er ist sympathisch, er hat einen guten Geschmack, er liebt die Literatur, er schätzt mich
sehr …«

Sie sah, wie Robert den Mund verzog.

»Er ist Franzose«, sagte er und stieg in den
Wagen.

»He! Was ist so schlimm daran, Franzose zu
sein?«, rief sie ihm nach, während der Wagen sich
in Bewegung setzte und Robert ihr mit einem
schiefen Lächeln zuwinkte. Sie stemmte die Hände in die Hüften. »Du bist selbst ein halber Franzose, mein Lieber, vergiss das nicht!«

Als Rosalie an diesem Abend ihr blaues Notizbuch
unter dem Bett hervorzog, war sie sehr, sehr müde.
Sie schaute auf das Hundekörbchen neben ihrem
Bett, in dem William Morris schlief. Um die Kör-
permitte trug er einen riesigen Verband. »Mein armes Hundchen«, sagte sie leise und strich ihm über
den Kopf. Bevor sie das Licht löschte, schrieb sie:

Der schlimmste Moment des Tages:
William Morris ist am Nachmittag vor ein Auto ge-
laufen. Als ich seinen kleinen Körper so verdreht und
blutend auf der Straße liegen sah, dachte ich erst, er wäre
tot. Bin sofort mit ihm in die Tierklinik gefahren. Gott

sei Dank war es nur eine äußere Verletzung. Er hat zwei Spritzen bekommen, und wir müssen morgen noch mal zur Kontrolle. Was für ein Schreck!

Der schönste Moment des Tages:
Vater und Sohn haben sich gefunden!

Robert hat eben angerufen. Er war noch ganz bewegt von dem Gespräch in den Jardins de Bagatelle. Max hat ihm die Stelle unter dem alten Baum gezeigt, in der Nähe der Grotte der vier Winde, wo er damals mit Ruth war.

Angeblich hat Max es schon gewusst, als wir gestern Abend gefahren sind. Ein Gefühl der Verbundenheit. Und dann war da dieses Datum auf dem Foto … Meine Vermutung war übrigens richtig. Ruth hat die letzte Nacht bei ihm verbracht. Und ziemlich genau neun Monate später wurde Robert geboren. Dennoch hat Max all die Jahre keine Ahnung gehabt, dass er einen Sohn hat. Er hat Ruth nie mehr gesehen – auch damals nicht, als Robert mit seiner Mutter in Paris war.

Zu dieser Zeit war Max allerdings schon mit Marguerite verheiratet. Ob Ruth damals nach Paris fuhr, um nach Max zu suchen, und ihn dann zusammen mit seiner Frau gesehen hat? Vielleicht in einem Café? Vielleicht hat sie irgendwie herausgefunden, dass er verheiratet war? Das würde jedenfalls erklären, warum sie damals so niedergeschlagen abreiste.

Wie hätte sie Max auch jemals vergessen können, wo sie dessen Sohn doch jeden Tag vor Augen hatte – einen Jungen, der so wunderbar gelungen war, dass sie ihn mit Liebe überschüttete. Von dem sie vielleicht ahnte und hoffte, dass sich in ihm die besten Eigenschaften von Paul, Max und ihr selbst mischen würden.

Robert sagt, sie haben viel geredet, Max und er. Über Ruth und über alles andere.

Er bleibt über Nacht in Le Vésinet.

30

Mit der rückwärtsgewandten Wehmut einer Verliebten hatte Rosalie gedacht, dass sie nie wieder ein solch großes Glück empfinden würde wie in jener Nacht, als sie zum ersten Mal in den Armen des New Yorker Literaturprofessors lag. Sie würde diese Nacht nie vergessen, allein schon deswegen nicht, weil der fehlende Eintrag in einem kleinen blauen Buch sie immer daran erinnern würde.

Robert hatte die zärtlichsten Worte in ihr Ohr geflüstert, erfundene und entlehnte Liebesschwüre eines ganz persönlichen Sommernachtstraums mischten sich auf wunderbare Weise, und Rosalie war fast schon ein wenig eifersüchtig auf diesen köstlichen, einzigartigen Augenblick, den sie genauso wenig würde festhalten und verlängern können wie alle anderen Augenblicke ihres Lebens. Und als die Gefühle so hoch flogen wie nie zuvor, leistete sie sich den bittersüßen und etwas sentimentalen Gedanken, dass man die Füße irgendwann wieder auf den Boden würde setzen müssen – aber eben doch, um einen gemeinsamen Weg zu beschreiten.

Auf einen solchen Absturz war sie jedenfalls nicht vorbereitet gewesen. Sie hätte mit allem gerechnet – nur nicht damit, dass ihre Beziehung zu Robert ein so schnelles und plötzliches Ende nehmen würde.

Völlig ahnungslos war sie am Nachmittag mit William Morris vom Tierarzt zurückgekommen, als sie die rothaarige Person in dem schmalen dunkelgrünen Rock und der weißen Bluse bemerkte, die in eleganten Lederpumps vor ihrem Laden auf und ab ging.

Von Weitem hatte sie die Frau für diese Italienerin gehalten – Gabriella Spinelli. Doch als sie näher kam, sah sie, dass es eine Fremde war. Eine auffallend schöne Frau.

Vorsichtig setzte sie die Tasche ab, in der William Morris lag und leise winselte. »*Bonjour, Madame*, möchten Sie zu mir? Die Papeterie hat heute leider geschlossen.«

Die schlanke Frau mit den roten Locken lächelte. »Das habe ich bereits bemerkt«, erklärte sie in einem etwas holprigen Französisch, das nicht so recht zu ihrer perfekten Erscheinung passen wollte. »Ich möchte aber auch gar nichts kaufen. Ich würde gern mit der Besitzerin dieses Postkartenladens sprechen.«

»Aha«, sagte Rosalie erstaunt. »Nun, da haben Sie Glück. Das bin ich. Rosalie Laurent. Worum geht es denn?«

»Ich würde das ungern auf der Straße besprechen«, sagte die Fremde mit einem seltsamen Lächeln, und ihr Blick streifte einen Passanten, der fasziniert zu ihr herübersah. »Darf ich einen Moment reinkommen?«

Sie hatte einen unverkennbar amerikanischen Akzent, und Rosalie fragte sich, ob es um eine geschäftliche Angelegenheit ging. War die Frau mit den kinnlangen Locken vielleicht eine Verlegerin auf der Suche nach einer neuen Illustratorin?

»Ja … natürlich … Kommen Sie.« Irgendwie hatte ihr Blick trotz des Lächelns etwas sehr Einschüchterndes, fand Rosalie. So stellte man sich eher eine Steuerfahnderin vor. Sie schloss den Laden auf und bat die Amerikanerin herein.

»Bitte nehmen Sie doch Platz.« Rosalie öffnete die Tasche und bugsierte William Morris vorsichtig in sein Körbchen. »Um was geht es denn?«

Die Amerikanerin streifte William Morris mit einem irritierten Blick und sah sich kurz im Laden um, bevor sie wieder zu Rosalie hinüberschaute. Bildete sie sich das nur ein, oder lag eine gewisse Feindseligkeit in ihren hellen grünen Augen?

»Danke, ich stehe lieber.« Sie musterte Rosalie unverhohlen von Kopf bis Fuß. »Es geht um Robert Sherman«, sagte sie dann.

»Um Robert?«, wiederholte Rosalie, die gar nichts verstand. »Was ist mit Robert?« Ein ungutes Gefühl beschlich sie. »Ich habe doch gestern noch mit ihm telefoniert. Ist etwas passiert?«

»Tja, das wüsste ich eben auch gern«, entgegnete die Rothaarige mit einem kühlen Lächeln. »Ich habe nämlich am Wochenende auch mit Robert telefoniert. Und ich muss sagen, es war ein äußerst merkwürdiges Telefonat. Der gute Robert schien mir ziemlich verwirrt zu sein.«

Der gute Robert? War diese Frau eine Bekannte von Robert? Rosalie sah sie verwundert an. »Nun ja …«, sagte sie dann. »Es ist eine Menge passiert, müssen Sie wissen …«

»Ich möchte nicht unhöflich sein, aber darf ich fragen, in welcher Beziehung Sie zu Robert stehen?«, fiel ihr die Frau scharf ins Wort.

»Wie bitte?« Rosalie merkte, wie ihr heiß wurde. »Was soll das? Robert Sherman ist mein Freund. Und wer sind Sie, bitte?«

»Sehen Sie, deswegen wollte ich mich mit Ihnen ein wenig unterhalten. Es gibt da nämlich ein kleines Problem.« Ihre Augen hefteten sich auf Rosalie. »Robert Sherman ist *mein* Freund – oder besser gesagt, mein Verlobter.« Sie lächelte mit schmalen Lippen. »Ich bin übrigens Rachel.«

»Rachel?« Der Name sagte ihr nichts. War diese Frau verrückt? Oder gab es eine Verschwörung rothaariger Frauen, die alle hinter Robert Sherman her waren? Rosalie schüttelte energisch den Kopf. »Das muss ein Missverständnis sein – Robert hat keine Freundin, die Rachel heißt.«

»Ach ... nein?« Rachel zog die Augenbrauen hoch, und ihre Stimme nahm einen sehr unangenehmen Klang an. »Nun, ich fürchte, das Missverständnis liegt ganz bei Ihnen, Mademoiselle.«

»Nein ...«, widersprach Rosalie, und dann wurde sie mit einem Mal blass. Sie hatte den Namen Rachel durchaus schon einmal gehört – damals, als sie zusammen mit Robert vor der Terrassentür von Max Marchais' Villa stand und dessen Mobiltelefon unaufhörlich klingelte.

Ach, das war nur ... Rachel. Eine Bekannte. Sie sah ihn wieder vor sich, wie er verlegen sein Mobiltelefon wegsteckte.

»Aber ... Robert sagte, Sie seien eine Bekannte ... Sie haben ihm doch dieses Manuskript geschickt ... jetzt erinnere ich mich wieder«, erklärte sie verwirrt.

»Eine *Bekannte?!*« Rachel lachte kurz auf. »Nun, da hat er Ihnen wohl nicht ganz die Wahrheit gesagt.« Sie hielt Rosalie ihre rechte Hand unter die Nase. »Wissen Sie, was das hier ist?«, fragte sie triumphierend. An ihrem Finger glitzerte ein Diamant. »Robert ist mein Verlobter, wir wohnen seit drei Jahren zusammen in einem kleinen Apartment in Soho. Aber wenn wir in diesem Herbst heiraten und Robert die Nachfolge bei *Sherman & Sons* antritt, werden wir uns wohl etwas Größeres suchen.«

Sie zog die Hand zurück und betrachtete ihre perfekt manikürten Fingernägel. »Glücklicherweise hat er wieder Vernunft angenommen – eine Gastprofessur an der Sorbonne, also wirklich! Ich habe ihm gleich gesagt, dass das eine Schnapsidee ist, aber nach dem Tod seiner Mutter war er verständlicherweise etwas neben der Spur.« Sie seufzte. »Und dann die ganze Aufregung mit diesem Manuskript.«

Rosalie glaubte zu spüren, wie die alten Steinplatten unter ihr zu schwanken begannen. Diese Frau wusste zu viel, um nur eine Bekannte zu sein. War es möglich, dass Robert sie dermaßen angelogen hatte?

Sie sah ihn vor sich, wie er sich im Bett zurücklehnte nach dieser unglaublichen Nacht und sie anlächelte, als wäre sie die einzige Frau auf der Welt.

»Das kann nicht sein«, sagte sie mit tonloser Stimme und lehnte sich haltsuchend gegen den Kassentisch.

»Und doch ist es so«, entgegnete Rachel heiter. »Ich bin nach Paris gekommen, um Robert abzuholen. Hat er Ihnen das denn nicht erzählt? Am Donnerstag fliegen wir nach New York zurück.«

»Er hat gesagt, er liebt mich.« Rosalie spürte, wie der Schmerz ihr den Boden unter den Füßen wegzog.

Rachel musterte sie mit mitleidigem Blick. »Eigentlich müsste ich Ihnen ja böse sein, aber ich sehe, Sie hatten wirklich keine Ahnung. Nehmen Sie es sich nicht allzu sehr zu Herzen, Sie trifft ja keine Schuld.« Sie schüttelte den Kopf, und ein aufmerksamer Betrachter als die am Boden zerstörte Rosalie hätte die Falschheit ihres Lächelns vielleicht bemerkt, als sie jetzt sagte: »Es ist immer dasselbe mit Robert. Er ist wie ein kleiner Junge – einem hübschen Gesicht kann er nicht widerstehen. Deswegen bin ich auch sehr froh, wenn er an der Universität aufhört. All diese jungen Studentinnen.« Sie gab einen schnalzenden Laut von sich und betrachtete mit äußerst zufriedener Miene die junge Frau am Kassentisch, die blind vor Tränen auf den Boden starrte.

»Na dann, nichts für ungut«, sagte sie, schüttelte ihre roten Locken und wandte sich zum Gehen. »Ich denke, wir haben uns verstanden. Ich muss Sie wohl nicht extra bitten, von meinem zukünftigen Mann die Finger zu lassen?«

Ohne eine Antwort abzuwarten, drehte sie sich um und verließ den Laden.

31

Es waren sicher die drei aufregendsten Tage seines Lebens gewesen, überlegte Robert Sherman, als er mit beschwingtem Schritt durch das Quartier Latin ging. Vor einer Stunde war er bei Professeur Lepage gewesen, um die Verträge für seine Gastprofessur zu unterschreiben. Gestern hatte er mit Max stundenlang auf einer Bank im Rosarium der Jardins de Bagatelle gesessen und staunend begriffen, dass er, wie es aussah, nun wieder einen Vater hatte. Und vorgestern – er schloss die Augen für einen Moment und spürte wieder dieses unglaubliche Glücksgefühl, das ihn jedes Mal durchströmte, wenn er an die Nacht mit Rosalie dachte –, vorgestern hatte er die Frau seines Lebens gefunden.

Das lächerliche Ultimatum, das Rachel ihm in New York gestellt hatte, war fast abgelaufen. Er erinnerte sich an das gereizte Gespräch, als er sie nach dem Einbruch zurückgerufen hatte und ihr aufgeregt von dem Manuskript berichtete, das Rosalie zufällig in einer Kiste auf Marchais' Kleiderschrank gefunden hatte. »Meine Güte, das hört sich an wie ein Roman von Lucinda Riley«, hatte Rachel seufzend gesagt und gelacht, aber das Lachen hatte nicht besonders freundlich geklungen. »Vielleicht solltet ihr beide zusammen ein Detektivbüro aufmachen. Wenn man dich so hört, hat man direkt den Eindruck, als würdest du Tag und Nacht mit dieser Postkartenverkäuferin herumhängen.«

»So ein Unsinn, Rosalie hilft mir einfach, das ist alles«, hatte er gesagt, und zu diesem Zeitpunkt hatte es ja auch noch der Wahrheit entsprochen. »Sie ist sehr nett, du würdest sie mögen.«

»Das glaube ich kaum.« Rachel hatte etwas schnippisch das Gespräch beendet, doch als sie ihn am Freitagabend wieder angerufen hatte, war sie sehr freundlich und verständnisvoll gewesen. Sie hatte immer wieder nachgefragt, und so hatte er ihr schließlich von dem geplanten Besuch bei Max Marchais erzählt und auch kurz erwähnt, dass er mit dem Dekan der Universität gesprochen hatte.

»Und?«, hatte sie gefragt.

»Darüber müssen wir dann noch mal in Ruhe reden.«

Er hatte nicht mit ihr diskutieren wollen, nicht in diesem Moment, nicht bevor diese andere wichtige Sache geklärt war. Also hatte er ein wenig ausweichend geantwortet und das Gespräch mit den Worten beendet, dass er sich am Wochenende noch einmal bei ihr melden würde. »Ich ruf dich an, wenn ich wieder aus Le Vésinet zurück bin«, hatte er gesagt, und erst jetzt fiel ihm auf, dass er Rachel den Anruf noch schuldig geblieben war.

Denn ausgerechnet an diesem Wochenende hatten sich die Ereignisse überschlagen, sein ganzes Leben war einmal kurz durcheinandergewirbelt worden, er war von einer Aufregung in die nächste gefallen. Doch als er am Morgen mit Max beim Frühstück saß und seinen Blick über den Garten schweifen ließ, war er mit einem Mal ganz ruhig geworden. Die Entscheidung war gefallen: Er würde in Paris bleiben, vielleicht sogar für immer.

Sobald er im Hotel war, würde er Rachel anrufen und reinen Tisch machen, nahm er sich vor. Nichts würde ihn mehr aufhalten auf seinem neuen Weg.

»Oh, Mister Sherman, Sie werden se'en, es wird Ihnen gefallen bei uns hier«, hatte der zierliche Monsieur Lepage gesagt, als er ihn zur Tür hinausbegleitete und ihm erfreut die Hand drückte. »Sie se'en jetzt schon aus wie ein glücklischer Mann.«

Lächelnd beschleunigte Robert seine Schritte, als er jetzt vom Boulevard Saint-Germain in die Rue du Dragon abbog.

Er war ein glücklicher Mann.

Er brannte darauf, Rosalie alles zu erzählen, und konnte es kaum erwarten, sie in die Arme zu schließen.

Seltsamerweise machte niemand auf. Die Papeterie war geschlossen wie jeden Montag. Robert lugte durch das Schaufenster, in der Hoffnung, Rosalie im Laden auszumachen, aber sie war nicht da. Auch an der Haustür läutete er mehrere Male vergeblich. Er warf einen Blick auf die Uhr. Es war halb sieben, und er hatte sie am Morgen noch angerufen, um ihr zu sagen, dass er am frühen Abend bei ihr vorbeikäme.

Ob sie noch in der Tierklinik war? Hatte sich der Zustand ihres Hündchens vielleicht verschlechtert?

Robert stand eine Weile unschlüssig vor der Auslage und starrte auf die Ornamente des türkisfarbenen Geschenkpapiers, das im Fenster hing wie eine Wolke am Himmel. Dann rief er Rosalie auf ihrem Mobiltelefon an. Doch auch dort nahm keiner ab. Er hinterließ eine kurze Nachricht, die besagte, dass er jetzt erst einmal ins Hotel gehen würde, und lenkte seine Schritte Richtung Rue Jacob.

Die Rezeptionistin des *Les Marronniers* schenkte ihm einen amüsierten Blick. »Sie haben Besuch, Monsieur Sherman. Ihre Freundin hat gesagt, sie würde gern im Zimmer auf Sie warten. Ich hoffe, es war in Ordnung, dass ich sie hinaufgelassen habe.« Sie lächelte ihm komplizenhaft zu, als sie ihm den zweiten Schlüssel über den dunklen Holztresen reichte.

Robert nickte ein wenig verblüfft, doch dann begann sein Herz in Vorfreude ein wenig schneller zu schlagen. Offenbar hatte Rosalie seine Nachricht bereits abgehört und war zu ihm ins Hotel geeilt. Ungeduldig drückte er auf den Knopf im Aufzug, der sich nach einem kurzen unheilvollen Brummton rumpelnd in Bewegung setzte.

Das wäre was, wenn ich jetzt noch stecken bleiben würde, dachte Robert vergnügt. Doch der Aufzug hielt ohne Zwischenfälle im vierten Stock.

Er fuhr sich kurz durchs Haar und riss die schmale Tür in freudiger Erwartung auf. Im Gegenlicht sah er die Silhouette einer Frau am Fenster stehen.

»Da bist du ja schon!«, rief er zärtlich aus. »Meine Güte, wie hab ich dich vermisst!«

»Hallo, Robert!«

Die Frau am Fenster drehte sich langsam um, und Robert spürte, wie ihm die Züge entgleisten. Eine Erscheinung! Das musste eine Erscheinung sein!

»Du hast mich vermisst? Das freut mich aber. Bei unserem letzten Telefonat hatte ich nicht den Eindruck, dass ich dir so schrecklich fehle.« Ihre grünen Augen funkelten, als sie jetzt einen Schritt in seine Richtung machte, um ihn zu umarmen.

»Rachel!«, stieß er aus. »Ja, was machst du denn hier? Das ist ja ... also, das ist ja eine Überraschung.«

Die Gedanken rasten im Zickzack durch sein Hirn, wie Hasen auf der Flucht vor den Jägern.

Sie gab ihm einen Kuss, den er entgeistert über sich ergehen ließ, und er glaubte, ein maliziöses Lächeln über ihr Gesicht huschen zu sehen. »Nun, ich hoffe doch, es ist eine freudige Überraschung, Robert«, schnurrte sie und strich ihm durch die Locken. »Du musst mal wieder zum Friseur, mein Lieber.«

»Ja ... nein ... ich meine ...«, stotterte er. »Wir wollten doch noch mal telefonieren, um über alles zu ... reden.«

»Eben«, sagte sie. »Doch dann hast du dich nicht gemeldet, und da dachte ich, es macht vielleicht Sinn, wenn ich persönlich vorbeikomme, um zu ... *reden*.« Ihr Lächeln war jetzt unverkennbar ironisch. »Obwohl dieses Zimmer wirklich erschreckend klein ist – wie hast du es hier nur die ganze Zeit über ausgehalten?«

»Ach, weißt du ... die Zeit ist nur so verflogen«, stammelte er. »Tja, das Zimmer ist nicht besonders groß, aber der ... der Innenhof ist sehr schön. Und, na ja, man hält sich ja sowieso kaum im Zimmer auf.«

»So?« Sie zog die Augenbrauen hoch. »Ach ja … richtig«, sie schlug sich mit dem Handballen vor die Stirn – »du warst ja *so schrecklich beschäftigt.*« Sie ließ sich auf das Bett gleiten, lehnte sich an der Kopfstütze an und schlug verführerisch die langen Beine übereinander.

Das Telefon auf dem Nachttisch begann zu klingeln, aber Robert rührte sich nicht von der Stelle.

»Nun, Darling, willst du nicht drangehen? Lass dich bitte nicht von mir stören. Tu einfach so, als wäre ich gar nicht da.« Sie lächelte ihn an wie die Schlange das Kaninchen.

Er starrte sie gebannt an. Rachel hatte sich ins Flugzeug gesetzt und war einfach so hierhergeflogen. Das musste man erst mal bringen! Ein Sonnenstrahl fiel ins Zimmer, und ihre roten Locken loderten auf wie Feuer. Sie lächelte ihn an, ohne etwas zu sagen, und Robert hatte das deutliche Gefühl, dass sie nichts Gutes im Schilde führte. Er fragte sich, was sie der Rezeptionistin zugesteckt hatte, damit diese sie auf sein Zimmer ließ. Das Klingeln verstummte.

»Rachel, was soll das? Was machst du hier?«, fragte er.

»Ich bin gekommen, um meinen etwas verwirrten Literaturprofessor nach Hause zu holen«, sagte sie mit einem nachsichtigen Lächeln. »Mir scheint, Robert, du bist ziemlich durcheinander.«

»Wie?« Robert war sprachlos. »Abholen?«

»Nun, deine vier Wochen sind am Donnerstag um, mein *Schatz*, und ich dachte mir, wir könnten noch ein paar Tage zusammen in Paris verbringen, bevor wir wieder zurückfliegen. Du könntest mich ein bisschen herumführen, und ich möchte unbedingt noch in die Rue Rivoli zum Einkaufen. Da soll es tolle Handtaschen geben.« Sie streckte ihre schlanken Arme aus.

Robert schüttelte zögernd den Kopf. Er konnte es ihr auch ebenso gut hier sagen. »Ich fürchte, daraus wird nichts, Rachel.«

»Woraus wird nichts?«, entgegnete sie wie aus der Pistole geschossen.

»Aus allem, Rachel. Ich werde in Paris bleiben. Ich hätte dich heute noch angerufen. Wir müssen reden.«

»Wegen der Gastprofessur?« Sie warf ihm einen lauernden Blick zu.

»Rachel, es ist nicht nur wegen der Stelle. Seit gestern weiß ich, dass ich einen Vater habe, der in Paris lebt.«

»Aaaah!«, rief sie aus. »Jetzt gibt es auch noch einen Vater in Paris – wie äußerst praktisch!«

»Du musst nicht sarkastisch werden, Rachel. Ich weiß es selbst erst seit gestern.« Er holte tief Luft. »Und seit gestern weiß ich auch, dass ich hier in Paris die Frau meines Lebens getroffen habe.«

»Ach was?! Das ging ja schnell.« Seltsamerweise schien sie nicht mal überrascht.

»Wenn es die richtige Frau ist, geht es immer schnell«, sagte er langsam. »Es tut mir leid, Rachel.«

Rachel setzte sich auf und starrte ihn mit unverhohlener Wut an. »Wenn du damit die Kleine aus dem Postkartenladen meinst, kannst du die Sache gleich wieder knicken.« Sie lachte höhnisch. »Bei der hast du nämlich verschissen.« Sie sagte es mit einer unbeschreiblichen Eleganz.

»Wie meinst du das, Rachel?« Robert spürte, wie sein Herz nach unten rutschte.

»So, wie ich es sage.« Ihre Stimme erhob sich zu einem schrillen Crescendo. »Was denkst du eigentlich, Robert? Hast du wirklich geglaubt, ich würde mir meine Zukunft von einer französischen Postkartenverkäuferin kaputtmachen lassen? Was willst du mit diesem Kind? Die hat ja nicht mal eine Frisur mit ihrem albernen Zopf. Ich bitte dich, Robert, das kann nicht dein Ernst sein. Hast du zu viel Rotwein getrunken?«

Robert wurde weiß vor Wut. »Was hast du gemacht, Rachel? Du warst doch nicht … oh, doch, du warst …« Er machte einen drohenden Schritt auf sie zu und stand damit bereits direkt vor dem französischen Bett.

»Klar war ich bei ihr.« Rachel ließ sich entspannt zurückfallen und lachte leise. »Tja, was soll ich sagen – die Kleine war nicht gerade erfreut, als sie erfuhr, dass du sie belogen hast. Ich hab ihr dann erst mal erklärt, dass ich nicht deine *Bekannte* bin …«

»Du weißt genau, unter welchen Voraussetzungen ich nach Paris gefahren bin, Rachel! Du hast mir dieses verdammte Ultimatum gestellt, *du* warst es, die mich verlassen wollte …«

Rachel winkte ab. »Schnee von gestern. Ich war damals eben sehr aufgebracht. Manchmal ändert man seine Meinung. Jedenfalls«, fuhr sie unbeeindruckt fort, »hab ich die Dinge klargestellt und dann noch ein bisschen mit meinem hübschen Verlobungsring vor ihrem Gesicht herumgewedelt. Die Zopfmamsell wurde richtig blass, sie tat mir fast ein bisschen leid …«

»Du Biest!« Er hätte ihr am liebsten den Hals umgedreht. »Du weißt genau, dass das kein Verlobungsring ist.« Robert konnte sich noch genau an den Besuch bei *Tiffany* erinnern, als Rachel den

Weißgoldring mit dem kleinen Brillanten so unbedingt zum Geburtstag haben wollte.

»Wie auch immer.« Rachel betrachtete zufrieden den Ring an ihrem Finger. »Sie war ziemlich
beeindruckt, muss ich sagen. Vor allem, als ich gesagt habe, dass wir im Herbst heiraten werden.«

»Du hast *was* gesagt?«

32

Eine halbe Stunde später stand Robert wieder vor dem kleinen Laden in der Rue du Dragon und klingelte Sturm. Verzweifelt trommelte er gegen die Ladentür. Er sah, dass im ersten Stock Licht brannte, aber Rosalie machte nicht auf. Sie hatte die Schalen ihrer Muschel fest zugeklappt, und er konnte es ihr nicht einmal verdenken, nachdem Lady Macbeth ihr Gift so erfolgreich verspritzt hatte. Er hatte die verdutzte Rachel fast handgreiflich aus seinem Zimmer hinauskomplimentiert.

»Das wirst du noch bereuen, Schwachkopf!«, keifte sie. »Die Kleine wird dich rascher langweilen, als du Hamlets Monolog aufsagen kannst, und dann kommst du wieder angekrochen.«

»Da kannst du lange warten«, hatte er mit zusammengebissenen Zähnen gesagt. »Um nicht zu sagen, bis zum Jüngsten Tag. Und jetzt raus!«

Sie lehnte an der Zimmertür. »Und wo stellst du dir vor, dass ich heute Nacht schlafen soll?«

»Von mir aus unter den Brücken«, hatte er gesagt. »Aber erschreck die Clochards nicht zu sehr.«

Dann hatte er die Zimmertür fest zugezogen und war in die Rue du Dragon gerannt.

»Rosalie! Rosalie! Ich weiß, dass du da oben bist. Mach auf, Rosalie«, rief er immer wieder.

Irgendwann hatte sich die Haustür geöffnet, und ein älterer kleiner Mann mit listigen Augen war auf die Straße getreten. »Was machen Sie denn, Monsieur? Das ist doch hier kein Rummelplatz. Wenn Sie nicht endlich mit diesem Geschrei aufhören, hole ich die Polizei.« Er musterte den schwankenden Robert. »Was ist mit Ihnen los, haben Sie getrunken?«

»Ich muss zu Rosalie Laurent!«, war alles, was er hervorbrachte.

»Sind Sie Amerikaner?« Der Alte starrte ihn misstrauisch an.

»Bitte!«, flehte Robert. »Können Sie mich reinlassen, ich weiß, dass sie in ihrer Wohnung ist.«

»Aber Monsieur!« Er zuckte mit den Achseln. »Beruhigen Sie sich! Mademoiselle Laurent ist nicht zu Hause, sonst würde sie doch aufmachen.«

Der Alte war hoffnungslos begriffsstutzig.

»Aber sie *ist* da – sehen Sie doch! Das Licht!« Er zeigte aufgeregt nach oben.

»Ja? Wie kommen Sie darauf? Ich kann nichts sehen.«

Robert schaute zum ersten Stock hinauf. Hinter dem Fenster über dem *Luna Luna* war es dunkel.

Nachdem er begriffen hatte, dass er in dieser Nacht nichts mehr würde ausrichten können, war er wieder ins Hotel zurückgegangen. Am nächsten Morgen würde Rosalie den Laden schließlich öffnen müssen.

Doch als er am Dienstag pünktlich um elf wieder vor dem Laden stand, hing immer noch das *Fermé*-Schild in der Tür. Er hatte versucht, ihr eine Nachricht zu hinterlassen, aber ihr Telefon war nicht einmal eingeschaltet. Er riss eine Seite aus seinem Notizbuch, schrieb eine kleine, verzweifelte Nachricht und steckte das Papier zwischen die Gitterstäbe.

Stündlich war er anschließend am *Luna Luna* vorbeipatrouilliert, und endlich – es war bereits zwei Uhr – hatte er Glück.

Die Gitter waren hochgezogen, der Laden hatte geöffnet, doch als er erleichtert die Klinke herunterdrückte, bereit, der erzürnten Rosalie auf Knien Abbitte für seine – wirklich klitzekleine – Lüge zu leisten und ihr dann alles zu erklären, stand statt seiner schönen Querulantin nur eine ihm unbekannte Frau im Laden und sah ihn mit indifferenter Freundlichkeit an.

»Ist Mademoiselle Laurent nicht da?«, fragte er atemlos.

Die Frau schüttelte den Kopf, und er erinnerte sich, dass es die Aushilfe war, die er schon einmal kurz gesehen hatte. Leider wusste er ihren Namen nicht mehr.

»Wann kommt Mademoiselle Laurent denn wieder?«, hakte er nach.

»Keine Ahnung«, entgegnete sie gleichmütig. »Heute wohl nicht mehr.«

»Wissen Sie, ob sie meine Nachricht bekommen hat?« Er deutete auf die Ladentür.

»Welche Nachricht?« Sie sah ihn aus ihren gutmütigen runden Augen verständnislos an.

Es war zum Verzweifeln! Robert drehte sich aufstöhnend einmal um sich selbst, bevor er der Verkäuferin seine Telefonnummer zusteckte.

»Hören Sie, es ist *wichtig*«, sagte er beschwörend. »Ich *muss* Mademoiselle Laurent sprechen, verstehen Sie? Rufen Sie mich bitte gleich an, wenn sie wieder im Laden auftaucht. Und damit meine ich *sofort!*«

Sie nickte und wünschte ihm beiläufig einen schönen Tag.

Zweieinhalb Stunden und vier *Petit noirs* später saß er noch immer in dem kleinen Café in der

Rue du Dragon und bewachte den Eingang des *Luna Luna*, das in ein paar Metern Entfernung auf der gegenüberliegenden Straßenseite lag. Inzwischen war es halb fünf. Der Kellner kam wieder heraus und fragte, ob er noch einen Wunsch habe.

Oh ja, den hatte er, doch wie es aussah, war er nicht so leicht zu erfüllen. Er beschloss, von der einen Droge gleich zur nächsten überzuwechseln, und bestellte sich ein Glas Rotwein. Dann noch eins. Und dann hatte er die Idee, Max Marchais anzurufen. Erfreulicherweise wurde das Telefon sofort abgehoben, und Robert hätte fast gelacht vor Erleichterung.

»Ich bin's, Robert. Hast du eine Ahnung, wo Rosalie steckt? Ich muss sie dringend sprechen.« Er holte tief Luft. »Es gab da ein ganz grässliches Missverständnis, eine Intrige von wahrhaft shakespearehaften Ausmaßen, und nun ist Rosalie wie vom Erdboden verschwunden.«

Max schwieg einen Moment, und Robert spürte sein Zögern.

»Ist sie etwa in Le Vésinet?«, fragte er begierig. »Ist sie bei dir?« Es war gut möglich, dass Rosalie in ihrem Kummer oder in ihrem Zorn – er tippte mittlerweile auf Letzteres – zu ihrem alten Schriftstellerfreund geflüchtet war.

Er hörte Max seufzen. »Mein Junge, was machst du nur für Geschichten?«, sagte sein Vater dann bedächtig. »Rosalie ist nicht hier, aber sie hat mich gestern angerufen. Sie war völlig außer sich. Du hättest ihr das mit deiner Verlobten wirklich sagen müssen.«

»Aber sie *ist* nicht meine Verlobte!«, schrie Robert verzweifelt in den Hörer und stieß mit einer unbeherrschten Geste sein Glas um. Seine helle Hose saugte sich dankbar mit der roten Flüssigkeit voll. »Mist, verdammter!«, fluchte er. »Rachel ist nicht mal mehr meine richtige Freundin gewesen, als ich nach Paris kam.« Er rieb mit der Serviette über den Stoff.

»Und was ist sie dann?«

»Eine Hexe, verdammt noch mal! Ich hatte gerade vor, sie anzurufen und ihr alles zu sagen, da stand sie plötzlich in meinem Zimmer und lächelte mich an wie die Schlange Ka.«

In wenigen Worten versuchte er, Max ins Bild zu setzen.

»Natürlich war es ein Fehler, zu sagen, dass sie bloß eine Bekannte ist«, schloss er. »Das gebe ich ja auch zu. Aber damals wusste ich ja noch nicht … ich meine … es ging alles so schnell … ich bin einfach nicht mehr hinterhergekommen …«

»*Merde*«, meinte Max. »Das ist in der Tat dumm gelaufen.«

Robert nickte. »Wo kann sie nur sein?«, überlegte er nervös. »Nicht, dass sie noch eine Dummheit macht.«

Max lachte leise. »Da kann ich dich beruhigen, mein Junge. Rosalie ist oben in ihrer Wohnung. Sie hat mich eben noch angerufen und gesagt, dieses betrügerische Arschloch sei schon wieder unten im Laden.«

»Sie ist *zu Hause?!*« Diese kuhäugige Angestellte hatte ihn doch eiskalt hinters Licht geführt mit ihrem unschuldigen Lächeln. Am liebsten wäre er gleich wieder in den Laden gestürmt, aber er zwang sich zur Ruhe. »Gut. Was hat sie noch gesagt?«, wollte er wissen.

»Beruhige dich, Robert. Es ist noch nichts verloren. Sie hat gesagt, dass sie dich hasst.«

»Sie *hasst* mich? Oh mein Gott!« Er wischte wie ein Wahnsinniger an dem Fleck auf seiner Hose herum. »Aber sie kann mich doch nicht *hassen*. Ich meine, ich hab doch gar nichts getan!« Es war schlimmer, als er gedacht hatte. Natürlich, er wusste ja, wie empfindlich sie war. Wie nachtragend. Dass sie jedes Wort auf die Goldwaage legte.

»Glaub mir, mein Junge, das ist ein gutes Zeichen.« Er hörte, wie Max leise lachte. »Sie hasst dich, weil sie dich liebt.«

»Aha. Eine interessante Theorie. Hoffen wir mal, dass sie stimmt. Ich liebe Rosalie jedenfalls, weil ich sie liebe.« Er seufzte in komischer Verzweiflung. »Und was soll ich jetzt tun, Max? Was kann ich machen, damit sie mich wieder liebt, ohne mich zu hassen?«

»Keine Sorge, da fällt uns schon was ein«, erwiderte Max. »Ich hätte da so eine Idee …«

33

Rosalie lag im Bett und haderte mit der Welt. Nachdem diese unangenehme einschüchternde rothaarige Person den Laden verlassen hatte, hatte sie sich fassungslos auf den Steinfußboden gleiten lassen und war dort eine Weile wie betäubt sitzen geblieben. Dann war sie aufgestanden, hatte die Tür zugesperrt und den Laden geschlossen. Sie war nach oben getaumelt und hatte sich in ihrem blauen Seidenkleid aufschluchzend aufs Bett geworfen. Die Fallhöhe war zu hoch, der Schmerz bohrte sich in ihre Eingeweide. *Lassen Sie die Finger von meinem zukünftigen Ehemann!* Die Demütigung saß wie ein gut geführter Messerstich.

Sie sah Rachels triumphierendes Lächeln vor sich und schlug mit einem Aufschrei wütend in ihr Kopfkissen. Robert Sherman würde mit seiner wunderschönen Bald-Ehefrau nach New York zurückfliegen. Und dieser verdammte Mistkerl hatte keinen Ton gesagt!

Wahrscheinlich wäre er am letzten Tag mit irgendeiner fadenscheinigen Ausrede gekommen, und dann hätte sie nie mehr etwas von ihm gehört. Er hatte sie belogen, in *allem* belogen, und sie war entsetzt darüber, wie gut er sich verstellt hatte. Aber natürlich, dachte sie bitter, Verstellung war ja sozusagen seine zweite Natur. Rachel hatte unmissverständlich angedeutet, dass der ach so belesene Literaturprofessor für ein kleines Abenteuer immer recht aufgeschlossen war. Shakespeare, pah! Eher *Shakespeare in Love*, dachte sie aufgebracht. Wahrscheinlich gingen ihm die ganzen Lügen deswegen so leicht über die Lippen.

Sie musste wieder an die süßen Worte denken, die Robert ihr in der Samstagnacht zugeflüstert hatte, und hielt sich laut schluchzend die Ohren zu. »Ach, halt endlich die Klappe, Robert Sherman. Raus aus meinem Kopf! Ich will dich nie wiedersehen!«, schrie sie. Dann wankte sie zu ihrem Schreibtisch und stieß in einer verzweifelten Gefühlsaufwallung alle Einmachgläser mit den Pinseln um. Danach ging es ihr etwas besser.

Sie trank drei Gläser Rotwein, rauchte acht Zigaretten, musste erneut an Robert denken, weinte wieder, stieß ein paar Verwünschungen aus, die ihre Mutter hätten erbleichen lassen, und holte schließlich William Morris aus seinem Körbchen.

Vorsichtig legte sie ihn neben sich auf die Decke. Er hob leise winselnd den Kopf und sah sie aus seinen braunen Augen mit einer unverbrüchlichen Treue an, zu der wohl nur ein Hund fähig war. »Ach, William Morris!«, hatte sie gesagt, bevor sie irgendwann dann doch eingeschlafen war. »Wie es aussieht, bist du der einzige Mann in meinem Leben, der mich niemals verlassen wird.«

Als Robert Sherman am nächsten Tag zum zweiten Mal in die Papeterie kam, saß Rosalie immer noch im Bett. Sie hörte aufgeregte Stimmen im Laden und schlich auf nackten Füßen zur Tür. Leise setzte sie einen Fuß auf die Wendeltreppe und beugte sich vor, um einen vorsichtigen Blick zu riskieren.

Robert stand mit zornigem Gesicht mitten im Laden und war in ein hitziges Wortgefecht mit Madame Morel verwickelt, die ihm mit verschränkten Armen den Weg versperrte.

»*Non, Monsieur,* sie ist weggefahren!«, sagte sie gerade.

Rosalie kauerte auf der obersten Stufe, nickte beifällig und beugte ihren Kopf noch ein wenig weiter vor, um nichts zu verpassen.

»Was soll das heißen, sie ist weggefahren? So ein Bullshit!«, hörte sie Robert gerade mit lauter Stimme sagen. »Ich weiß, dass sie da ist. Also hören Sie schon auf, mich zu verschaukeln, und lassen Sie mich endlich vorbei.«

Madame Morel blieb vor dem aufgebrachten Robert stehen wie eine Festung und schüttelte bedauernd den Kopf. Sie machte ihre Sache wirklich gut.

»Es tut mir außerordentlich leid, Monsieur Sherman, aber Mademoiselle Laurent ist wirklich nicht zu Hause …«

Robert warf einen erregten Blick zur Wendeltreppe herüber, und Rosalie zuckte zurück.

»Da!«, rief er. »Ich habe doch gerade einen Fuß gesehen!«

Er stieß Madame Morel zur Seite und stürmte die kleine Wendeltreppe hoch.

In zwei Sätzen war Rosalie wieder in ihrem Bett. Sie hatte gerade noch Zeit, die Decke hochzuziehen und ihr hoffnungslos zerzaustes Haar ein wenig zu glätten, als er schon im Zimmer stand. Mit einer gewissen Genugtuung bemerkte sie, dass auch er nicht gerade vorteilhaft aussah mit seinem unrasierten Gesicht und dem riesigen dunklen Fleck auf der Hose. Wahrscheinlich hatte die gestrenge Rachel ihm gehörig den Kopf gewaschen.

»Was fällt dir ein!«, rief sie ihm wütend entgegen. »Verschwinde!«

Sie griff nach einem Kissen und schleuderte es ihm an den Kopf.

»Rosalie!«, rief er aus, während er sich weg-duckte. »Bitte! Hör mich an!«

Sie schüttelte den Kopf. »Keine Lust!« Dann kniff sie die Augen zusammen und starrte ihn böse an. »Na? Sitzt du noch nicht mit deiner Verlobten im Flugzeug?«

»Der Flieger geht erst morgen«, entgegnete er. »Und da sitzt dann auch nur meine Verlobte drin … ich meine …« Er breitete die Hände in einer Unschuldsgeste aus. »Rachel *ist* natürlich gar nicht meine Verlobte …« Er versuchte ein Lächeln. »Keine Verlobte … keine Freundin …«

»Sondern eine *Bekannte*«, unterbrach Rosalie sein Gestammel.

Er fasste sich an den Kopf und stöhnte. »Okay, okay! Ich weiß, dass ich das nicht hätte sagen dür-fen. Ich weiß, dass alles gegen mich spricht, aber glaub mir, es ist alles ein *Missverständnis*.«

Sie lachte auf. »Ich glaub's nicht! Du hast nicht gerade im Ernst diesen beschissenen Satz gesagt, oder?« Sie setzte sich auf und richtete einen Finger auf ihn. »Dein *Es-ist-alles-ein-Missverständnis* war gestern bei mir im Laden und hat mir alles über eure Bekanntschaft erzählt. Hat sie mir einen Ring gezeigt?« Sie griff sich in gespielter Verwirrung an die Stirn. »Ja, hat sie. Hat sie mir gesagt, ich solle gefälligst die Finger von ihrem wunderbaren Ehemann *in spe* lassen? Ja, hat sie auch. War dein *Es-ist-alles-ein-Missverständnis* gestern Abend bei dir im Hotel?« Sie überlegte einen Moment, dann nickte sie. »Aber ja doch!«

»Du bist im *Les Marronniers* gewesen?«

Sie schüttelte den Kopf. »Nein, aber ich habe dort angerufen. Tja, wie dumm kann man noch sein? Zufälligerweise saß Carole Dubois an der Rezeption, eine gute Bekannte von mir, und als ich nach Monsieur Sherman fragte und sie mich durchstellen wollte und keiner ans Telefon ging, erklärte sie mir kichernd, dass du wahrscheinlich gerade *beschäftigt* seist, weil deine Verlobte aus Amerika auf dem Zimmer wäre.«

Sie sah, wie Robert blass wurde, und nickte wissend.

»Na, was sagst du jetzt, du Lügner?!«

Robert legte in einer verzweifelten Geste die Hände über Mund und Nase und schloss für einen Moment die Augen.

»Rosalie«, sagte er eindringlich. »Rachel ist schön und klug, und sie weiß, wie man Verwirrung stiftet. Als ich nach Paris kam, stand unsere Beziehung auf der Kippe – wegen … verschiedener Dinge. Dann ist sie plötzlich hier aufgetaucht und hat mir im Hotel aufgelauert …«

»Und hat die Nacht bei dir verbracht?«

»Nein, hat sie nicht! Ich hab sie rausgeschmissen. Das kannst du deine Carole gern fragen.« Er sah sie bittend an. »Ich liebe dich.«

Rosalie zupfte zögernd an der Bettdecke herum.

»Ha! Schöne Worte«, meinte sie schließlich. »Wie kann ich sicher sein, dass du es ehrlich meinst?«

Er lächelte. »Komm«, sagte er und streckte die Hand aus. »Ich möchte dir etwas zeigen.«

Robert hatte darauf bestanden, dass sie gleich losgingen. Sie hatte ihr zerknittertes blaues Seidenkleid glatt gestrichen, so gut es ging, und war in ihre Ballerinas geschlüpft. Dann waren sie an der erstaunten Madame Morel vorbeigegangen und hatten das *Luna Luna* verlassen.

»Wo gehen wir hin?«, fragte sie neugierig.

»Wart's ab«, sagte er und hielt ihre Hand fest in seiner, während er mit großen Schritten den Boulevard Saint-Germain überquerte und die stille Rue du Pré-aux-Clercs entlanglief, um Rosalie dann durch die Rue de l'Université, die Rue Jacob und die Rue de Seine hinter sich herzuziehen.

»Robert, was soll das?« Rosalie lachte verwundert und fragte sich, wo dieser schweigsame Spaziergang wohl enden würde.

Einen Moment später hatten sie die Pont des Arts erreicht. Sie betraten die alte Brücke mit dem schwarzen Eisengeländer und gingen über die Holzbohlen. Als sie etwa in der Mitte der Brücke angelangt waren, blieb Robert plötzlich stehen.

»Welche Seite?«, fragte er und kramte in seiner Umhängetasche.

»Welche … Seite?« Sie verstand nicht, was er wollte.

»Na, möchtest du lieber die mit dem Eiffelturm oder die mit Notre-Dame«, sagte er ungeduldig.

Rosalie hob die Schultern. »Also … tja … die mit dem Eiffelturm?«, fragte sie und machte große Augen.

Er nickte kurz, und gemeinsam traten sie an das Geländer.

»Hier«, sagte er und zog ein kleines Päckchen aus der Tasche. »Das ist für dich.« Er lächelte. »Oder besser gesagt – für uns.«

Verwirrt nahm sie sein Geschenk entgegen, das nicht eben meisterhaft mit etwas Seidenpapier und ein paar Klebestreifen umwickelt worden war.

Sie öffnete es, und eine Mischung aus Freude und Erwartung packte sie an der Kehle.

In ihrer Hand lag ein kleines goldenes Vorhängeschloss, auf das jemand mit dickem, schwarzem Filzstift etwas geschrieben hatte.

Rosalie & Robert. Pour toujours.

»Für immer?« Sie sah ihn an und merkte, wie ihr Herz einen Satz machte. »Glaubst du denn an *für immer?*«

Robert nickte. »Ich glaube nur daran.« Er strich ihr zärtlich eine Haarsträhne aus dem Gesicht. »Was für ein trostloser Ort wäre denn diese Welt, wenn nicht einmal ein liebender Mann daran glauben würde? Wünscht sich nicht jeder noch so große Realist in seinem tiefsten Herzen ein Wunder?«

»Doch«, flüsterte Rosalie, die die Meisterin der Wünsche war. Sie blickte zum Eiffelturm hinüber, der in der Ferne aufrecht und zuverlässig in den Abendhimmel ragte, und lächelte glücklich und verwirrt. »Aber wie hast du nur gewusst … ich meine …«

Robert zog die Augenbrauen hoch. »Seelenver-wandtschaft?«, entgegnete er.

Rosalie war tief beeindruckt. Glücklicherwei-se würde sie nie erfahren, dass ihr amerikanischer Literaturprofessor, der immer noch eine Ausgabe von Shakespeares *Der Widerspenstigen Zähmung* mit sich herumtrug, in diesem Moment nicht die Wahrheit sagte. Er log, aber nur ein klitzekleines bisschen. Und aus Liebe.

Nachdem das goldene Schloss seinen Platz zwi-schen den anderen gefunden hatte, holte Rosalie weit aus und warf den kleinen Schlüssel über das glitzernde Wasser.

Für immer, dachte sie, und noch bevor der Schlüssel auf den Grund der Seine gesunken war, wo er zusammen mit all den anderen Liebesversprechen bis in alle Ewigkeit liegen würde, hatte Robert sie schon in seine Arme gezogen.

Rosalie schloss selig die Augen, und das Letzte, was sie sah, war dieser unglaubliche Himmel über Paris, der mit seinen zärtlich hingetupften Klecksen aus Rosa, Weiß und Lavendel die Farbe eines Kusses trug.

ISBN 978-3-85179-393-2

1. Auflage der Sonderausgabe 2017

© 2014 by Nicolas Barreau
© 2014 by Thiele Verlag in der
Thiele & Brandstätter Verlag GmbH,
München und Wien
Umschlagbild: Chloé Wolff, ArtMarie/iStock
Umschlaggestaltung: Christina Krutz, Biebesheim am Rhein
Satz: Christine Paxmann • text • konzept • grafik, München
Druck und Bindung: Kösel, Altusried-Krugzell

www.thiele-verlag.com